贖罪

# 속죄

湊かなえ

贖罪

# 속죄

湊かなえ

미나토 가나에 지음

김미령 옮김

BOOK
HOLIC

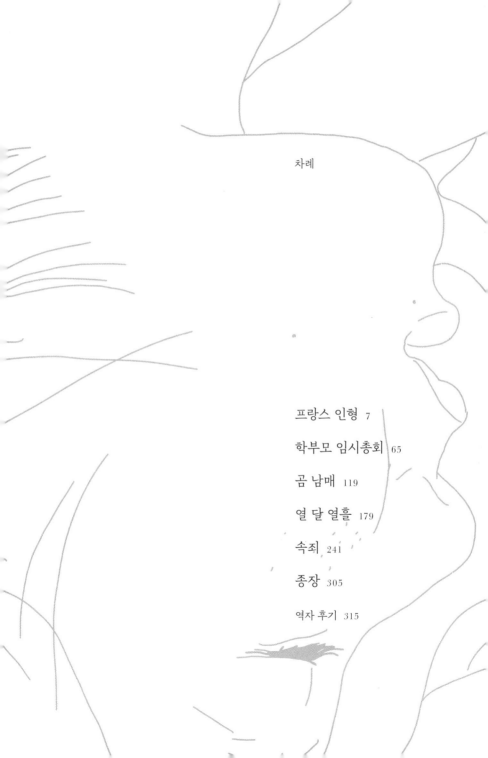

차례

프랑스 인형

아사코 님께

　지난번 저희 결혼식에 참석해 주셔서 진심으로 감사합니다.

　제 고향 마을에서 올라온 가족들을 보고 당시의 일이 떠올라 마음이 상하지는 않으셨는지 결혼식 내내 걱정스러웠습니다. 그분들은 자신이 뜻 없이 하는 말과 행동에 다른 사람이 얼마나 상처를 받는지 전혀 인식하지 못할 거예요.

　공기가 깨끗하다는 것이 유일한 자랑거리인 그 마을이 정말로 보잘것없는 곳이었단 사실을 깨달은 건, 고등학교를 졸업하고 도쿄에 있는 여자대학에 입학한 7년 전이었습니다.

　전 4년 동안 대학 기숙사에서 생활했습니다. 도쿄에 있는 대학에 진학하고 싶다고 부모님께 말씀드렸을 때, 그분들은 강경하게 반대하셨죠.

나쁜 놈한테 걸려서 몸 파는 일이라도 시키면 어떻게 하냐. 마약 중독자가 되면 어떻게 하냐. 또 누가 죽이면 어떻게 하냐.

도대체 어디서 어떤 정보를 듣고 그런 발상을 하게 된 건지. 도회지에서 자란 아사코 씨가 들으시면 웃음을 터뜨리실지도 모르겠습니다.

저 역시 "〈대도시 24시간〉을 너무 본 탓이라고요." 하며 그분들이 자주 보는 TV 프로그램까지 거론하며 반발했지만, 실은 저 자신도 그와 비슷한 상상을 한 적이 여러 번 있었답니다. 그럼에도 꼭 도쿄로 가고 싶었습니다.

도쿄에 뭐가 있다고 그래? 네가 가고 싶은 학부는 이 지방 대학에도 얼마든지 있잖아. 거기 들어가면 집에서 통학하기는 어렵더라도 도쿄보다 집세도 싸고, 또 무슨 일이 생기면 바로 집으로 올 수도 있어. 서로 안심되고 좋잖아.

아버지는 이렇게 절 설득했죠.

안심이 되기는요. 이 마을에서 거의 8년간, 내가 얼마나 두려움에 떨며 살아왔는지 부모님이 제일 잘 아시잖아요.

이렇게 말하자, 그분들도 더 이상은 반대를 하지 못하더군요.

다만, 나가서 혼자 살지 말고 학교 기숙사에 들어갈 것을 조건으로 내세웠습니다. 거기엔 저도 수긍했죠.

태어나서 처음으로 간 도쿄는 다른 세계였습니다. 신칸센에서 내려 둘러본 도쿄 역은 온통 사람들 천지로, 그 시골 마을 주민보다 역사 내에 있는 사람들 숫자가 더 많아 보였습니다. 그러나 더욱 놀라운 것은, 그렇게 혼잡한데도 어느 한 사람 부딪치는 일 없이 지나간다는 것이었습니다. 지하철을 타려고 안내 표지판을 올려다보며 우왕좌왕하고 있던 저조차도 목적한 곳에 도착할 때까지 어느 누구와도 부딪치지 않았죠.

지하철을 타자 놀라운 일이 또 하나 있었습니다. 승객들 중에는 일행과 함께 탄 사람도 있을 텐데, 아무도 서로 얘기를 하지 않는 것이었습니다. 가끔 크게 웃거나 떠드는 소리가 들리기도 했지만 대개는 외국인들이었죠.

전 중학교까지는 걸어서, 고등학교는 자전거로 통학했기 때문에 기차는 1년에 손으로 꼽을 수 있을 정도로 친구나 가족들과 백화점, 쇼핑센터가 있는 시내에 나갈 때 타 보는 게 전부였습니다. 하지만 목적지에 도착할 때까지 한 시간 남짓한 동안 우리는 끊임없이 수다를 떨었습니다.

뭘 살까? 다음 달은 누구누구 생일이니까 선물도 사 오자. 점심은 맥도널드랑 켄터키 중 어디서 먹을까……. 우리가 상식 밖의 행동을 했다고는 생각하지 않습니다. 기차 안 어디서나 말소리와 웃음소리가 끊이지 않았고, 그걸 두고 얼굴을 찌푸리는 사람도 없었기 때문에 기차 안에서는 다들 그러는 줄로 알았습니다.

문득, 도쿄 사람들은 옆 사람을 쳐다보지 않는다는 걸 알았습니다. 타인에게 관심이 없는 게 아닐까. 자신에게 해를 끼치지 않는 한, 옆자리에 앉은 사람이 뭘 하든 상관없는 게 아닐까. 맞은편 사람이 무슨 책을 읽고 있는지 전혀 궁금하지 않은 게 아닐까. 내 앞에 서 있는 사람이 아무리 명품 백을 들었어도 아예 눈에 들어오지 않는 게 아닐까.

정신을 차리고 보니, 눈물이 흐르고 있었습니다. 큰 가방을 든 시골 촌뜨기가 훌쩍거리면 고향이 생각나서 그러는 줄로 오해할 수도 있을 것 같아, 창피한 마음에 얼른 눈물을 훔치고 주위를 둘러봤지만 절 보는 사람은 아무도 없었습니다.

상상한 것보다 훨씬 더 멋진 곳이구나! 전 감동하고 말았습니다. 제가 도쿄로 가고 싶었던 건 화려한 가게나 놀 곳이 많아서가 아니었습니다.

나의 과거를 모르는 사람들 속에 섞여서 내 모습을 지워 버리고 싶었기 때문이죠.

정확히 말하면, 살인 사건의 목격자인 나를, 아직 잡히지 않고 있는 범인의 눈으로부터 숨기고 싶었던 것입니다.

기숙사는 4인실이었습니다. 모두가 지방 출신으로, 첫날은 자기소개를 겸한 고향 자랑 대회 같은 모양새가 되었죠. 우동이 맛있다거나, 온천지라거나, 유명 프로야구 선수의 고향집과 가깝다거나. 다른 세 사람은 지방이라고 해도 전부 들어 본 적이 있는 도시나 고장 출신이었습니다.

전 제 시골 마을의 이름을 말했지만, 세 사람은 다 그곳이 어느 지역에 있는지조차 모르더군요.

어떤 곳이야? 라는 질문에 공기가 깨끗한 곳이라고 대답했습니다. 자랑할 게 없어 할 수 없이 그렇게 말한 게 아니란 걸 아사코 씨라면 잘 아실 테지요.

그 마을에서 태어난 저로서는 날마다 당연하다는 듯이 공기를 마시며 살았지만, 그 공기가 깨끗하다는 걸 안 건 초등학교 4학년에 올라간 직후, 그러니까 그 사건이 일어난 해 봄이었습니다.

사회 시간에 담임인 사와다 선생님이 이렇게 말했죠.

"여러분은 일본에서 공기가 제일 깨끗한 곳에 살고 있어요. 왜 이렇게 말할 수 있는지 알아요? 병원이나 연구소에서 쓰는 정밀한 기계는 공기 중의 먼지가 들어가지 않도록 만들어야 하기 때문에, 공장 역시 공기가 깨끗한 곳에다 짓는답니다. 올해, 아다치 제작소에서 우리 마을에 새로운 공장을 지었어요. 일본 최고의 정밀기기 회사가 우리 마을에 공장을 지었다는 건, 일본에서 가장 공기가 깨끗한 곳으로 뽑힌 것과 같아요. 여러분은 이렇게 훌륭한 곳에 살고 있다는 걸 자랑스럽게 생각하세요."

수업이 끝나자 우리는 선생님이 한 말이 맞는지 에미리에게 물었습니다.

"아빠도 그런 말 한 적 있어."

에미리의 말을 듣고 우리는 비로소 자신들의 고향이 공기가 깨끗한 곳이라는 걸 알았습니다. 그건 에미리의 아버지가 근엄한 얼굴에 부리부리한 눈을 한 아다치 제작소의 중역이라서가 아니라, 도쿄에서 온 사람이었기 때문입니다.

당시, 마을에 편의점이 없다고 불편을 호소하는 아이는 아무도 없었습니다. 태어났을 때부터 없었으니까요. 텔레비전에서 바비 인형 광고가 나와도, 그건 본 적 없는 장난감인지라 갖고

싶다는 아이는 없었습니다. 그보다 우리에게는 각 가정의 응접실에 장식해 놓은 프랑스 인형|로코코풍의 화려한 드레스를 입힌 서양 인형 - 옮긴이|이 더 중요했죠.

그러나 마을에 공장이 생기고부터 우리들 사이에 이상한 감각이 형성되기 시작했습니다. 에미리를 포함한 도쿄에서 전학온 아이들을 통해 당연하다고 여겼던 우리의 일상이 꽤 불편하고 뒤처진 것임을 서서히 깨닫게 된 거죠.

우선, 사는 곳부터가 달랐습니다. 마을에 5층 이상 되는 건물이 생긴 건 그때가 처음이었죠.

아다치 제작소 사원 아파트는 자연과 하나 되는 디자인을 테마로 했다는데도 불구하고, 우리에게는 마치 외국의 성처럼 보였습니다.

에미리가 사원 아파트와 같은 서부 지구에 사는 반 여자 아이들을 최상층인 7층 자기 집으로 초대하겠다고 한 날은 가슴이 설레서 잠을 설치기까지 했습니다.

초대받은 네 명의 아이는, 저와 마키, 유카, 그리고 아키코였습니다.

어렸을 적부터 소꿉친구로, 비슷한 환경에서 자란 우리는 에미리네 집에 있는 모든 것이 새로웠습니다.

우선 방이 벽으로 나뉘어져 있지 않다는 것 자체가 신기했습니다. 당시 우리에겐 거실, 주방, 식당이 하나로 연결된 아파트 구조에 대한 개념이 없었기 때문에, 텔레비전 보는 방과 밥 먹는 방과 부엌이 한곳에 있다며 놀랐던 것이죠.

우리 집이었으면 애들은 손도 못 대게 했을 법한 찻잔에 같은 세트의 포트로 따라 주는 홍차를 마시며, 역시 같은 세트의 접시에 담긴, 딸기 외에는 도무지 알 수 없는 처음 보는 과일을 듬뿍 얹은 타르트를 게걸스럽게 먹으며 전 황홀하면서도 어쩐지 맞지 않는 옷을 입은 듯한 불편함을 느꼈습니다.

간식을 먹고 나자 에미리는 인형 놀이를 하자며 자기 방에서 바비 인형과 하트 모양의 플라스틱 의상 케이스를 들고 나왔습니다. 바비 인형은 그날 에미리와 똑같은 옷을 입고 있었습니다.

"시부야에 가면 바비 옷이랑 똑같은 걸 파는 가게가 있거든. 작년 생일에 선물로 받은 거야. 그렇죠, 엄마?"

차라리 그 자리에서 도망치고 싶은 기분이었습니다.

그때, 세 아이 중 누군가가 말했습니다.

"에미리, 너희 집에 있는 프랑스 인형 구경시켜 줘."

그 말을 들은 에미리는 어리둥절한 얼굴로 이렇게 물었죠.

"그게 뭔데?"

에미리는 프랑스 인형이 없다. 뿐만 아니라 그게 뭔지도 모른다. 의기소침했던 마음이 되살아나는 기분이었습니다. 사실, 에미리가 모르는 건 당연했죠. 도회지에선 이미 오래 전에 폐기된 장식품이었으니까요.

마을에 옹기종기 모여 있는, 지은 지 20년쯤 된 옛 목조 가옥에는 공통점이 하나 있었습니다. 현관에서 가장 가까운 방을 응접실이라 해서 서양식으로 방을 꾸미는 것이죠. 그리고 그곳엔 반드시 샹들리에와 유리 상자에 든 프랑스 인형을 놓아두었습니다. 오래 전부터 쭉 그래 왔는데도 에미리가 이사 오기 한 달 전쯤부터 여자 아이들 사이에서는 프랑스 인형을 보러 다니는 게 유행하기 시작했습니다.

처음엔 서로의 집을 오가는 정도였지만, 점점 마을 전체를 돌며 구경하기에 이르렀죠. 시골 마을에선 대부분 아는 얼굴인 데다가, 또 프랑스 인형은 현관에 들어서자마자 보이는 곳에 있었기 때문인지 거절당하는 일은 없었습니다.

그러는 사이 우리는 '인형수첩' 같은 것도 만들어서 프랑스 인형에 순위를 매기게 되었습니다. 요즘처럼 아이들이 간단히 사진을 찍을 수 있는 시절이 아니었기 때문에 마음에 드는 인형이 있으면 색연필로 그림을 그려서 기록해 두었던 거죠.

순위는 주로 인형이 입은 드레스에 따라 정해지곤 했는데, 전 인형의 얼굴을 구경하는 것이 즐거웠습니다. 인형을 고를 때는 역시 그 사람의 내면이 반영되는지 인형의 얼굴은 그 집에 사는 아이나 엄마와 어쩐지 닮아 보였거든요.

프랑스 인형이 보고 싶다는 에미리를 데리고 베스트 텐에 든 집을 돌기로 했습니다. 사원 아파트에 사는 아이들은 분명히 아무도 본 적이 없을 거라며 에미리가 몇몇 아이들을 부르는 바람에 학년, 이름도 모르는 아이들과 함께, 남자 아이도 몇 명 낀 상태로 우리는 마을의 각 집을 돌기 시작했습니다.

첫 번째 집에서 "프랑스 인형 견학 투어구나." 하는 소리를 듣고 그 말이 마음에 든 우리는 그날의 이벤트를 그렇게 부르기로 했습니다.

우리 집 인형은 2위에 올라 있었습니다. 가슴과 밑단에 하얀 깃털로 테를 두른 핑크색 드레스로, 어깨와 허리에 커다란 보라색 장미가 달려 있었죠. 하지만 전 드레스보다는 어쩐지 나와 닮은 듯한 인형의 얼굴이 마음에 들었습니다. 오른쪽 눈 밑에 제 얼굴에 있는 것과 똑같은 점을 매직으로 찍어서 어머니께 혼난 일도 있었죠. 또한 어른인지 아이인지 나이를 짐작하기 어려운 애매한 분위기도 좋았습니다.

멋있지? 하며 한껏 의기양양해서 보여 주었건만 도시에서 온 아이들은 이미 흥미를 잃은 표정을 하고 있어 굉장히 실망했던 기억이 있습니다.

마지막 집을 나오자, 에미리가 "난 역시 바비가 좋아."라고 말했습니다. 에미리에게 악의는 없었다고 봅니다. 하지만 그 한마디로, 그때까지 반짝반짝 빛나 보였던 프랑스 인형이 순식간에 시시해 보이기 시작했습니다. 그날 이후로 우리는 프랑스 인형 놀이를 하지 않게 되었고, 인형수첩도 책상 서랍 속에 방치된 채 다시는 꺼내지 않게 되었죠.

프랑스 인형이란 말이 마을 사람들 입에 오르내리게 된 건, 그로부터 3개월 후의 일입니다.

'프랑스 인형 도난 사건'입니다. 이 사건에 대해 아사코 씨는 얼마나 알고 계신지요.

7월 말, 마을 잔치가 있던 밤에 마을의 다섯 집이 프랑스 인형을 도둑맞았습니다. 그 중에는 우리 집도 있었죠. 돈은커녕 집 안의 다른 물건에는 손도 대지 않고, 유리 상자에 든 인형만 훔쳐 간 이상한 사건이었습니다.

잔치는 마을 외곽에 있는 주민센터 운동장에서 열렸습니다. 저녁 6시 민속춤 경연 대회를 시작으로, 9시에는 노래자랑 대회가 이어져 마을 잔치가 끝난 것은 밤 11시경이었습니다. 주민 자치회에서 수박과 아이스크림, 국수, 맥주를 무료로 돌리고, 팥빙수나 솜사탕 노점도 들어서는 등, 마을 이벤트로서는 꽤 규모가 컸죠.

우리 집을 포함해 인형을 도둑맞은 집들은 두 가지 공통점이 있었습니다. 하나는 가족 모두가 잔치에 나가고 없었다는 점. 그리고 또 하나는 모두 현관을 잠그지 않았다는 점이었습니다. 당시엔 모두 그랬습니다. 어른들 심부름으로 빈집 현관을 열고는 바닥에 물건을 놓고 나오는 일도 다반사였으니까요.

결국 경찰은 프랑스 인형 견학 투어를 거론하며 아이의 장난 같다는 결론을 서둘러 내 버렸고, 그 사건은 범인도 인형도 찾지 못한 채 마을 잔칫날 밤의 해괴한 일로 결론 나고 말았습니다.

"너희가 그러고 다니니까, 인형이 없는 집 애가 샘이 나서 갖고 간 게 아니냐."

아버지께 이런 꾸지람을 들은 기억이 있습니다.

그런 사건과 함께 시작된 여름방학이었지만, 우리는 아침부터 밤까지 하루 종일 노느라 여념이 없었습니다. 특히 우리가 좋아했던 곳은 초등학교 풀장이었습니다. 오전 중엔 한 아이의 집에서 숙제를 하고, 오후부터 풀장에 가서 물놀이를 했죠. 오후 4시에 풀장 문을 닫아도 우리는 집에 가지 않고 해질녘까지 교정에서 놀았습니다.

요즘은 시골 초등학교에서도 여러 안전대책을 세워서 휴일에는 설사 그 학교 학생이라도 교정 안으로 함부로 들어갈 수 없게 되었다고 하지만, 당시는 해가 떨어질 때까지 놀고 있어도 제지하는 사람이 아무도 없었습니다.

어쩌다 저녁 6시를 알리는 멜로디 〈그린 슬리브스〉가 울리기 전에 집에 들어가기라도 하면, 벌써 들어 왔니? 친구랑 싸운 거 아니야? 하는 소리를 들을 정도였죠.

그 사건이 있던 날의 경위는 사건 직후, 그리고 이후에도 수차례에 걸쳐 경찰과 학교 선생님, 우리 부모님, 다른 친구들 부모님, 그리고 아주머니와 아저씨께 가능한 한 모든 것을, 기억할 수 있는 건 전부 다 말씀드렸지만 여기에 다시 한 번 순서대로 적어 볼까 합니다. 아마도 이것이 마지막이 될 것이기에…….

그날, 8월 14일 저녁은 오봉|8월 15일로. 일본의 큰 명절 중 하나. 우리나라 추
석과 비슷하다 – 옮긴이|을 앞두고 늘 같이 놀던 아이들도 친척집에 가
거나 집에 친척들이 와 있거나 해서, 교정에는 저와 마키, 유카,
아키코, 그리고 에미리. 이렇게 다섯 명만 있었습니다.

우리 넷은 저마다 조부모와 같이 살거나 그 마을에 조부모와
친척들이 이웃해서 살고 있어서 그날이 특별한 날이 아니었기
때문에 평소처럼 놀고 있었습니다.

도쿄에서 온 공장 사람들은 명절 연휴 동안 거의 집을 비우
는 듯했지만, 에미리는 연휴 동안에도 아버지가 일을 해야 하
고, 또 8월 말에 괌으로 여행을 갈 예정이어서 이번 명절은 그
냥 여기서 지내기로 한 모양이었습니다.

에미리하고는 프랑스 인형 견학 투어를 했던 날 약간 불편한
감정도 있었지만 그 뒤 금세 다시 친해졌습니다. 그다음에 유행
한 탐정 놀이에 에미리가 푹 빠졌기 때문인지도 모르겠네요.

명절 연휴 중에는 풀장이 문을 닫기 때문에 우리는 운동장
한쪽 구석, 체육관 앞 그늘에서 배구를 하며 놀았습니다. 둥그
렇게 서서 공을 주고받는 것뿐이지만, 100개 연속 패스를 성공
시키자며 다들 열심이었죠.

그곳에 그 남자가 온 것입니다.

"얘들아, 잠깐만." 하며 말을 걸어왔죠.

황록색이 섞인 회색 작업복에 머리에는 흰 수건을 쓰고 있었습니다.

갑자기 들린 목소리에 그날따라 컨디션이 별로 안 좋아 보였던 유카가 공을 놓치자, 자기 쪽으로 굴러 오는 공을 집어 든 그 남자가 우리 쪽으로 다가왔습니다. 그리고 생글생글 웃으며 또박또박한 발음으로 이렇게 말했습니다.

"아저씨가 풀장 탈의실에 있는 환기구를 점검하러 나왔는데, 깜박 잊고 사다리를 안 가져왔구나. 나사만 돌리면 되는데, 누가 아저씨 목말 타고 좀 도와주지 않을래?"

요즘 초등학생들은 이런 상황이 되면 일단 경계부터 하나요? 학교도 반드시 안전한 장소는 아니라는 인식이 있었더라면 사건을 피할 수 있었을까요? 아니면, 모르는 아저씨가 말을 걸어오면 큰 소리를 치며 도망쳐라, 이렇게 배웠더라면 좋았을까요?

그 당시 시골에선 모르는 사람이 껌이나 사탕을 준다면서, 또는 부모가 찾는다면서 차에 타라고 하면 절대 타서는 안 된다는, 고작 이런 주의만 듣는 정도였습니다.

전 눈앞의 아저씨를 전혀 의심하지 않았습니다. 에미리는 어땠는지 모르지만 다른 아이들도 저와 마찬가지였을 겁니다. 오히려 도와 달라는 말에 서로 하겠다고 입후보까지 했으니까요.

"목말을 타는 거면 몸이 제일 작은 내가 좋을 것 같은데."

"그러다 환기구에 손이 안 닿을 수도 있잖아. 키가 제일 큰 내가 갈까?"

"너희 둘 다 나사 돌릴 수 있어? 나, 그거 잘해."

"나사가 빡빡해서 안 풀리면 어쩔 건데? 힘센 내가 가야 할 것 같은데."

각자 이런 말들을 했죠. 에미리는 가만히 있었습니다. 그 남자는 물건을 고르듯이 다섯 아이들을 차례로 훑어보았습니다.

"너무 작아도, 또 너무 커도 안 되는데……. 그리고 넌 안경을 떨어뜨리면 곤란하니까 안 되고, 넌 좀 무거울 것 같고……."

그리고 마지막으로 에미리를 보며 말했습니다.

"네가 딱 좋겠다."

에미리는 조금 난처한 표정으로 우리를 돌아보았습니다. 에미리를 생각해서인지, 아니면 자신이 뽑히지 않은 게 분해서였는지 마키가 "그럼 다 같이 가자."고 제안했습니다. 그게 좋겠다며 다른 세 아이도 찬성했죠.

"모두들 고맙구나. 그런데 탈의실이 좁아서 여러 사람이 들어가면 아저씨 일하는 데 방해가 될 거야. 그리고 혹시 다치기라도 하면 큰일이니까 그냥 여기서 기다렸으면 좋겠는데. 금방 끝나니까 이따가 아저씨가 아이스크림 사 줄게."

그 말에 반대하는 아이는 없었습니다. 그 남자는 "가자."라고 말하더니 에미리의 손을 잡고 운동장을 가로질러 갔습니다. 풀장은 넓은 운동장 맞은편에 있어서 우리는 두 사람이 가는 걸 끝까지 지켜보지도 않고 다시 배구를 시작했습니다.

배구를 한참 하고 난 뒤, 우리는 응달이 들어 서늘한 체육관 입구 계단에 앉아 수다를 떨기 시작했습니다. 여름방학인데도 아무 데도 안 가. 할아버지 집이라도 좀 멀리 있으면 좋을 텐데. 에미리는 다음 주에 괌에 간다며? 괌이 미국에 있는 거야? 아니면 괌이란 나라가 따로 있어? 글쎄……. 에미리는 좋겠다. 오늘도 바비 옷 입었더라. 얼굴도 예쁘고. 에미리처럼 옆으로 길게 찢어진 눈, 참 멋있지? 걔네 부모님은 부리부리 왕눈이인데. 오늘 입은 미니스커트 참 귀엽지? 에미리는 다리가 길더라. 참, 너희 그거 알아? 에미리는 벌써 그걸 한대잖아. 그게 뭔데? 어, 사에 너, 그거 몰라~?

전 그때 처음으로 '생리'란 말을 들었습니다. 학교에서 여학생들만 모아 놓고 그에 대한 교육을 한 것은 다음 해인 초등학교 5학년 때였고, 어머니도 아직 그런 이야기는 해 주지 않고 있었죠. 언니도 없고, 친척 중에 손위 여자 아이가 있는 것도 아니어서 그런 게 있다는 건 상상도 못했습니다.

다른 세 아이는 언니나 어머니한테 들어서 알고 있었는지, 대단한 지식이라도 전파하는 양 생리에 대해 설명해 줬습니다.

생리는 아기를 낳을 몸이 되었다는 증거야. 사타구니 사이에서 피가 줄줄 나온대. 그래? 그럼, 에미리는 벌써 아기를 낳을 수 있게 된 거야? 그래. 유카, 너희 언니도? 그래. 나도 곧 시작할 거라고 엄마가 속옷 사 줬어. 뭐, 마키도? 체격이 큰 애들은 5학년쯤부터 시작한다니까 사에도 중학생쯤 되면 할 거야. 대개 고등학교 때까지는 다 한대. 거짓말, 중학생이 아기 낳는 거 봤어? 그건 만들지를 않는 거지. 만든다고? 어…… 사에, 너 혹시 아기가 어떻게 생기는지도 모르는 거 아니니? 아, 맞다. 결혼을 해야 하지. 아니야. 너, 정말……. 남자랑 그렇고 그런 짓 하는 거야.

뭐 이런 얘길 썼나 하며 편지를 찢어 버리시는 건 아닌지 염려되는군요.


이야기에 열중해 있던 우리는 〈그린 슬리브스〉 멜로디 소리에 6시가 됐다는 걸 알았습니다.

"오늘은 사촌 오빠가 친구를 데리고 온다고 해서 6시까지 집에 오랬어."

아키코의 말에 오늘은 명절이기도 하니까 집에 일찍 들어가자고 입을 모은 우리는 에미리를 부르러 가기로 했습니다. 넷이서 운동장을 가로질러 가다가 문득 뒤돌아보니, 배구를 하던 때보다 그림자가 훨씬 길게 드리워 있었습니다. 그제야 에미리가 가고 나서 꽤 긴 시간이 지난 것 같아 조금 불안한 마음이 들었습니다.

풀장 둘레에는 철조망 울타리를 쳐 놓았지만, 입구 문은 열린 채 철사로 고정되어 있었습니다. 사건이 일어난 그해까지 여름이면 항상 그 상태였을 거예요.

입구에서 계단을 올라가자마자 풀이 있고, 그 안쪽에 조립식으로 지은 탈의실이 두 동 나란히 있었습니다. 오른쪽이 남자, 왼쪽이 여자 전용이었죠. 탈의실을 향해 걸으며 조용하다고 생각했습니다.

탈의실 문은 옆으로 미는 타입으로, 물론 열쇠는 없었습니다. 여자 탈의실 문을 연 사람은 맨 앞에서 걸었던 마키였던 것 같습니다.

"에미리, 끝났니?" 하며 문을 연 마키는 "어?" 하고 고개를 갸웃거렸습니다. 안에는 아무도 없었거든요.

"벌써 끝나고 먼저 간 거 아냐?" 하고 아키코가 말했습니다.

"그럼 아이스크림은? 에미리만 사 준 거야?" 하며 유카가 뾰로통한 소리를 내고, "너무해." 하며 마키가 뒤를 이었습니다.

"여기 있는 거 아냐?"

전 남자 탈의실을 가리켰지만 안에서는 아무 소리도 나지 않았죠.

"없어. 조용하잖아. 봐."

삐친 얼굴로 손을 뒤로 돌려 남자 탈의실 문을 연 아이는 아키코였습니다. 나머지 세 아이가 숨을 삼키자, 의아해하며 뒤돌아선 아키코는 비명을 질렀습니다.

대나무 발을 깔아 놓은 바닥 한가운데에 에미리가 머리를 입구 쪽으로 한 채 쓰러져 있었던 것입니다.

"에미리!" 하고 마키가 겁먹은 목소리로 이름을 부르고, 뒤이어 다 같이 이름을 불렀지만 에미리는 눈을 똑바로 뜬 채 꼼짝도 하지 않았습니다.

"큰일 났다!" 마키가 소리쳤습니다. 그때 마키가 '죽었다!'고 했더라면 우리는 아마도 겁에 질린 나머지 그 자리를 도망쳐 그대로 집으로 가 버렸을지도 모릅니다.

"어른들께 알려야 해. 아키코는 달리기를 잘하니까 에미리네 집으로 가. 유카는 파출소. 난 선생님을 찾아볼게. 사에는 여길 지키고 있어."

마키의 지시가 떨어지자마자 모두 뛰어갔죠. 넷이서 함께 행동한 건 여기까지입니다. 다른 세 사람의 증언과 크게 다를 바 없을 줄로 압니다.

사건이 일어나기까지의 경위는 네 사람 모두 수없이 질문을 받았지만, 에미리의 사체를 발견한 후의 일에 대해선 자세히 묻지도 않았고, 또 넷이 함께 모여 사건에 관해 얘기해 본 적도 없었기 때문에 각자 어떤 행동을 취했는지 전 잘 모릅니다.

여기서부턴 저 혼자만의 행동입니다.


친구들은 모두 사라지고 혼자서 탈의실 문 앞에 남겨진 전 에미리를 찬찬히 보았습니다.

몸에 착 달라붙는 검정 티셔츠는 가슴팍에 알파벳으로 '바비'라고 쓴 핑크색 로고를 알아보기 힘들 만큼 말려 올라가 있어서, 에미리의 허연 배와 봉긋이 솟기 시작한 가슴이 보였습니다. 빨강 체크무늬 플리츠스커트도 걷어 올려져, 속옷을 입지 않은 하반신이 그대로 드러나 있었습니다.

누군가 어른이 달려왔을 때, 에미리의 그런 모습을 보고는 친구를 그냥 이대로 방치해 뒀다고 혼내지 않을까 하는 걱정이 들었습니다. 옷이라도 입혀 주고 있지, 불쌍하게⋯⋯. 이러면서요. 제가 에미리를 그렇게 만든 것도 아닌데 마치 제가 혼날 것만 같은 기분이 들어 전 바들바들 떨며 탈의실 안으로 들어갔습니다.

먼저, 눈을 똑바로 뜬 채 입과 코에서 액체를 흘리고 있는 얼굴을 제 손수건으로 덮었습니다. 그리고 가능한 한 에미리 쪽을 보지 않으려고 애쓰면서 티셔츠 자락을 손가락으로 집어 내렸습니다. 배 위에 뿌려져 있던 끈적끈적한 것이 무엇인지 당시의 저로선 알 수가 없었습니다. 스커트도 그런 식으로 내렸죠. 몸을 구부렸을 때, 라커 맨 아랫단에 아무렇게나 던져져 있는 속옷이 눈에 들어왔습니다.

팬티는 어떡하지? 티셔츠나 스커트는 몸을 만지지 않고 내릴 수 있었지만 속옷은 그럴 수가 없었습니다. 짧은 스커트 아래 팔八 자로 늘어져 있는 에미리의 희고 긴 다리로 눈을 돌리자, 사타구니 사이에서 허벅지로 피가 흐르고 있었습니다.

그 순간, 갑작스런 공포를 느낀 전 탈의실에서 뛰쳐나갔습니다.

죽었다는 걸 알면서도 옷을 내릴 수 있었던 건 교살이어서 피가 흐르지 않았기 때문이겠죠.

탈의실에서 나오자, 이번엔 눈앞에 펼쳐진 풀이 무서워 다리가 후들거렸습니다. 잠깐 사이에 해는 급속히 지고 바람이 불어 오고 있었습니다. 천천히 일렁이는 풀의 수면을 바라보니, 그 속으로 끌려 들어갈 것만 같았습니다. 오봉 날 물놀이를 하면 귀신이 발을 잡아채고 끌고 간다. 해마다 들어 오던 그 말이 머릿속을 빙빙 돌면서 당장이라도 에미리가 벌떡 일어나 절 물속으로 밀어 넣을 것만 같았습니다. 전 눈을 감고 귀를 막듯이 머리를 감싸 쥐고는 그 자리에 주저앉아서 목이 터져라 "아— 아—." 하며 비명을 질러 댔습니다.

왜 전 기절도 못했을까요. 기절이라도 했다면 지금 제가 처한 상황도 조금은 바뀌었을지 모르는데 말이죠.

얼마 동안 그러고 있었는지 맨 먼저 달려 온 사람은 아주머니셨습니다. 이후의 상황은 아주머니도 잘 알고 계시리라 믿고 제 경우만 간단히 적겠습니다.

순경 아저씨와 함께 유카가 돌아오고, 곧이어 귀가가 늦는 딸을 걱정하고 있던 어머니가 사건 소식을 듣고 헐레벌떡 달려와서는 그대로 저를 업고 집으로 돌아갔습니다. 집에 도착해서야 전 처음으로 울음을 터트렸습니다. 비명을 지르던 때보다 더 큰 소리로 울었던 것 같네요.

어머니는 아무것도 묻지 않았습니다. 방석을 나란히 깔고 누운 제게 찬 보리차를 따라 주며 등을 가만히 쓸어 주었죠. 그러다 문득 낮게 중얼거렸습니다.

"우리 딸이 아니어서 다행이야."

그 말이 가슴속 깊이 박히는 걸 느끼며 눈을 감고 잠이 들었습니다.

여기에 쓴 이야기는 사건 직후에 한 증언과 크게 다르지 않으리라 봅니다. 그런 일을 겪고서도 우리는 나름대로 최선을 다해 증언했다고 생각합니다. 다만 가장 명확하게 증언해야 할 부분을 네 사람 모두 제대로 기억해 내지 못한 점은 지금도 진심으로 죄송할 따름입니다.

그날의 일은 텔레비전 영상처럼 선명하게 떠오르는데, 웬일인지 그 남자의 얼굴만은 기억이 나지 않습니다.

"아저씨는 머리에 하얀 수건을 쓰고 있었어요."

"아저씨는 회색 작업복을 입고 있었어요."

"그거, 연녹색 아니었어?"

"나이요? 사십에서 오십쯤 돼 보였어요."

이런 식으로 전체적인 윤곽은 떠오르는데 도무지 얼굴이 생각나지 않았습니다. 키는 큰지 작은지, 뚱뚱한지 말랐는지, 얼굴은 둥근형인지 각이 졌는지, 눈은 큰지 작은지, 코는, 입은, 눈썹은, 점이나 흉터 같은 건 없었는지. 하나하나 세분해서 물어도 우리는 고개만 저을 따름이었죠.

다만 '본 적이 없는 사람'인 것만은 확실했습니다.

좁은 시골 마을은 한동안 사건 얘기로 떠들썩했습니다. 호기심을 참지 못하고 직접 제 얘기를 들으러 찾아온 친척 아저씨를 어머니가 쫓아 보낸 일도 있었죠. 그러던 중에 마을 사람들의 화제에 오른 것이 '프랑스 인형 도난 사건'이었습니다. 마을 인근에 어린 여자 아이만 노리는 변태가 있는 게 아닐까. 프랑스 인형을 훔친 범인이 인형만 가지고는 성이 안 차자, 인형처럼 생긴 여자 아이를 죽인 게 아닐까. 이런 소문이 번지기 시작했죠.

얼마 뒤, 경찰이 인형이 없어진 집들을 돌며 재조사를 벌이게 되면서 대부분의 사람들이 두 사건을 동일범의 소행으로 믿게 되었습니다.

어린 여자 아이를 노리는 변태가 범인이다.

그러나 전 어딘가 납득이 안 되는 부분이 있었습니다. '어린 여자 아이'에 가장 가까운 모습을 한 건 바로 저였기 때문이죠.

사건 이후, 에미리의 죽은 모습은 예기치 않은 순간에 제 머릿속에 떠오르곤 했습니다. 흑백 영상인데도 유독 허벅지에 흐르는 피만 시뻘건 색이었죠. 그러면 에미리의 얼굴이 제 얼굴로 바뀌면서 머리가 쿡쿡 쑤셔 오기 시작했습니다. 쿡쿡 쑤시는 머리를 누르며 제가 생각한 건 오직 하나였습니다.

내가 아니어서 다행이다.

불온한 생각이라고 비난하실는지요? 다른 세 사람은 어땠는지 모르겠습니다. 에미리가 불쌍하다며 동정한 친구도 있을지 모르죠. 왜 구하지 못했을까 하며 죄책감에 괴로워한 친구도 있을지 모르겠습니다. 하지만 전, 저 한 사람 돌보는 것만으로도 힘겨웠습니다.

내가 아니어서 다행이다. 그 다음에는, 그럼 왜 에미리였을까 하는 의문이 뒤따랐지만 전 확실한 답을 갖고 있었습니다. 그건 다섯 명 중에서 에미리만이 어른이었기 때문이죠. 어른이 돼 버린 탓에 남자한테 이상한 짓을 당하고 살해되었다.

그 남자—범인은, 이제 막 어른이 된 여자 아이를 찾고 있었던 것이다.

한 달이 지나고, 반년, 1년이 지나도 범인은 잡히지 않았습니다. 아주머니가 도쿄로 돌아가신 건 사건이 나고 3년 후의 일이었던가요. 이 편지가 그때의 약속 때문이란 걸 이미 눈치 채셨나요.

시간이 지나고 마을 사람들이 더 이상 사건을 화제에 올리지 않게 되자, 제 안의 공포는 점점 더 부풀어만 갔습니다. 내가 범인 얼굴을 기억하지 못한다 해도 범인은 내 얼굴을 기억할지 모른다. 우리가 자기 얼굴을 기억하는 줄로 오해한 범인이 이번엔 나 아니면 다른 아이들을 죽이러 올지도 모른다. 지금까지는 어른들의 걱정과 관심을 받았지만 모두 서서히 잊어 가고 있다. 어쩌면 범인은 우리가 다시 아이들끼리만 행동하기를 기다리고 있는지도 모른다……

무엇을 하든 창문 틈으로, 건물 그늘에서, 자동차 안에서 범인이 지켜보고 있는 것만 같은 착각에 빠지곤 했습니다.

무서워. 무서워. 무서워. 살해당하고 싶지 않아. 그러기 위해선……

어른이 되어선 안 된다.


시간이 흐르면서 가끔 누군가 날 바라보는 듯한 시선을 느끼기도 했지만, 그래도 서서히 사건을 떠올리는 일은 줄어들었습니다. 중·고등학교 시절 동안 예술계 클럽 활동 중에서도 가장 엄격하다는 합주부에 들어가, 날마다 연습에 쫓기며 정신없이 생활한 덕분인지도 모르겠습니다.

그러나 몸과 마음 모두가 그 사건에서 해방된 건 아니었더군요. 그것을 깨달은 건, 아니, 어쩔 수 없이 깨닫게 된 건 열일곱 살, 고등학교 2학년 때입니다.

그때까지도 전 아직 초경이 없었습니다. 아무리 체구가 작아도 아직까지 생리가 없는 건 이상해. 물론 개인차가 있다지만, 그래도 한번 병원에 가서 정확한 진단을 받아 보는 게 좋지 않겠니? 어머니의 이 말에 인근의 현립縣立 병원 산부인과를 찾았습니다.

여고생이 산부인과를 찾는다는 건 나름대로 용기가 필요한 행동입니다. 사실 그때까지 전 생리가 없는 것에 대해 별다른 의식 없이 지내고 있었죠. 하지만 어머니의 걱정 소리에 어렴풋이 짐작이 가는 원인이 있긴 했지만 그래도 설마 그것 때문이랴. 만에 하나 산부인과 계통의 질병이라도 있으면 큰일이다 싶은 마음에 용기를 내기로 했습니다.

시골 마을에도 개인 산부인과는 있었지만 그런 곳을 드나드는 모습을 마을 사람들에게 보이고 싶지 않았습니다. 남학생과 사귀기는커녕 제대로 말 한 번 붙여 본 적도 없는데, 행여 이상한 소문이라도 나면 안 된다는 생각이었죠.

검사 결과는, 특별한 이상은 발견되지 않았다. 정신적인 문제가 원인이지 않을까. 학교나 가정에서 특별히 스트레스를 받는 일은 없는가, 하는 소견이 나왔습니다.

정신적인 문제—그것 때문에 생리를 시작하지 않거나 중단되는 일도 있다는 설명에 전 고개를 끄덕였습니다. 어른이 되면 살해당한다. 생리를 하면 살해당한다. 처음에는 의식적으로, 그러다 점점 무의식적으로 전 자신의 몸에 지속적으로 자기암시를 보내고 있었던 것입니다. 사건을 더 이상 떠올리지 않게 되었음에도 뇌리 저 깊은 곳은 늘 그 사건에 얽매여 있었던 셈이지요.

의사는 카운슬링과 정기적으로 호르몬 주사를 맞는 방법 등을 권했지만, 부모님과 의논해 보겠다며 집으로 돌아온 이후 다시는 병원을 찾지 않았습니다. 어머니께는, 아무런 이상이 없다고 한다. 조금 늦어지는 것뿐이다, 라고 보고했습니다.

차라리 공소시효까지 생리를 안 했으면 좋겠다는 심정이었습니다.

마을을 떠나 사건을 전혀 모르는 타인들 속에서 살다가도,

어느 순간 범인과 맞닥뜨릴 날이 올지 모른다. 하지만 어른이 되지 않은 몸이 날 지켜 줄 것이다. 이런 안도감이 필요했던 거죠.

급기야 전 범인이 잡혀 그 사건이 새삼 들추어지기보다 하루 빨리 공소시효가 끝나 제 자신이 사건에서 해방되길 간절히 바라게 되었습니다.

아주머니하고의 약속 따위, 상관없어.

허나, 설마 아주머니와 다시 만나게 될 줄은 꿈에도 몰랐습니다.


여자대학 영문과를 졸업한 전, 염료를 주로 취급하는 중견 기업에 취직했습니다. 그 회사는 이과 출신, 문과 출신 가리지 않고 입사해서 처음 2년간은 무조건 검사실에서 근무하도록 정해져 있었습니다. 자기가 다니는 회사가 어떤 상품을 취급하는지 알자는 거지요.

시험관, 비커를 만져 보기는 고등학교 화학 시간 이후 처음이었고, 한 대에 수천만 엔이나 하는 분석 기계를 보는 것도 처음이었습니다. 기체 크로마토그래피, 액체 크로마토그래피 등, 네모난 상자 모양의 기계에 대한 설명을 들어도 무슨 소리인지 통

알 수가 없었는데, 기계 한 귀퉁이에 그려진 마크는 눈에 익은 것이었습니다.

아다치 제작소. 공기가 깨끗한 그 마을 공장에서 이런 걸 만들고 있었구나 하는 반가움과 함께, 제 속에 잠복해 있던 혐오감이 고개를 들면서 갓 입사한 회사에서 복잡한 심경이 되었던 기억이 있습니다.

검사실 실장에게 남자를 만나 보지 않겠냐는 제의를 받은 건 입사한 지 3년째 되는 봄, 2년간의 연수를 마치고 경리부로 정식 발령을 받은 직후의 일입니다.

"항상 신세를 지고 있는 거래처 전무의 조카인데, 언젠가 자네를 본 적이 있나 봐. 꼭 한 번 정식으로 만나고 싶다고 저쪽에서 부탁을 하더라고."

만일 실장이 조용한 곳으로 따로 불러 개인적으로 얘기했더라면, 아무리 상사의 부탁이라도 그 자리에서 거절했을 겁니다. 전 결혼할 수 없는 여자였으니까요. 하지만 실장은 입사 동기들이 각자의 부서로 이동하기 위해 짐 정리가 한창인 사무실에서 큰 소리로 떠들어 가며 말했습니다. 사진과 자기소개서가 그 자리에서 제게 전달되고, 모두들 흥미진진한 얼굴로 절 에워쌌습니다.

사진을 꺼내자 여자 직원들이 "괜찮다!" 하며 목소리를 높였고, 자기소개서를 펼치자 남자 직원들이 "와!" 하며 환성을 질렀습니다. 그러자 실장은 "어때, 굉장하지?" 하며 분위기를 더욱 고조시켰습니다. 팔자가 폈다느니, 인생 최대의 대박이라느니, 저마다 한마디씩 거들자 거절 타이밍을 놓친 전, "그럼, 잘 부탁드려요." 하며 수락하고 말았죠.

일류 대학을 나와 일류 기업에 다니는, 외모 역시 스마트한 엘리트가 왜 나 같은 삼류 기업 여직원을 만나고 싶다는 걸까. 언제 어디서 날 보고 호감을 가진 걸까. 만나기로 약속한 날까지 혼자서 이런저런 생각을 한 끝에 내린 결론은, 다른 사람과 착각한 것 같다는 것이었습니다.

번잡한 형식을 생략하고 둘이서 식사를 하기로 했는데, 그것이 오히려 절 더 우울하게 만들었습니다. 사회인이 되고 이제는 남자하고도 자연스럽게 대화 정도는 할 수 있게끔 되었지만, 그때까지도 전 처음 만나는 남자와 둘이서 식사를 해 본 적이 없었거든요.

오지랖 넓은 동기가 골라 준, 봄 냄새 물씬 나는 핑크색 원피스를 입고 약속 장소인 호텔 로비에 도착하자, 사진에서 본 얼굴이 달려오더군요. 타카히로 씨입니다.

그는 밝으면서도 정중한 목소리로, 상사를 통해 무례한 부탁을 한 점을 사과하며 휴일에 이렇게 나와 줘서 고맙다고 했습니다. 어찌할 바를 모른 채 제대로 인사도 못한 전, 예약해 놓았다는 꼭대기 층 이탈리안 레스토랑까지 따라가 한숨을 돌리고 나서야 준비해 간 내세울 것 하나 없는 자기소개서를 내밀었습니다.

그러나 그는 봉투는 열어 보지도 않고 테이블 한쪽에 치워 놓더니 이렇게 말했습니다.

"××마을에 살았지?"

공기가 깨끗한 그 시골 마을 이름이 나와, 저는 그만 숨을 멈추고 말았습니다. 그는 얼굴에 웃음을 띤 채 다음 말을 이었습니다.

"나도 초등학교 6학년 때부터 중학교 2학년 때까지 3년간 그 마을에 살았어. 학년은 두 학년 위지만, 나, 기억 안 나?"

기억이 나기는커녕 생판 모르는 얼굴이었습니다. 초등학교 6학년이라면 전 4학년입니다. 마을에 공장이 생긴 그해는 전학생들로 넘쳤죠.

"이거 서운한데. 같이 놀기도 했는데……. 프랑스 인형 견학 투어, 네가 앞장서서 우리를 데리고 다녔잖아."

아아, 그 아이들 중에 있었구나, 하는 생각이 들었지만 구체적으로 누구였는지는 생각나지 않았습니다. 하지만 그는 제가 그때 느꼈던 패배감이나 그 뒤의 프랑스 인형 도난 사건을 떠올리기 전에 화제를 돌려 주었습니다. 3년 동안 살았다면 당연히 그 사건에 대해서도 알고 있을 텐데, 어쩌면 그는 제가 그 사건에 연관되었다는 것까지 알고 일부러 배려를 하는지도 모른다는 생각이 들더군요.

시계 관련 영업직에 있는 타카히로 씨는 스위스에 갈 기회가 많았는데, 그때마다 어딘가 분위기가 비슷한 그 마을이 생각났고, 그러던 중에 우연히 절 보게 되어 꼭 한 번 만나고 싶었다고 했습니다.

어디서 날 보았냐고 물었더니, "그쪽 회사 망년회였던 것 같은데……" 하고 대답하기에 제가 한 중국 음식점 이름을 대자, "아, 맞아. 거기. 그때 친구랑 같이 갔었거든." 이러더군요. 이런 우연도 있을 수 있구나. 쑥스러우면서도 언뜻 운명적인 예감마저 들기도 했는데, 지금 생각해 보면 즉석에서 대충 지어 냈던 말 같습니다.

이후 타카히로 씨하고는 일주일에 두세 번 꼴로 만났습니다. 같이 밥을 먹고, 영화를 보고, 미술관에 가는 등, 흔해 빠진 데이트였지만, 그와 함께 있으면 신기하게도 누군가 날 보고 있다는 공포감이 사라지면서 헤어질 땐 조금만 더 같이 있고 싶기까지 했습니다.

그러나 그는 한 번도 호텔로 가자거나 혼자 사는 제 아파트에 들어오려고 하지 않았습니다. 물론 저 역시 그가 택시로 아파트까지 바래다주었을 때도 올라가서 차 한잔 하자는 소리 따위는 하지 않았죠. 그렇게 집에 같이 들어가서, 그 다음엔 뭘 할 건데? 머릿속에서 울려오던 이 소리는 대체 누구의 목소리였을까요.

갑작스레 프러포즈를 받은 건 일곱 번째 데이트 때였습니다.

처음으로 손을 잡은 날이었죠. 실은 유명 뮤지컬의 개막 공연을 보러 갔다가 혼잡한 홀에서 서로를 놓칠 뻔한 상황에 그가 손을 뻗어 절 잡은 것뿐이었습니다. 하지만 그것만으로도 가슴이 두근대는 것이, 그 후로 공연히 슬퍼져서는 공연 도중 어두운 객석에서 눈물을 훌쩍이고 말았습니다.

"스위스 주재원으로 발령받았는데, 같이 가지 않겠어?"

그가 이렇게 말한 건 프렌치 디저트와 거기에 어울리는 하우스 와인이 나왔을 때였죠. 각 테이블이 룸으로 된 레스토랑으로, 행복한 커플이 프러포즈를 나누기엔 최적의 장소였습니다.

꿈만 같은 결혼 신청을 그대로 받아들일 수 있으면 얼마나 좋을까. 전 생각했습니다.

하지만 저로선 그럴 수 없었습니다. 그럴 수밖에 없는 이유가 있었죠.

죄송해요, 하며 고개를 숙이자, 그는 왜? 하고 물었습니다. 각오는 하고 있었지만 그래도 망설여지더군요. 차라리, 나같이 보잘것없는 여자 말고 당신에게 더 잘 어울리는 분을 만나 행복하게 사세요, 따위의 상투적인 말로 거절하는 편이 더 낫지 않을까 싶기도 했지만, 그건 상대방의 성의를 무시하는 짓 같아 진짜 이유를 밝히기로 했습니다.

그 꺼림칙한 사실을 프러포즈에 대한 답으로 밝히게 될 줄은 제 자신도 상상조차 못했던 일이었습니다.

"여자로서 생물학적인 결함이 있어요."

그는 어리둥절한 표정을 지었습니다. 상상도 못한 대답이었을 겁니다. 전 수치심이 밀려 올라오기 전에 단숨에 말했습니다.

난 스물다섯 살이 된 지금까지 한 번도 생리를 한 적이 없어요. 내 머릿속에서 몸이 어른이 되기를 거부하기 때문이에요. 이런 몸으로는 정상적인 부부생활은커녕 아이도 낳지 못할 거예요. 앞날이 창창한 당신이 나 같은 불량품과 결혼할 순 없어요.

제 자신을 지키기 위해 걸었던 자기암시를 그때 처음으로 저주했습니다. 이럴 줄 알았으면 고등학교 2학년 때 주사든 카운슬링이든 뭐라도 할 걸 그랬다며 후회했죠.

하지만 울면 더욱 비겁해 보일 것 같아서 눈물은 꾹 참았습니다. 화이트초콜릿무스 위에 색색의 과일을 얹은, 유리 조각품 같은 디저트를 볼이 미어지도록 입 안에 넣었습니다. 스트로베리, 라즈베리, 크렌베리, 블루베리……. 이제는 각각의 이름을 모두 알게 되었지만, 전 여전히 그 시골 마을에 묶여 있었던 셈이죠.

"괜찮아."

타카히로 씨는 이렇게 말했습니다. 같이 있어 주기만 하면 된다고요. 일을 끝내고 피곤한 몸으로 집에 돌아가면 그곳에 네가 있어. 난 너에게 하루 동안 있었던 일을 얘기하고는 널 안고 잠이 들어. 그 이상의 행복은 상상이 안 돼. 우리가 함께 보냈던 그 마을과 비슷한 곳에서 새로운 인생을 시작하지 않을래?

또, 이 나라를 떠나는 건 너한테도 나쁘지 않을 거야. 네가 그렇게 된 건 살인 사건 때문일 텐데. 그래서 넌 그 마을과 비슷한 곳에 살다가 그때의 일이 다시 생각나면 어쩌나 하고 불안한 마음이 들 수도 있을 거야. 하지만 이것만은 확실히 말할게. 새로운 곳에 살인범은 없어. 그리고 네 옆에는 내가 있어.

결혼식에 아주머니 부부를 초대해도 괜찮겠냐는 타카히로 씨의 말을 들었을 때는 무척 놀랐습니다. 타카히로 씨의 아버지와 아저씨가 사촌 형제간이란 사실도 그때 처음 알았죠. 두 분이 날 보시면 그 사건이 자꾸 떠올라 힘드시지 않겠냐고 하자, 두 분은 꼭 참석하고 싶어 하셨다더군요.

솔직히 말씀드리면, 전 가능하면 아주머니와 만나고 싶지 않았습니다. 약속도 지키지 않은 채 행복해지려는 절 절대로 용서하지 않으실 것 같았죠. 다만, 제겐 결혼식에 대해 왈가왈부할 권리가 없었습니다. 연예인도 여럿 이용했다는, 유명 건축가가 설계한 미술관에서 호화롭게 치르는 결혼식 비용의 대부분을 양친 모두 아다치 제작소의 중역인 타카히로 씨 집에서 부담하기로 했으니까요. 제 마음대로 고른 건 웨딩드레스 정도였죠. 그러나 결혼식 날, 아주머니는 제게 이제 지나간 일은 잊으라며, 행복하라고 말씀해 주셨습니다. 그 말씀을 듣고 어찌나 기뻤는지……. 그리고 또 하나 기쁜 일이 있었습니다. 바로 타카히로 씨가 준비한 깜짝 선물이었죠.

타카히로 씨와 결혼식 준비를 하면서 전 피로연 때는 당연히 칵테일 드레스로 갈아입을 계획이었습니다. 그런데 그가 마지막까지 흰 드레스로 있는 게 좋다며 제 의견을 묵살한 일이 있었죠. 그 일 때문인지, 예식 도중에 갑자기 신랑의 깜짝 선물이라며 커다란 리본이 묶인 상자가 제게 전달되었고, 전 그대로 담당자를 따라 신부 대기실로 가게 되었습니다.

　상자를 열자 핑크색 드레스가 나왔습니다. 가슴과 밑단은 하얀색 깃털로 테가 둘러 있고, 어깨와 허리에는 커다란 보라색 장미가 달린 드레스였습니다. 드레스를 입고 나자 머리에도 보라색 장미와 흰 깃털로 꾸민 화관을 씌워 주더군요. 이런 것도 있었나 하며 전신을 거울에 비추자, 거기엔 오래 전 고향집 응접실에 있던 프랑스 인형이 서 있었습니다.

　왜 이런 걸? 처음엔 의아했지만, 곧이어 우리가 처음 만난 건 프랑스 인형 견학 투어였다는 사실이 생각나더군요. 도회지 아이들에게 한물간 인형을 득의양양해서 보여 주러 다니는 시골 여자 아이. 그 시절의 저를 생각하며 인형과 똑같은 드레스를 주문한 것 같았습니다. 날 놀래 주기 위해, 기쁘게 해 주기 위해서…….

　드레스를 갈아입고 식장으로 돌아온 절 감격스럽게 바라본 타카히로 씨는 빙긋 웃으며 "아름다워." 하고 말했습니다.

사람들의 축복 속에서 행복을 만끽하며 치른 결혼식 이틀 후, 전 타카히로 씨와 함께 여행길에 올랐습니다. 비행기에서 내려다보는 풍경이 점점 작아지면서 제 전신으로 해방감이 퍼져 가는 걸 느낄 수 있었습니다.

살인범은 없어. 그리고 네 옆에는 내가 있어. —그러나, 범인은 있었습니다.

지금 제가 있는 곳은 깨끗한 공기는 그 마을과 다를 바가 없지만, 그 밖에는 비슷하다는 표현이 미안할 정도로 예쁘고 아름다운 곳입니다. 둘만의 생활을 시작한 지 딱 2주일이 지났군요.

—아직 2주일밖에 안 됐네.

지금 잠깐 놀랐습니다. 여기까지는 비교적 침착하게 써 온 것 같은데, 지금부터는 마지막까지 제대로 쓸 수 있을지 자신이 없군요. 하지만 바로 지금부터가 정말로 써야 할 이야기입니다.

먼저 이곳에 도착한 날부터…….

신혼집에 가구, 그릇 등, 생활에 필요한 것은 거의 다 갖추어져 있다는 타카히로 씨의 말을 듣고, 전 자취 생활을 하면서 썼던 살림을 대부분 처분한 다음, 옷가지 등 최소한의 필수품만 챙겨서 먼저 보내 놓은 상태였습니다. 타카히로 씨는 결혼이 정해지고 나서도 스위스 출장을 여러 번 다녔기 때문에 그때마다 신혼집을 조금씩 정리하는 것 같았죠.

이곳 시간으로 오전 중에 공항에 도착하니 회사 사람들이 마중을 나와 있었습니다. 저도 같이 회사에 가서 인사를 하고 회식에 이어 축하 선물까지 받은 다음, 회사에서 내준 차로 타카히로 씨와 둘이서 신혼집으로 향했습니다.

그날, 전 눈에 보이는 모든 것에 환호성을 질렀지만, 특히 제가 가장 큰 목소리를 낸 건 고급 주택가 한 귀퉁이에 자리한 앤티크 돌하우스를 연상케 하는 신혼집에 도착했을 때입니다. 예쁘다, 예쁘다. 이 말만 연거푸 반복했죠.

2층으로 된 집의 1층엔 넓은 거실과 주방, 그리고 방이 두 개였습니다. 소파와 책장이 비치된 거실에, 전 당장 선물로 받아 온 육중한 시계를 놓았지만 어딘가 휑한 느낌이었습니다. 그릇도 한 세트가 구비되어 있긴 했지만 커플 컵을 마련해야겠다는 생각을 했죠. 식탁에는 오렌지색 테이블보가 어울릴 것 같다, 창턱에는 사진을 쭉 진열해 놓는 게 어떻겠냐며 흥분해서 떠드는 제게 타카히로 씨는 미소 띤 얼굴로 "네가 하고 싶은 대로

해."라고 말했습니다. 대신 짐부터 정리해야지, 라고도 했죠. 일본에서 부친 박스는 한쪽 방에 대충 쌓여 있더군요.

2층은 크기가 다른 방이 네 개였습니다. 가장 넓은 안쪽 방이 침실이고 나머지는 마음대로 쓰라는 얘기를 들으며, 전 가까운 방부터 하나씩 둘러보았습니다. 둘이 살기엔 너무 큰 집이란 생각을 하며 널찍한 복도를 지나 가장 안쪽에 있는 침실의 문손잡이에 손을 댄 순간이었습니다.

여긴 나중에 보자, 라는 것이었습니다. 그 방은 오늘부터 쓸 수 있도록 지난번 출장 왔을 때 다 꾸며 놨으니까, 우선 저녁부터 먹자고 하더군요. 침실을 꾸며 놓았다는 말에 왠지 부끄러워진 전, 문을 열지 않고 그대로 그를 따라 근처 레스토랑으로 향했습니다.

맥주를 마시고, 소박하면서도 맛있는 그 지방 가정 요리를 맛보고, 행복한 기분에 젖어 집에 돌아오자, 타카히로 씨가 갑자기 절 양팔로 안아 올리더니 계단을 올라갔습니다. 그는 그대로 복도를 지나 가장 안쪽 방의 문을 열고 안으로 들어가서 방 한가운데에 천천히 절 내려놓았습니다. 방 안은 캄캄해서 잘 보이지 않았지만, 제가 앉은 곳이 침대 위라는 건 알 수 있었습니다.

원피스의 등 뒤 지퍼가 내려가고, 옷이 어깨부터 스르륵 떨어져 내렸습니다. 스위스에 오기 전, 일본에서 호텔에 며칠 머무르는 동안은 타카히로 씨가 업무 인수인계 등으로 바빴던 이유도 있고 해서 아직 일을 치르지 않고 있었는데, 결국 그날이 왔구나 싶었습니다. 몸은 비록 불완전하지만, 그를 향한 사랑으로 어떻게든 되겠지. 그가 어떻게든 도와줄 것이다.

심장 고동이 빨라지는 걸 느끼며 숨을 죽이고 있는데, 뭔가가 머리 위로 포옥 덮어씌워졌습니다. 한쪽 팔부터 천천히 소매가 끼워지고, 등 뒤의 지퍼가 올라가고, 타카히로 씨의 손에 이끌려 일어나자, 그는 긴 치맛단을 조심스레 정리했습니다. 그제야 비로소 그가 제게 드레스를 입혔다는 사실을 깨달았습니다.

그때, 불이 켜졌습니다. 타카히로 씨가 램프를 켠 것이죠. 그 순간 제 눈에 들어온 건 프랑스 인형이었습니다. 침대 옆, 아름다운 조각으로 장식된 목재 테이블 위에 이쪽을 보며 미소 짓고 있는 건 그 시골 마을 옛집의 응접실에 있던 인형과 똑같은 얼굴이었습니다.

같은 걸 찾아서 샀나? 그렇지 않았습니다. 인형 오른쪽 눈 밑에는 작은 점까지 있었죠. 다만 드레스는 달랐습니다. 핑크색이 아닌 하늘색 드레스였습니다. 그리고 제가 입고 있는 것 역시 같은 색깔이었죠.

영문을 몰라 돌아보자, 타카히로 씨는 결혼식 때와 똑같은 미소를 지으며 절 바라보고 있었습니다. 그리고 말했죠.

"내 소중한 인형."

어떻게…… 된 거예요? 갈라지는 목소리로 간신히 뱉어 낸 순간, "말하지 마!" 벼락같은 소리가 날아왔습니다. 미소가 사라진 초조하고 신경질적인 얼굴을 보자, 그제야 프랑스 인형 견학 투어에 따라왔던 한 소년의 얼굴이 떠올랐습니다.

자신이 처한 상황을 이해하지 못한 채, 말하는 것도 제지당한 채, 숨도 제대로 쉬지 못하고 서 있으니 돌연 그의 표정이 평소처럼 밝아지면서 절 침대에 앉히고 자신도 옆에 앉았습니다.

소리 질러서 미안해. 놀랐어? 다정하게 물었지만 전 대답할 수 없었습니다. 절 바라보는 그의 눈은 살아 있는 사람을 보는 눈이 아니었기 때문이죠. 할 말을 찾지 못하고 가만히 바라보자, 그는 "착하네." 하며 커다란 손으로 제 머리를 천천히 쓰다듬었습니다.

그리고 이야기를 시작했죠.

난 말이지, 그때까지 사랑이란 걸 해 본 적이 없어. 주위에 있는 여자들은 하나같이 어렸을 때부터 귀족 행세나 하도록 길들여진 애들뿐이어서, 건방지고 재미없는 생물체로밖에 보이지 않았어. 그 연장선상에 어머니가 있었지. 어머니는 자기보다 무능력한 연구실 부하나 같은 부서에 근무하는 아버지를 헐뜯기만 했어.

그러다 어느 날 이사를 가게 된 거야. 여기도 일본인가 싶을 정도로 정말 아무것도 없는 그곳에는 내가 몰랐던 세상의 아이들이 살고 있었어. 거칠고 상스럽고 시샘 많은……. 그런 애들하고 몇 년을 같이 지낼 생각을 하니 미칠 것만 같더라.

어느 날, 같은 아파트에 사는 아이가 재미있는 걸 보러 가자며 날 부르러 왔어. 그게 설마 인형인 줄은 짐작도 못한 난, 심심하던 차에 잘됐다며 지저분한 시골 아이들을 따라나서기로 했지. 그 아이들은 남의 집 현관을 함부로 열어젖히더니, 인형 좀 볼게요, 하고 소리쳤어. 그러자 그 집 주인은 내다보지도 않은 채, 그래라, 하며 큰 소리로 대답하는 거야. 믿기지 않았어. 남의 집 응접실에 멋대로 들어가서 그 집 장식품을 구경하며 놀다니.

그래도 재미있었어. 인형 말고도 그림이나 상장, 선물로 받은 물건 등, 응접실에 꾸며 놓은 것들을 보고 있으면, 그 집에 사는 사람의 모습이 떠오르는 것 같았거든. 그때 보리차나 칼피스를 들고 내 상상과 비슷하게 생긴 사람이 나오기라도 하면 얼마나 감격스러웠는지. 그러는 사이, 네 번째 집쯤부터 인형의 얼굴이 그 집 아이와 닮았다는 사실을 깨닫고는 좀 더 자세히 관찰하게 됐어. 고집이 셀 것 같은데, 잘난 척 좀 하겠는걸, 머리가 나쁘게 생겼다 등등, 안 좋은 인상뿐이었지만.

끝에서 두 번째가 아마 너희 집이었을 거야. 그 놀이엔 벌써 싫증이 나서 혼자 조용히 가 버릴까 하던 참이었는데, 한눈에 '아, 이 인형은 갖고 싶다.' 하는 생각이 들었어.

어른스럽게 생긴 아이 같기도 하고, 아이처럼 생긴 어른 같기도 한 신비한 얼굴. 나도 모르게 손을 뻗어 만져 보고 싶은 길고 가는 팔다리. 모든 게 매력적이었지. 내 옆에 두고 아무 때나 볼 수 있으면 얼마나 좋을까 싶었어. 그러자 갑자기 인형 주인이 누굴까 궁금해지더군. 하지만 인형 주인은 눈 밑 점만 똑같을 뿐, 그냥 볼품없는 시골 아이였어.

집에 돌아가고 나서도 인형을 잊을 수 없었어. 옆방에서 부모가 싸우면 인형 생각을 했고, 반 아이들이 숨바꼭질 룰을 모른다고 놀릴 때도 인형을 생각했어. 그러다 결국, 내 것으로 만들기로 결심했지.

마을 잔치가 있던 날은 마을 전체가 무방비 상태였기 때문에 인형을 몰래 들고 나오는 건 간단했어. 일단 집까지 조심스럽게 옮겨 놓은 다음, 다른 집을 돌며 똑같은 짓을 했어. 혹시 인형을 훔친 일이 발각되더라도, 그 인형을 사랑한다는 사실은 아무에게도 알리고 싶지 않았거든. 다른 인형들은 바로 그날 공장 소각장에 던졌지.

죄책감은 없었어. 난 누구보다도 널 아껴 줄 자신이 있었으니까.

그리고 곧바로 살인 사건이 일어났어. 피해자가 같은 아파트에 사는 아이라 큰 소동이 일어났는데, 그보다 난 인형을 훔친 일과 살인 사건이 하나로 연결되는 데 더 놀랐어.

살인범으로 몰리면 어쩌나 초조한 마음에 사건과 연관된 아이를 만나 동정을 살펴보기로 했지. 난 일단 너희 집으로 갔어. 내가 만나러 간 아이는 마침 학교나 경찰서에서 돌아오는 길이었는지, 엄마 옆에 붙어서 고개를 숙이고 걸어오더군. 그러다 한 순간, 그 아이랑 눈이 마주쳤는데 난 숨이 멎는 줄 알았어. 너랑 눈이 똑같은 거야.

볼품없는 시골 아이인 줄로만 알았는데, 어쩌면 굉장한 일이 벌어질 수도 있겠다. 1미터가 채 안 되는 너도 멋있지만, 사람

키만 한 너라면 훨씬 더 멋있겠다. 가만히 서 있는 널 보며 얘기하는 정도가 아니라 앉힐 수도 있고, 같이 걸을 수도 있고, 껴안고 잘 수도 있는, 실로 기적이 일어날 것 같은 예감이 들었어.

얼마 지나지 않아 용의자는 40대에서 50대 남성이란 신문 기사가 나오는 등, 사건에 대한 걱정은 사라졌지. 난 오로지 네 생각만 했어.

넌 눈치 채지 못했지만, 난 항상 널 보고 있었어. 학교나 등굣길, 심지어 집 앞에서도. 그 후 난 부모의 전근으로 도쿄로 돌아갔지만, 그래도 휴일이면 널 보기 위해 그 마을로 갔어. 그 마을 아이치곤 그나마 괜찮았던 녀석의 집에 놀러 가는 척하면서.

넌 내 바람대로 성장했어. 한때는 남자한테 알랑거리며 음탕한 짓이나 배우면 어떡하나 걱정한 시기도 있었지만 그런 기미는 전혀 보이지 않았지. 대학생이 되었을 즈음, 한번 만나 볼 생각도 했지만, 널 맞을 기반을 확실히 잡은 다음에 만나자고 간신히 참았어.

여자로서 생물학적인 결함이 있어요. 이 말을 들었을 땐, 눈이 마주쳤을 때보다 더 숨이 멎는 것 같았어. 넌 진정으로 살아 있는 인형이었던 거니까. 그 사건이 내 이상을 완성시켜 준 것이라면, 난 범인한테 감사해야 해.

자, 이리 와. 밤 동안만은 넌 내 인형이야.

오랜 시간 비행으로 피곤했는지, 아니면 긴 이야기에 지쳤는지, 그는 그 말을 끝내자 바로 드레스를 입고 있는 저를 소중한 인형 다루듯이 안고는 잠이 들어 버렸습니다.

역겨움, 공포……. 그때의 기분을 한마디로 표현하는 건 불가능하군요. 그동안 누군가가 쭉 지켜보는 것 같았던 느낌은 저만의 착각이 아니었던 셈입니다. 그게 범인이 아니더라도 해방감 따위는 가질 수 없었죠. 오히려 더 엽기적인 상대에게 걸려들고만 것 같은 두려움이 엄습하면서 한숨도 잘 수 없었습니다. 내일 일본으로 가자. 오직 이 생각만 했죠.

그러나 다음 날, 타카히로 씨는 깨어 있는 게 분명한데도 침대를 조용히 빠져나가는 저를 붙잡지 않았습니다. 샤워를 하고 평상복으로 갈아입고서 전날 사다 놓은 빵과 달걀로 간단한 아침 식사를 준비하고 있는데, 그가 태연한 얼굴로 일어나 나왔습니다.

오늘부터 출근해야 하니까, 심심하거나 무슨 일이 생기면 바로 휴대전화로 연락하라며 평소의 밝은 목소리로 말하고 나서,

현관 앞에서 키스를 하고 회사로 갔습니다.

어젯밤 일은 꿈인지도 몰라. 아니, 꿈은 아니지만, 그래, 맥주를 너무 많이 마셔 취한 탓일 거야. 인형은 정말 마음에 들어서 훔치고 말았지만 창피해서 그런 이야기를 지어냈는지도 몰라.

이런 말을 스스로에게 하면서 청소를 하려고 침실로 들어가자, 인형이 부드러운 미소로 절 기다리고 있었습니다. 빨간 드레스를 입고서 말이죠. 방에는 침대와 테이블, 그리고 테이블과 같은 조각이 장식된 옷장이 있었습니다. 전 천천히 옷장 앞으로 가서 양문형 옷장의 문을 두 손으로 힘껏 열어젖혔습니다. 안에는 색색의 드레스가 인형 것 따로, 제 사이즈 것 따로 나뉘어 가지런히 걸려 있더군요.

그것을 보자 다시 몸이 움츠러들면서 눈물이 왈칵 쏟아졌지만, 곧이어 웃음이 터져 나왔습니다. 캄캄한 어둠 속에서 느닷없이 이런 옷을 입기를 강요받고, 정상적인 정신 상태로는 이해하기 힘든 얘기를 들으며 두려움에 사로잡히고 말았지만, 밝은 햇살이 쏟아지는 방에서 본, 드레스가 주욱 걸린 옷장은 마치 서커스의 피에로처럼 화려하고 유쾌하면서도 어딘가 우스꽝스러워 보였습니다.

그는 어떤 얼굴로 이걸 다 마련했을까. 설마 색연필로 그린 그림까지 갖고 있는 건 아니겠지. 오래전에 버린 그 인형수첩 같은.

타카히로 씨도 어린 시절에 뭔가 중요한 것이 결핍되었던 게 분명하다. 그 결핍을, 몇 년 뒤에는 폐기되었을지도 모를, 우리 집 응접실에 있던 인형이 채워 준 거라면 정말 대단한 일이 아닌가. 그 일을 이제부터는 내가, 하루에 단 몇 시간만 대신하도록 된 것뿐이지 않은가. 날 그 시골 마을에서 머나먼 이곳으로 데려와 준 건 그 사람이다. 불완전한 인간끼리 살아가기 위해서는 불완전함을 덮어 버릴 정도의 우스꽝스러운 의식이 필요한 법이다.

자기암시를 거는 건 제 특기죠.

저녁이 되어 직장에서 돌아온 타카히로 씨는 아침처럼 평상복을 입고 있는 절 보고는 불만스런 표정을 짓더군요. 전 그가 입을 열기 전에 다급히 말했습니다.

지금이 밤이긴 해도, 여기는 생물학적인 인간으로 살아가기 위해 필요한 공간이잖아요. 저녁부터 먹고 화장실에 갔다 와서 샤워를 한 다음, 저 방에서 우리의 진짜 밤을 맞이해요.

인형의 신분으로 맞이하자는 말은 주제넘은 게 아닌가 싶었지만, 그는 빙긋 웃더니, 메뉴는 뭐야? 하고 묻더군요.

그래도 둘째, 셋째 날은 역시 고통스러웠습니다. 가만히 이야기만 듣는 정도면 괜찮겠는데, 드레스 속으로 손을 집어넣어 온몸을 쓰다듬는가 하면, 노출된 부위를 핥는 등, 정말 참기 힘든 일이었죠. 하지만 그것도 하루 이틀이 지나자 서서히 익숙해지더군요. 나중엔 오히려 인형이 되는 시간이 기다려지고, 날이 밝는 게 싫다는 생각까지 하게 되었습니다.

그러나 어젯밤은 달랐습니다.

아침부터 몸에 열이 나고 하복부가 뻐근하게 아파 오기 시작하더니 오후가 되자 서 있기조차 힘들어졌습니다. 거실 소파에 누워 담요를 뒤집어쓰고 눈을 감으니, 이번에는 시계소리가 귀에 거슬리더군요. 시계를 소파 밑에 밀어 넣고 간신히 잠이 들긴 했지만 통증이 사라지지는 않았습니다.

이윽고 밤이 되어 타카히로 씨가 돌아왔죠. 안색이 창백한 절 걱정하는 그에게 식사 준비를 못해서 미안하다고 하자, 신경 쓰지 말라고 하더군요.

그 다정한 말에 마음을 놓아 버린 게 잘못이었을까요. 전 그만, 오늘은 여기서 혼자 자고 싶다고 말했습니다. 그러자 타카히로 씨는 냉랭한 목소리로, 그건 안 된다고 하더군요. 지금 생각해 보면 왜 그렇게 화가 났는지 제 자신도 잘 모르겠지만, 간

밤에는 공연히 화가 나면서 분노가 치밀어 오르더군요.

"이런 날까지 변태 짓거리를 시킬 건가요?!"

이렇게 내뱉은 찰나, 뺨에 날카로운 통증이 지나갔습니다.

"지금…… 뭐라고 했어?"

제 뺨을 때린 타카히로 씨는 험악한 표정으로 달려들었습니다. 하지만 저도 물러서지 않았습니다. 가슴이 뛰어 그렇게 할 수밖에 없었죠.

"변태라고 했어요. 당신은 자신이 변태인지 몰라요?"

으윽— 하는 신음과 함께 또다시 뺨을 찌르는 듯한 통증이 지나가고 전 바닥에 쓰러졌습니다. 여전히 통증이 계속되고 있는 제 하복부 위에 올라탄 그가 두 손으로 목을 잡았습니다.

"취소해! 이번만은 용서해 줄 테니까 빨리 취소해. 싹싹 빌란 말이야!"

그때였습니다. 사타구니 사이로 따뜻하고 끈적한 것이 흘러내리는 감촉이 느껴졌습니다. 몸을 일으켜 확인해 보지 않아도 그게 뭔지, 어떤 색깔을 하고 있는지 알 수 있었습니다. 그리고 다음 순간, 그 사건이 일어난 날의 일이 빠르게 돌아가는 필름처럼 제 머릿속을 스쳐갔습니다.

공놀이를 하는 아이들, 그리로 다가오는 작업복을 입은 남자,

아이들을 훑어보는 남자, 남자를 따라가는 에미리, 그리고 풀
장 탈의실에서 본 그 광경…….

—살해당한다!

그 다음은, 생각이 나지 않습니다.

이 편지를 쓰고 있는 주방 식탁 맞은편 소파 앞에 타카히로
씨가 쓰러져 있습니다. 머리에서 흐르던 피는 이미 멎었고, 이젠
검게 굳어 가는 중입니다. 머리 옆에는 피 묻은 시계가 나뒹굴
고 있습니다. 이렇게 떨어져 있어도 숨을 쉬지 않는다는 걸 확
신할 수 있습니다.

제가 죽인 게 틀림없습니다.

머릿속을 스쳐 가던 영상 중에 한 가지 새롭게 떠오른 것이
있습니다.

그 당시 우리는 범인을 하나같이 아저씨라고 불렀습니다. 하
지만 그다지 나이가 많지 않은, 30대 중반쯤이 아니었나 싶습니
다. 공소시효가 얼마 남지 않았지만, 프랑스 인형 도난 사건의
범인은 다른 사람이었다는 것과 함께 이 점도 중요한 힌트가 되
어 사건이 해결되기를 진심으로 빌겠습니다.

—이것으로 약속은 지킨 게 되나요?

전 이 편지를 부치고 나서 일본으로 돌아갈 예정입니다. 외국에서 남편을 살해한 경우, 어디서 어떤 처벌을 받게 되는지 잘 모르기 때문에 일단 귀국하는 대로 가까운 경찰서를 찾아가 자수할 생각입니다.

어쩌면 징역을 살게 될지도 모르겠습니다. 하지만 그러고 나면 그때야말로 진정한 해방감을 만끽하며 살 수 있을 것 같은 생각에 전 조금도 괴롭지 않습니다. 오히려 지금 이 순간, 제 마음은 굉장히 편안합니다. 당신들이 오기 전, 깨끗한 공기를 당연하게 마시던 시절의 나 자신으로 가까스로 돌아온 기분이 드네요.

그럼, 안녕히 계세요.

사에 드림

학부모 임시총회

모두들 바쁘신 와중에, 비가 내리는 가운데서도 시립 와카바 제3초등학교 학부모 임시총회에 참석해 주셔서 감사합니다.

원래는 학급 담임보다는 교장선생님이나 교감선생님 등, 책임 있는 위치에 계신 분이 이 단상에 서는 게 원칙이지만, 학부모님들이나 지역 주민들께서 궁금해하시는 사항에 대해 명확하게 설명할 수 있는 사람이 교사 중에는 저밖에 없기 때문에 어쩔 수 없이 제가 이 자리에 서게 되었습니다.

또한 지금부터 제가 드리는 말씀은 사전에 원고를 준비하여 상부의 확인을 받은 것이 아니므로, 만에 하나 제 말씀 중에 불손한 발언이 있더라도 그건 학교의 책임이 아니라 전적으로 제 개인의 책임이란 것을 사전에 미리 말씀드리고 싶습니다. 여러분의 양해를 바랍니다.

자, 그럼 먼저, 이달 초에 일어난 '와카바 제3초등학교 아동 상해 사건'에 관해 말씀드리겠습니다.

사건이 일어난 때는 7월 5일 수요일 오전 11시 45분경, 장소는 교내 옥외 풀장으로, 그날은 4학년 1반과 2반이 합동으로 수영 수업을 하고 있었습니다. 날씨가 화창해서 수영을 하기에는 더할 나위 없이 좋은 날이었죠. 수업은 3, 4교시 연속으로, 10시 40분에 시작하여 12시 20분에 종료할 예정이었습니다. 지도교사는 1반 담임인 저 시노하라와 2반 담임인 타나베 선생님 두 사람이었습니다.

본교 풀장은 지금 여러분이 계신 이 체육관에서 보면, 운동장을 가로질러 맞은편 오른쪽에 있습니다. 교사校舍에서 가게 되면 정문에서 가장 멀리 떨어진 제3교사에서 신발을 갈아 신고 운동장으로 나가서 철봉, 수직봉 등의 놀이기구 앞을 가로질러 간 막다른 곳에 풀장의 출입구인 철제 슬라이드식 문이 있습니다.

출입구는 운동장에 면해 있는 그곳 한 곳뿐입니다.

출입문은 사고 방지 차원에서 학과 수업이나 클럽 활동으로 풀장을 사용할 때를 제외하고는 밖에서 자물쇠를 채워 두지만, 사용 중에는 그쪽 방면은 외부인이 침입할 염려가 거의 없고, 또한 몸 상태가 안 좋은 학생이 있을 경우, 제3교사 1층에 있는 보건실까지 바로 갈 수 있도록 개방해 놓고 있습니다.

풀장 출입문을 들어서면 신발장이 있는데, 그곳에서 신발을 벗고 계단을 올라가면 바로 풀이 나옵니다. 탈의실이나 샤워장은 더 안쪽에 있기 때문에, 학생들은 널찍한 출발대 쪽 풀 사이드를 지나쳐 탈의실에 가서 옷을 갈아입은 다음, 바로 옆에 있는 샤워장에서 간단한 샤워를 끝마치고 출발대 앞으로 다시 모입니다. 탈의실 뒤에는 철조망이 쳐져 있는데, 그 너머는 지역 주민 분들의 밀감밭입니다.

대충의 배치도가 그려지셨는지요.

본교에서는 수영 수업을 받는 학생들의 가정에 매번 건강조사표를 보내서 필요한 항목을 기입하고 보호자의 서명을 받도록 하고 있습니다. 따라서 학부모님들께는 우리 아이가 언제 몇 시에 수영 수업을 받는지 충분히 전달되었을 줄로 압니다.

그런데 텔레비전 인터뷰에서, "우리 애가 오늘 수영을 하는지 학교에선 아무런 연락도 못 받았어요."라고 당당하게 말씀하시는 저희 반 학부모님이 몇 분 계셨습니다. 이분들은 도대체 무슨 목적으로 그렇게 말씀하신 건지요.

수영 수업의 일정에 관해서도 사전에 의사의 허가가 필요한 학생도 있기 때문에 학년별 소식지의 월별 예정표에 진한 글자로 기재해 놓았으며, 또 수영 예정표라는 인쇄물까지 배포했는데 말입니다.

오해는 하지 마시기 바랍니다. 제가 여러분을 비난하기 위해 이런 말씀을 드리는 건 결코 아닙니다. 이번 사건을 여러분께서 피해자의 입장이 아니라 어린아이들을 지킬 책임이 있는 어른, 보호자나 지역 주민의 입장에서 바라봐 주셨으면 하는 마음에서 하나의 예로서 말씀드린 것뿐입니다.

예정표에도 나와 있는 것처럼 4학년 1학기 수영 수업은 6월 둘째 주부터 매주 2회씩, 총 8회에 걸쳐 진행할 예정이었으며, 그날은 일곱 번째 수업이었습니다. 따라서 학생들도 수업에 완전히 적응을 하여 두 학급 합쳐 78명 전원이 25미터를 수영할수 있는 상태였습니다. 그렇기 때문에 특별히 신경 써야 하는 학생 없이 원만하게 수업을 진행할 수 있었습니다.

전체 수업 중 마지막 30분은 25미터 자유형의 개인 기록을 측정하는 시간입니다. 따라서 기록 연습을 위해 11시 35분, 즉 4교시부터는 학급별로 나뉜 학생들이 출석번호순으로 각 레인에서 수영을 했습니다. 레인은 운동장 쪽부터 세어서 총 6레인이 있으며, 1레인부터 3레인까지를 1반, 4레인부터 6레인까지를 2반이 사용했습니다. 따라서 저는 운동장 쪽, 타나베 선생님은 탈의실 쪽 풀 사이드에서 각자 자기 학급의 학생들을 관리, 지도하고 있었습니다.

학생들은 각 레인에 12명 안팎씩 출석번호순으로 나뉘어, 5미터쯤 간격을 두면서 3명씩 풀에 들어갔으며, 다른 학생들은 각 레인의 출발대 앞에 줄을 맞춰 앉아 있었습니다.

제 손목시계로 11시 45분. 이제 슬슬 기록을 측정할 시간이구나, 하고 생각한 때였습니다. 그 남자, 세키구치가 나타난 것은—.

세키구치 카즈야, 35세, 무직이라고 텔레비전 뉴스에 나왔던 것 같은데요.

여기서 한 가지 부탁드리고 싶은 게 있습니다. 여러분은 지금부터 제 이야기를 들으며 사건 당시의 상황을 떠올리실 텐데요. 그때 텔레비전에서 공개한 사진 속 모습으로 상상하지 말아 달라는 것입니다.

텔레비전에서는 마르고 창백한 얼굴에 온화한 웃음을 짓는 소년의 모습인 고등학교 졸업 앨범 사진이 공개되었지만, 실제로는 동일 인물이라고는 믿기 어려운 체격을 하고 있었습니다. 신장은 저보다 약간 작은 165센티미터 전후쯤 돼 보이지만 체중은 저의 두 배 이상, 100킬로그램은 너끈히 넘어 보였습니다.

그런 모습으로 상상해 보시기 바랍니다.

전 교사 경력 3년, 타나베 선생님은 6년 차여서 합동 수업은 타나베 선생님이 주도하셨습니다. 시간을 확인한 저는, 타나베 선생님께 이제 그만 기록을 측정할 시간이라는 신호를 보내기 위해 호루라기를 불며 한 손을 치켜들었습니다.

그때였습니다. 어딘가 외국의 군복을 입은 남자가 탈의실 뒤에서 튀어나왔습니다. 손에는 칼날이 20센티미터도 넘는 서바이벌 나이프를 들고 있었습니다. 영문도 모른 채 전 다급히 있는 힘껏 호루라기를 불었습니다.

호루라기 소리에 놀라 뒤돌아본 타나베 선생님이 세키구치를 발견했고, 학생들도 비명을 질렀습니다. 세키구치는 몸으로 타나베 선생님을 밀어 풀 속에 빠트린 다음, 칼을 번쩍 치켜들고 풀 사이드에 앉아 있는 학생들을 향해 몸을 돌렸습니다. 학생들은 비명을 지르면서도 겁에 질려 그 자리에서 꼼짝하지 못했습니다.

"이 나라는 곧 망한다. 살아서 포로가 되느니 차라리 깨끗하게 죽음을 택해라!"

세키구치는 이렇게 소리치더니 학생들을 향해 돌진했습니다.

그 순간, 전 뛰었습니다. 풀을 반 바퀴 돌았지만 무기가 될 만한 것은 보이지 않았습니다. 몸에 지닌 거라고는 수영복 한 벌뿐이었죠. 세키구치는 제일 가까이 있던 학생, 6레인의 맨 앞줄에 있던 이케다의 팔을 잡더니 칼을 휘둘렀습니다. 그 순간에 제가 호루라기를 불며 달려든 것입니다.

전 배구에서 회전리시브를 하듯 세키구치의 발목 쪽으로 달려들어 두 다리를 잡았습니다. 그 반동으로 세키구치는 옆으로 넘어지고, 그러면서 손에 들고 있던 칼로 그만 자신의 오른쪽 허벅지를 찔렀습니다. 그는 통증에 놀랐는지 찔린 부위를 두 손으로 누르며 한 바퀴 구르다가 그대로 풀 속으로 떨어졌습니다.

통증 때문인지, 원래 수영을 못하는지, 아니면 체중이 많이 나가서인지, 세키구치는 "사람 살려!" 하고 소리치며 풀 속에서 허우적댔습니다.

풀 안에서 꼼짝 못하고 있던 학생들이 서둘러 밖으로 나왔습니다. 전 학생들에게 운동장으로 대피하라고 지시하고, 남자 탈의실 안에 있는 전화로 교무실에 연락해 구급차를 요청했습니다.

이케다 학생이 옆구리를 찔렸기 때문입니다.

탈의실 앞에 있는 수건걸이에서 학생들 목욕 타월을 몇 장 집어와 이케다 학생의 상처 부위를 지혈하고 있자니, 양호 담당인 오쿠이 교사가 달려와 저와 교대해 주었습니다. 그때 세키구치가 풀 사이드에 팔을 걸치고 올라오려는 모습이 제 눈에 들어왔습니다.

전 세키구치가 있는 곳으로 달려가 그대로 그의 머리를 걷어찼습니다. 곧이어 다른 교사들과 경찰, 구급차가 도착했습니다.

사건에 관해서는 일단 여기까지입니다.

다행입니다. ······무엇이 다행인지는 설명하기 어려운데요. 이케다 학생은 전치 3주의 중상을 입고 지금도 입원 중이긴 하지만, 그래도 생명에는 지장이 없습니다. 대피하다가 넘어져 무릎이 까진 학생이 몇 명 있긴 하지만, 세키구치에게 당한 학생은 이케다 외에는 아무도 없습니다.

이 같은 사건의 대략적인 경위와 결과는 먼저 학생들을 비롯해 학부모님들, 지역 주민들께 알려지게 되었고, 뒤이어 신문, 방송, 인터넷 등의 매스컴을 통해 전국적인 뉴스가 되었습니다.

본교에서 발생한 끔찍한 사건이긴 하지만 학교로선 나름대로 적절한 대처를 했다고 봅니다. 이케다 학생 일은 정말 유감스럽지만 그래도 피해를 최소한으로 줄일 수 있었다고 자부하고 있었습니다. 하지만 본교는 여러분들의, 그리고 멀리 얼굴도 본 적 없는 사람들의 상상을 초월하는 비난을 받게 되고 말았습니다.

먼저, 첫 번째로 비난의 대상이 된 사람은 타나베 선생님이었습니다.

그는 세키구치에게 밀려 풀에 빠진 채 경찰이 도착할 때까지 수심이 1미터밖에 안 되는 초등학생용 풀 속에 그대로 있었습니다. 이케다 학생은 2반이기도 해서, 한 학생의 아버지가 "타나베 선생님은 뭘 하고 계셨는데?"라고 묻자, 그 학생이 "마키 선생님은 범인하고 싸워서 이케다를 구했는데, 타나베 선생님은 계속 풀 속에 숨어 있었어."라고 대답했다고 합니다. 많은 가정에서 이런 식의 대화가 오갔다고 하더군요.

그 학생이 거짓말을 한 건 아닙니다. 타나베 선생님은 정말로 숨어 있었습니다. 남자 교사가 학생들을 버리고 혼자만 숨다니 이게 말이나 되는 일인가. 이런 식으로 타나베 선생님은 전국에 비겁한 겁쟁이로 알려지게 되었습니다.

훤칠한 키에, 테니스 선수로 전국체전 출전 경력까지 있는 건장한 체격의 교사가 그렇게 가냘프게 생긴 남자가 무서워 숨다니, 이러면서요. 제가 처음에 여러분께 세키구치의 인상에 대해 말씀드린 이유를 이제는 아시겠습니까? 그래도 여전히 타나베 선생님을 비겁한 겁쟁이라고 생각하십니까?

그럼, 여러분이었다면 어떻게 행동하셨을까요?

전 인간은 지극히 자기본위적인 사고체계를 가진 동물이라고 생각합니다.

예를 들어, 영화 〈타이타닉〉을 보신 분들, 영화를 보는 동안 침몰하는 그 호화 여객선에 자신도 같이 타고 있는 상상을 하지는 않으셨나요? 그러면서 자기만 구조되는 상상을 하지는 않으셨나요? 침착하게 배의 잔해를 붙잡고 그 위에 무사히 올라앉아 구조를 기다리는 자신을 상상하지 않으셨는지요?

또한 지진이나 화재 사고 뉴스를 보며, 무너지는 건물에서 혼자만 씩씩하게 몸을 날려 화를 면하는 상상을 해 본 적이 없으신가요? 길거리 '묻지마 살인' 뉴스를 보며, 간발의 차로 칼날을 피하는 상상을 해 본 적이 없으신가요? 학교에 수상한 자가 침입했다면, 민첩한 대응으로 그를 물리치는 상상을 해 본 적은 없으신지요?

이런 상상을 토대로, 나라면 이렇게 했을 텐데 그 모자란 선생들은 도대체 뭘 한 거야, 하며 비난하고 있지 않으신가요? 그런 자기본위적인 상상을, 마치 실천 가능한 것으로 간주해 버리는 사람일수록 실제로는 아무것도 못하는 경우가 많습니다.

제가 지금 세키구치에게 달려든 자신은 용감무쌍한 사람이라고 자랑하고 싶어서 이런 말씀을 드리는 줄로 여기시는 분들도 많으실 줄로 압니다. 실제로 사건 직후, 용감한 여교사 등으로 보도가 되고 나자, 학급 연락망으로 쓰는 제 메일주소로 잘난 척하지 말라는 내용의 메일이 쇄도하기도 했습니다.

그러나 이건 그 이전의 문제입니다. 제가 용감한 사람이라니요, 가당치도 않습니다.

비상시에 적절한 행동을 취할 수 있는 사람의 대부분은, 우선 그런 훈련을 평상시에 지속적으로 받고 있는 사람, 그리고 과거에 비슷한 경험을 가진 사람이 아닐까요?

전 후자에 속합니다.

약 15년 전 일입니다. 초등학교 4학년 여름방학 때였습니다.

전 이 지역 대학에 입학하여 교원채용시험을 거쳐 바닷가 작은 마을인 이곳 시립 와카바 제3초등학교에 부임해 왔습니다만, 제가 태어난 고향은 전혀 다른 곳입니다.

××마을, 혹시 들어보셨나요?

작은 산골 마을로, 면적과 인구가 여기와 비슷한 곳입니다. 또한 경제적인 면에서도 조선 회사의 공장을 기반으로 유지되는 이곳의 특징과 굉장히 닮아 있어, 지역에서는 벽지로 통하는 이 마을에 처음 부임해 왔을 때도 전 그다지 위화감을 느끼지 않았습니다.

아이들에게 "여러분이 사는 마을은 어떤 곳인가요?" 하고 물으면, 바다가 아름다운 곳, 또는 자연환경이 풍부한 곳이란 대답이 돌아옵니다. 맞는 말입니다. 하지만 아이들은 저학년 시기에 학교에서 그렇게 들었던 것이 아닐까요? 자신이 살고 있는 고장의 좋은 점은 일단 외지로 나가 보지 않는 한은 인식하기 어려운 법이죠.

제가 살던 고장은, 초등학교에서는, 공기가 깨끗한 곳이라고 배우고 있습니다.

초등학교 3학년 말 즈음, 그 마을에 아다치 제작소라는 정밀기기 회사의 신공장이 들어선 것이 계기였는데요. 사실 그곳에 살던 때는 공기가 깨끗한지 어떤지 잘 실감하지 못하고 있었습니다.

숨을 깊게 들이 마시면 바다 냄새가 풍겨 오는 이곳의 공기도 전 무척 좋아합니다. 하지만 이곳으로 부임하면서 출퇴근용으로 마련한 경자동차가 그렇게 많이 달리지도 않았는데 2년 만에 금속 테두리 부분에 녹이 슨 걸 발견했을 땐, 그 고향 마을의 공기가 깨끗하다는 사실을 새삼 실감할 수 있었습니다.

그런 작은 시골 마을의 초등학교에서 살인 사건이 일어났습니다.

이번에 본교에서 일어난 사건도 처음 사흘간은 떠들썩했지만, 앞으로 한 달이면 이 마을에 사는 사람 말고는 모두 새카맣게 잊으리라 봅니다. 전국 각지에서 사흘이 멀다 하고 살인 사건이 터지는데, 사건을 계속 기억한다는 것 자체도 어려울 뿐더러, 사건과 무관한 사람이 그런 걸 기억할 필요도 없으니까요.

제 고향 마을에서 일어난 살인 사건도 장소가 초등학교라는 이유도 있고 해서 당시엔 전국적으로 큰 뉴스가 되었지만, 지금은 15년 전의 살인 사건 따위, 이 자리에도 기억하는 분이 아무도 안 계시겠지요.

8월 14일이었습니다.

이곳과 규모가 비슷하니까, 여러분의 15년 전을 그대로 떠올리시면 이해가 빠를 것 같네요. 조부모와 같이 사는 시골 아이에게 오봉 명절은 그다지 특별한 날이 아니었습니다. 오히려 더 지루하기만 했죠. 도시에서 내려온 친척들로 북적이는 집 안엔

마땅히 있을 곳도 없고, 애들은 밖에 나가 놀라며 내모는 통에 밖으로 나오긴 했지만 학교 풀장은 문이 닫혀 있었습니다. 그리고 강변에 나가 물놀이라도 하고 있으면 귀신이 발을 잡아당긴다며 혼나기만 했습니다.

오락 시설은 전혀 없었고, 편의점조차도 없었습니다. 오전 중에 가족 친지들과 성묘를 하고 이른 점심을 먹고 나면, 이후엔 해가 떨어질 때까지 아무것도 없는 마을을 난민처럼 배회해야만 했습니다.

하지만 그런 아이들은 많았습니다. 저뿐만 아니라, 늘 같이 놀던 그 마을의 서부 지구에 살던 동급생 여자 아이인 사에, 아키코, 유카, 모두 비슷한 처지였죠. 다행히 서부 지구에는 초등학교가 있어서 저희들은 학교 교정에서 곧잘 놀았습니다.

그 중에는 에미리라는 여자 아이도 있었습니다. 그 마을에서 태어난 아이는 아니었죠.

초등학생이 되면서부터 뭘 하고 놀지를 결정하는 건 언제나 제 담당이었습니다. 어렸을 때부터 키가 커서 그랬는지 동급생들하고 있어도 저만 언니 취급을 받는 일이 많았죠.

가령, 아이들끼리 강가에서 놀다가 한 아이가 잘못해서 강물에 신발을 빠트리면 모두 절 쳐다봤습니다. 건져 달라는 말은 안 하지만 쳐다보며 "어떡하지?"라고 합니다. 그리되면 전 건져다 줄 수밖에요. 강 하류까지 달려가서 맨발로 조심스럽게 강물로 들어가 기다리고 있다가 떠내려 오는 신발을 건져서 들고 가면, "역시 마키야." 하며 든든한 언니를 대하듯 쳐다봅니다. 아이들만이 아니었죠. 지구별 집단 하굣길에 넘어져서 우는 아이가 있으면 지나가던 어른이 절 보며, "언니인 네가 동생을 잘 보살펴야지."라고 합니다. 학교에서도 마찬가지였습니다. 반에서 소외되는 아이가 있으면 선생님은 왜 그런지 꼭 제게 "○○하고도 같이 놀아 주렴." 그렇게 이르셨죠.

제 부모님부터가 그랬습니다. 두 딸 중에서 제가 장녀니까 집안에서 그러는 건 당연하다지만, 마을 잔치 같은 아이들이 중심이 되는 행사가 있으면 언제나 네가 나서서 하라면서 제게 중요한 역할을 시켰습니다. 한번은 자율적으로 참가하는 학교 봉사 활동에 빠진 적이 있었는데, 나중에 마을의 다른 아이가 했다는 사실을 안 어머니께 등과 머리를 맞으며 혼난 일이 있죠. 그 후로는 그런 종류의 활동에는 정말 특별한 일이 아니고서는 전부 참가하려고 노력했습니다.

그러다 보니 전 마을에서 '똑똑하다'는 소리를 듣게 되었습니다. 계속 그런 말을 듣다 보니 제 스스로도 제가 똑똑한 줄 알게 되었죠. 따라서 제 자신이 나서서 하는 게 당연하다고 여겼습니다. 오히려 그렇게 해야 한다고 생각했죠. 노는 것도 뭘 하면 아이들이 재미있어할까, 제 나름대로 열심히 고민해서 제안했습니다.

여러분은 지금 제가 도대체 뭘 말하고자 하는지 잘 모르겠다고 의아해하실 수도 있는데요. 하지만 이번 사건과 연관된 이야기이므로, 인내심을 갖고 조금만 더 들어 주시기 바랍니다.

하지만 4학년이 되자 상황이 바뀌었습니다. 아다치 제작소의 신공장이 들어서면서 도쿄에서 전학생이 많이 온 것이죠. 저희 반에는 에미리라는 여자 아이가 들어왔습니다. 아버지가 아다치 제작소의 중역이라는 에미리는 공부도 잘했고, 시골 아이들은 무지한 정치나 경제 분야에도, 예를 들면 고환율은 무엇이고 그렇게 되면 국내에 어떤 영향을 미치는지 등에 대해서도 해박했습니다.

어느 날, 사회 시간에 선생님이 우리가 사는 마을은 공기가 깨끗한 곳이라고 말씀하셨습니다. 선생님의 말씀을 바로 납득하는 아이는 아무도 없었는데요. 수업이 끝나고 나서 누군가 에미리에게 그것을 확인하자, 에미리가 그렇다고 대답함으로써 많은 아이들이 비로소 우리 마을은 공기가 깨끗하다는 사실을 받아들이게 되었습니다.

에미리가 하는 말은 전부 옳다.

그 후, 반 아이들은 뭔가 결정할 일이 생기면 반드시 에미리와 의논하게 되었습니다. 도회지의 지식 따위는 전혀 필요 없는 학급 당번이나 오락회 내용을 정할 때도 그랬습니다. 그런 것들은 전부 제 담당이었는데 말이죠.

복잡한 심정이었지만 에미리가 하는 말은 정말로 다 옳은 것 같았고, 또 실제로 에미리가 제안하는 일은 전부 다 신선하고 재미있었던 터라, 전 아무런 반론도 하지 못한 채 에미리가 하자는 대로 따르게 되었습니다. 하지만 단짝 친구들과의 놀이에서 제 의견이 묵살되는 건 역시 기분 좋은 일이 아니었죠.

에미리가 이사 오기 얼마 전부터 여자 아이들 사이에서는 마을의 집들을 돌며 프랑스 인형을 구경하는 놀이가 유행했습니다. 그 놀이를 제안한 건 물론 저였죠. 모두들 굉장히 재미있어했는데, 에미리가 같이 한 번 끼었다가 "난 역시 바비가 좋아."라고 한마디 한 것을 계기로, 다음 날부터 우리는 그 놀이를 하지 않게 되었습니다.

에미리에게 주도권을 뺏기기 전에 제가 새로운 놀이로 제안한 것은 탐정 놀이였습니다.

마을 중심부에서 산기슭 쪽으로 약간 들어간 곳에 빈집이 있었습니다. 사는 사람이 없이 몇 년씩이나 방치되어 있던 그 집은 현대적으로 지은 양옥이었습니다. 도쿄에서 사업을 하는 갑부가 아픈 딸을 위해 지은 별장인데, 집이 거의 다 완성됐을 즈음 딸이 죽는 바람에 한 번도 쓰지 않은 채 그대로 버려두고 있다. 당시엔 아이들 사이에서 이런 소문이 떠돌았었는데, 실은 리조트 개발 회사가 그 마을을 별장지로 키우기 위해 모델하우스를 한 채 지었다가 중간에 회사가 도산하는 바람에 그렇게 버려져 있었다는 사실을 꽤 나중에 알게 되었습니다.

빈집에 가까이 가지 말라는 어른들의 주의도 있었고, 또 그 집의 창과 문에는 나무판자를 덧대어 놓아 안으로 들어갈 수 없었기 때문에 그때까지 별 관심 없이 지내고 있었습니다. 그러던 어느 날, 유카라는, 빈집 근처에 포도밭이 있는 친구의 말이, 뒷문에 덧대어져 있던 판자가 떨어져 나가 있고 자물쇠만 채워져 있기에 혹시나 하고 머리핀을 넣어 봤더니 쉽게 열리더라는 것이었습니다. 그 얘기를 들은 전 다른 친구들과 에미리를 부추겨 빈집으로 같이 갔습니다.

탐정 놀이는 프랑스 인형과는 비교도 안 될 만큼 재미있었습니다. 그 집에 들어갈 수 있다는 사실을 아는 사람은 우리뿐이었죠. 집 안에는 간단한 붙박이 가구가 있는 정도였지만, 벽난로와 캐노피 커튼이 달린 침대 등은 저희에게는 먼 외국의 성 같은 장소였습니다. 과자를 가져 와서 파티를 하고, 각자 자신의 보물을 가져 와서 벽난로 안에 숨기는 등, 모두들 재미있어했지만, 그러나 그 놀이는 보름도 가지 못했습니다.

어느 날, 갑자기 에미리가 "이젠 가고 싶지 않아."라고 했기 때문이죠. 더욱이 "빈집에 들어갈 수 있다고 아빠한테 일렀어."라고도 했습니다. 왜 그런 걸 일렀냐고 물어도 에미리는 잠자코 있을 뿐, 까닭을 알려 주지 않았습니다. 에미리의 아버지가 그랬는지 어땠는지는 모르겠지만, 얼마 후 그 집에 가 보니 문에는 예전보다 더 튼튼한 자물쇠가 채워져 안으로 들어갈 수 없는 상태였습니다.

그럼에도 계속 에미리와 어울려 놀았던 건, 에미리가 다음 놀이로 제안한 것이 배구였기 때문입니다. 5학년이 되면 배구부에 들어갈 생각을 하고 있던 저는 부모님께 공을 사 달라고 졸랐지만, 부모님은 배구부에 들어가면 사 주겠다며 계속 미루고 있었습니다. 그런데 에미리가 배구공을 갖고 있었던 거지요. 그것도 공식 대회에서 사용하는 유명 메이커 제품을 말입니다. 전 텔레비전에서 본 일본 대표 선수의 공과 똑같은 걸 쓰고 싶은 마음에 에미리와 친하게 지냈던 셈입니다.

사건이 있었던 그날도 배구를 하고 있었습니다.

제가 친구들에게 교정에서 배구를 하며 놀자고 제안한 데 이어 에미리에게는 집에 가서 배구공 좀 갖고 오라고 부탁한 것이죠.

맑은 날이었습니다. 산골 마을 하면 시원한 줄 아시겠지만, 그날은 늦여름인데도 햇볕이 굉장히 강해서 잠깐만 밖에 나가 있어도 땡볕에 노출된 팔과 다리가 따끔거릴 정도였습니다. 에미리는 "더우니까 우리 집에서 디즈니 비디오나 보자."라고 했지만, 저를 포함한 다른 아이들 모두, 명절 날 남의 집에 가는 건 실례라는 주의를 어른들한테 들어 왔던 터라 제 의견이 통했던 거지요.

그리고 전 에미리네 집을 별로 좋아하지 않았습니다. 그 집에는 멋진 물건이 넘쳐나서 제 자신이 초라해지는 기분이 들었거든요. 아마 다른 아이들도 마찬가지였을 겁니다.

덥다는 소리를 연발하며 체육관 그늘로 들어간 우리는 신나게 놀았습니다. 둥글게 서서 공을 주고받으며 "100개 연속 패스를 성공시키자." 하고 말했던 것 같습니다. 그걸 제안한 아이는 에미리였습니다. 이왕이면 목표를 정해 놓고 하는 편이 성취감이 있어 더 재미있다나요. 에미리 말대로 80개를 넘기면서는 다들 흥분해서 꺅꺅 소리를 지르며 공을 돌리게 되었습니다.

에미리는 그런 아이였죠.

처음으로 90개를 돌파했을 때였습니다. 우리 앞으로 작업복을 입은 한 남자가 다가왔습니다. 그 사람은 서바이벌 나이프를 들고 고함을 치거나 하지는 않았습니다. 천천히 걸어와서는 웃으며 이렇게 말했죠.

"아저씨가 풀장 탈의실에 있는 환기구를 점검하러 나왔는데, 깜박 잊고 사다리를 안 가져왔구나. 나사만 돌리면 되는데, 누가 아저씨 목말 타고 좀 도와주지 않을래?"

그런 일은 내 몫이라고 생각한 전, 내가 하겠다고 나섰습니다. 다른 아이들도 서로 자기가 하겠다고 나섰지만, 전 키가 크다는 이유로, 다른 아이들은 키가 작다는 이유로, 안경을 썼다는 이유로, 무거워 보인다는 이유 등으로 결국 그 남자는 에미리를 택했습니다. 또 에미리야? 전 이렇게 생각했죠.

분했던 전, 그럼 다 같이 가자고 제안했고 모두 제 의견에 찬성했지만, 남자는 위험하다는 이유로 그 제안을 물리쳤습니다. 남자는 여기서 기다리고 있으면 아이스크림을 사 주겠다고 했죠. 그리고는 에미리의 손을 잡고 풀장으로 데리고 갔습니다.

이 자리에 계신 학부모님들께서는 평소 아이들에게 안전 교육을 얼마나 시키고 계시는지요? 혹시, 그런 것도 다 학교에서 해야 한다고 생각하는 분은 안 계십니까?

우리 애가 젓가락질을 잘 못하는데, 학교에서는 대체 어떻게 가르치는 거죠! 얼마 전, 이런 전화를 받았습니다. 초등학교 4학년인데 말이죠. 가정에선 지금까지 뭘 했는지요. 그 학부모 가정에선 안전 교육도 다 학교에서 해야 한다고 믿으시는 건 아닌지 모르겠습니다.

물론 학교도 학생들에게 주의는 주고 있습니다. 등하교시, 수상한 사람이 말을 걸면 소리를 크게 지르거나, 책가방에 달린 경보기를 울리며 도망치라고요. 차는 절대로 타지 말라고요. 가까운 가게나 가정집으로 뛰어 들어가 도움을 요청하라고요. 가능한 한 사람들이 많은 곳으로 다니라고요. 무슨 일이 있으면 반드시 어른에게 알리라고요.

물론 가정 내에서 철저하게 교육하시는 분도 계시겠죠. 최근엔 어린이 안전네트라 해서 휴대전화 문자로 수상한 사람에 대한 정보 같은 걸 보내주는 서비스도 생겨서 거기에 등록하신 분들도 많으시리라 봅니다.

그러고 보니, 며칠 전에 저희 반 여학생이 "선생님, 학교 오는 길에 횡단보도 옆에서 이상한 아저씨가 절 빤히 쳐다봤어요." 하고 알려 온 일이 있었습니다. 달려가 봤더니, 등교 안전관리를 하던 다른 학년 교사였는데요. 그 당시 우리가 그 여학생 정도의 경계심을 갖고 있었더라면 사건을 피할 수 있었을지도 모릅니다.

그러나 저를 비롯한 당시의 아이들에게 그런 것까지 일일이 가르쳐 주는 어른은 없었습니다. 더구나 장소는 학교였고, 남자는 그럴싸한 작업복을 입고서 그럴듯한 용건까지 갖추고 있었으니까요.

에미리가 빠진 채 100개 연속 패스를 달성하고, 체육관 앞 계단에 앉아서 수다를 떨고 있어도 에미리는 돌아오지 않았습니다. 그러는 사이, 해가 기울어 저녁 6시를 알리는 멜로디, 이곳은 〈일곱 살 아이〉지만 그 마을에서는 〈그린 슬리브스〉가 울렸습니다.

왜 이렇게 늦는 거지? 조금씩 걱정이 되기 시작한 우리는 풀장에 가 보기로 했습니다. 제가 다닌 초등학교와 본교의 풀장 구조는 거의 비슷합니다. 다만 출입구는 여름 동안 계속 개방해 놓고 있었기 때문에 우리는 출입문을 지나 풀을 가로질러 탈의실로 갔습니다. 멀리서 매미 우는 소리가 들릴 뿐, 아무 소리도 나지 않았습니다.

탈의실에도 자물쇠는 걸려 있지 않았습니다. 앞에서 가던 제가 여자 탈의실 문을 열었지만, 거기엔 에미리도 그 남자도 없었습니다. 혼자 먼저 가 버린 거 아냐, 하며 살짝 화가 났지만, 혹시나 하는 마음에 남자 탈의실 문도 열어 보게 되었습니다. 문을 연 사람은 아키코였죠. 아키코가 손을 뒤로 돌려 문을 연 순간, 끔찍한 광경이 눈에 들어왔습니다.

에미리가 쓰러져 있었습니다. 머리가 문 쪽으로 향해 있는 탓에, 눈을 똑바로 뜨고 입과 코에서 액체를 줄줄 흘리고 있는 얼굴이 가까이 보였습니다. 우리는 에미리의 이름을 여러 번 불렀지만 아무런 반응이 없었습니다.

죽었다는 생각이 들었습니다. 큰일 났구나 싶었습니다. 조건 반사였던 것 같은데요, 전 그 자리에서 아이들에게 지시를 내렸습니다.

발이 빠른 아키코와 유카에게는 각각 에미리의 집과 파출소에 알리도록. 가장 얌전한 사에에게는 그 자리에 남아서 에미리를 지키고 있도록. 그리고 전 선생님을 불러오겠다고 했습니다. 이의를 제기하는 아이 하나 없이, 사에를 남겨 놓고 다른 세 아이는 각자 내달리기 시작했습니다.

용감한 행동이지 않나요? 겨우 열 살밖에 안 된 아이들이 친구의 사체를 발견하고서도, 울지도 않고 비명도 지르지 않은 채 각자 맡은 일을 완수하고자 한 것입니다.

저를 제외한 세 사람은 정말로 용감했습니다.

에미리의 집과 파출소로 가는 두 아이는 후문으로 가는 편이 빠르다며 풀장을 나가 운동장을 가로질러 체육관 뒤에 있는 문을 향해 달려갔기 때문에 전 혼자서 교사 쪽으로 갔습니다. 교사는 두 개 동이 앞뒤로 있었는데, 운동장 쪽이 2호관, 정문 쪽이 1호관으로, 교무실은 1호관 1층에 있었습니다.

여름방학은 교사들도 쉬는 줄로 아시는 분들이 계신데요, 전혀 그렇지 않습니다. 교사들은 여름방학 중에도 아침 8시부터 저녁 5시까지 정상 근무합니다. 그 사이에 일반 기업처럼 유급 휴가나 명절 연휴가 있는 것이죠.

따라서 여름방학 중이라도 평일이라면 교무실에는 누군가 교사가 있게 마련입니다. 그러나 앞서 말씀드렸듯이 사건이 일어난 때는 8월 14일, 오봉 사흘 연휴 중 가운데 날이었습니다. 교사는 모두 쉬는 날이죠. 그래도 오전이라면 누군가 한 사람 정도는 학교에 볼일이 있어 잠깐 나왔을 수도 있겠지만, 시간은 이미 6시를 넘기고 있었습니다.

1호관으로 달려갔지만, 정문 현관 등 총 다섯 군데에 있는 교사 출입구 문이 모두 잠겨 있었습니다. 전 그대로 두 교사 사이에 있는 안뜰을 향해 달려가서 교무실 창 바깥쪽으로 돌아갔습니다. 까치발을 서지 않고도 하얀 커튼 틈으로 실내가 보였지만 사람이 있는 것 같지는 않았습니다.

그러자 갑자기 두려움이 엄습해 왔습니다. 지금 학교 안에는 나와 에미리를 죽인 남자, 둘밖에 없지 않은가……. 주위에 숨어 있던 남자가 이번엔 날 노리는 게 아닐까……. 어느새 전 사력을 다해 달리고 있었습니다. 안뜰을 나와 정문을 지나 그대로 집까지 한달음에 갔습니다. 집에 도착해서도 현관에 신발을 벗어던진 채 방으로 뛰어 들어가, 문을 닫고 커튼을 여미고 이불을 뒤집어쓰고서 바들바들 떨었습니다. 무서워. 무서워. 무서워. 머릿속은 온통 이 생각뿐이었습니다.

한참 그러고 있자, 어머니가 제 방으로 뛰어 들어왔습니다. "여기 있었네!" 하며 이불을 걷고는 "도대체 무슨 일이니?" 하고 물었습니다. 제가 집에 왔을 때 장을 보러 집을 비우고 있던 어머니는 초등학교에서 큰일이 났다는 얘기를 듣고 다급히 학교로 달려가 보셨다고 합니다. 아수라장 속에서 한참을 찾아도 제가 보이지 않자, 일단 아버지께 알려야겠다는 생각에 집으로 돌아온 어머니는 현관에 내팽개쳐져 있는 신발을 보고 방으로 들어와 보신 거죠.

전 울면서 말했습니다. 풀장 탈의실에 에미리가 죽어 있었다고. 그러자 어머니는 "그런 엄청난 일을 집에 와서 바로 얘기하지 않고 이렇게 숨어 있으면 어떡하니!" 하며 절 힐난하듯 새된 소리를 냈습니다. 무서워서 말을 할 수가 없었다고 설명하려다가 문득 다른 아이들은 어떻게 했을까 하는 생각이 들었습니다.

가장 똑똑한 나도 무서워서 도망쳤는데 다들 마찬가지였을 거야. 이렇게 생각했죠. 그런데 어머니는 사건 소식을 아키코 어머니한테서 들었다는 것이었습니다.

머리를 다친 채 오빠와 함께 집에 온 아키코가 "에미리가 풀장에서 큰일을 당했다."고 알렸고, 아키코 어머니가 무슨 일인지 알아보려 학교에 가다가 저희 어머니를 만나서 두 분이 함께 학교로 가게 되었다는 것입니다. 도중에 길에서 엄마한테 업혀서 집에 가는 사에도 봤다는 것이었죠.

풀장에서는 유카가 에미리의 어머니와 순경 아저씨에게 발견 당시의 상황을 자세히 설명하고 있었답니다. 평소에는 눈에도 띄지 않던 유카가요.

넌 여기서 뭐 하는 거니? 이런 때일수록 제일 똑똑한 네가 정신 똑바로 차리고 제대로 해야지, 여기서 이러고 있으면 되겠니? 한심하게.

한심해, 한심해……. 어머니는 이렇게 말하며 제 머리와 등을 연신 철썩철썩 때렸습니다. 전 울면서 "잘못했어요." 하고 몇 번이나 빌었지만, 자신이 무엇을 향해, 누구를 향해 비는지는 잘 알 수 없었습니다.

이제 이해가 되시나요? 도망친 건 저 한 사람으로, 다른 세 사람은 자신이 맡은 일을 훌륭하게 해냈던 거지요. 에미리의 어머니에게 딸의 죽음을 알리는 일은 힘들었을 겁니다. 평소에 말한마디 해 본 적 없는 딱딱한 인상의 순경 아저씨에게 상황을 설명하는 일 역시 힘들었을 테지요. 사체를 지키는 건 더 힘든 일이었을 겁니다.

전 결코 용감한 사람이 아닙니다. 뿐만 아니라, 그 사건을 통해 전 중요한 것을 잃고 말았습니다.

제가 잃은 것은, 자신의 존재 가치였습니다.

에미리 살해 사건에 대한 조사는 혼자서 받을 때도 있었지만, 대개는 선생님이나 부모님 입회하에 네 아이 합동으로 받을 때가 많았습니다. 범인은 어느 방향에서 와서 뭐라고 말을 걸었는지, 복장은, 체형은, 인상은, 닮은 연예인은……

전 사건 당일의 일을 필사적으로 떠올리려고 애쓰면서 적극적으로 질문에 대답했습니다. 자신만 도망쳤다는 자책감에서 벗어나고 싶기도 했고, 옆에서 어머니가 "네가 대표로 말하렴." 하며 주위 사람들 시선을 피해 제 등을 쿡쿡 찔렀기 때문이기도 하죠.

그런데 놀라운 일이 벌어졌습니다. 다른 아이들이 전부 제 대답을 부정하는 것이었습니다.

"아저씨는 회색 작업복을 입고 있었어요."

"아니야, 회색보다는 녹색에 가까웠는데."

"눈은 가늘었어요."

"그랬나? 그렇게 가늘지는 않았던 것 같은데."

"순해 보이는 인상이었어요."

"말도 안 돼. 인상이 순하긴! 아이스크림 사 준다니까 그렇게 보인 거 아냐?"

이런 식이었죠. 에미리가 주도권을 잡고 나서도 세 아이는 제 의견에 이의를 제기한 적이 한 번도 없었습니다. 그런데 지금은 모두 무슨 소릴 하냐는 눈으로 절 바라보면서 제 말을 부정했습니다. 더욱 황당한 건, 제 의견은 부정하면서 하나같이 '얼굴은 생각나지 않는다'는 것이었습니다. 기억하지도 못하면서 제 말은 부정하는 것이죠.

전 나 혼자만 도망친 사실을 모두가 알고 있는 거라고 생각했습니다. 그 점에 관해 직접 비난을 한 아이는 한 명도 없었지만 마음속으로는 화를 내고 있다고, 그리고 날 경멸하고 있다고 생각했습니다.

혼자서 잘난 척은 다 하더니, 네가 제일 겁쟁이잖아. 이제 와서 주제넘게 어딜 나서겠다는 거야.

그러나 이것뿐이라면 양심의 가책은 느껴도 그렇게까지 죄책감에 빠지지는 않았으리라 봅니다. 어쨌든 전 교무실까지는 갔으니까요. 그 사건에서 제가 저지른 가장 큰 죄는 혼자만 도망친 일이 아닙니다.

전 더 큰 죄를 저질렀습니다. 그것을 고백하는 건 이 자리가 처음입니다.

전 범인의 얼굴을 기억하고 있으면서도 '생각나지 않는다'고 말했습니다.

남자가 나타나서 사체를 발견하기까지의 상황은 정확히 기억하면서도 가장 중요한 남자의 얼굴을 묻는 질문에는, "모르겠다."고 고개를 젓는 세 아이가 전 도무지 이해되지 않았습니다. 어떻게 얼굴만 잊을 수 있단 말인가. 믿어지지 않았죠. 그렇다면 정확히 설명하고 있는 내 말을 부정하지 않으면 될 게 아닌가 하며 화가 났습니다. 실제로 그렇게 말해 보려고도 했죠. 넷 중에서 제가 제일 공부를 잘한다고 믿었기 때문에 정말 머리가 나쁜 애들이라며 마음속으로 비웃기도 했습니다.

그럼 그런 애들보다도 더 겁쟁이인 난……. 그 순간, 이런 생각이 들더군요. 나를 제외한 다른 세 아이는 자신이 맡은 일을 혼자서 해냈다. 넷이서 사체를 발견했을 때보다 훨씬 더 무서웠을 것이다. 그때의 공포감 때문에 남자의 얼굴을 기억하지 못하는 게 아닐까.

내가 남자의 얼굴을 기억하는 건 그 뒤에 아무것도 하지 않았기 때문이다.

사체를 발견한 후, 각자 어떻게 행동했느냐는 질문에는, 교무실로 갔더니 아무도 없어서 사람을 부르러 집으로 갔다고 대답했습니다. 학교에서 저희 집까지 가려면 여러 집을 거쳐야 합니다. 그 중에는 프랑스 인형을 보여 달라며 들어갔던 집도 있습니다. 그런 집들을 그냥 지나쳐 집으로 간 전, 아버지나 친척 어른들이 있었음에도 불구하고 아무 말도 하지 않았던 거죠.

만일 제가 어른들에게 바로 알렸더라면, 마을의 수상한 사람에 관한 정보도 좀 더 많이 들어오지 않았을까요? 이런 생각이 든 건 극히 최근입니다.

그 당시의 제게는 범인의 얼굴을 기억하는 것이 나쁜 일처럼 여겨졌습니다. 저 혼자만 정확하게 대답하면, 경찰은 물론 선생님까지 제가 아무것도 안 했다는 걸 알아차리고는 절 꾸짖을 것 같았습니다.

그러나 "저도 생각 안 나요."라고 말한 걸 후회하지는 않았습니다. 오히려 그러길 잘했다고 얼마 후에 뼈저리게 느끼게 되었죠.

범인이 잡히지 않았거든요. 만약 저 혼자만 의기양양해서 생각난다고 대답했더라면, 그걸 안 범인이 다음엔 절 노렸을 것 같았습니다. 생각나지 않는다고 말함으로써 자신을 지켰다고 믿었습니다.

그 당시의 우리 연령대가 이웃집 아이들과 무조건 어울려 노는 것에서 비슷한 취미나 생각을 가진 또래와 교우 관계를 맺는 쪽으로 발전하는 시기여서 그랬는지, 아니면 사건을 기억하고 싶지 않아서였는지, 우리 네 사람은 사건 이후 같이 어울리지 않게 되었습니다.

5학년이 되자 전 배구부에 들어갔고, 6학년 때는 학생회 부회장에도 입후보하여 당선됐습니다. 어머니가 회장은 남학생이 하는 거니까, 저에게는 부회장에 나가라고 하셨죠. 새로운 친구를 사귀고 새로운 활약을 펼칠 무대가 생긴 저는, 그 동안의 불명예를 씻어 내기라도 하겠다는 듯이 열심히 했습니다. 중학생이 되고서도 학생 임원을 자청하여 적극적으로 지역 봉사 활동 등에 참가했습니다.

그러다 보니 전 점점 더 '똑똑하다'는 소리를 듣게 되었습니다.

그 모든 것이 도피 행위라는 것도 모른 채, 늘 겁먹은 듯 주눅 들어 있는 사에나 등교 거부를 반복하는 아키코, 밤거리를 배회하고 좀도둑질이나 하는 등 불량 청소년으로 빠진 유카를 멀리서 바라보며, 사건 이후 가장 열심히 살고 있는 건 나 자신이라고 믿었습니다. 그 사건에 관련해서 난 내 할 일을 다 했노라고, 그날이 오기 전까지는 그렇게 생각했습니다.

사건이 있은 지 3년 후, 에미리의 부모님은 도쿄로 돌아가셨습니다. 아주머니는 사건이 해결될 때까지 그 마을을 떠나고 싶지 않다고 했다지만, 아저씨의 회사 업무상 어쩔 수 없었던 모양입니다. 아주머니는 사건의 충격으로 한동안 몸져누워 있어야 했을 만큼 에미리의 죽음을 슬퍼하며 사건이 해결되기를 누구보다도 간절히 바랐지만, 그 마을에 혼자 남아서 범인을 추적할 만큼 의지가 강한 분은 아니었습니다.

늘씬한 몸매에 여배우처럼 예쁜 아주머니가 우리 네 사람을 집으로 부른 건 중학교 1학년 여름이었습니다. 그 마을을 떠나기 전에 마지막으로 한 번만 더 사건에 대해서 듣고 싶다고 하셨죠. 이게 마지막이라고 하면서요. 거절할 순 없었습니다.

아저씨의 운전기사란 사람이 커다란 차로 각자의 집을 돌며 우리를 태웠습니다. 우리 네 사람은 딱 한 번 같이 가 본 적 있는 에미리가 살던 집, 아다치 제작소 사원 아파트로 향했습니다. 넷이서 어울리는 건 그날 이후 처음이었지만, 우리는 차 안에서 사건에 관한 얘기는 한마디도 하지 않았습니다. 클럽 활동은 어때? 기말시험 어땠어? 이런 평범한 이야기만 주고받았던 것 같네요.

집에는 아주머니밖에 없었습니다.

화창한 토요일 오후, 마을이 한눈에 내려다보이는 고급 호텔 같은 방, 도쿄에서 주문했다는 이름도 모르는 과일이 듬뿍 얹혀진 케이크, 향기로운 홍차. 그곳에 에미리가 함께 있었다면 아주 우아한 송별 파티가 되었겠지요. 하지만 에미리는 살해되고 말았습니다. 화창한 날씨가 무색해지는 어둡고 무거운 공기가 실내를 꽉 메우고 있었습니다.

케이크를 먹고 나서 사건에 관해 얘기해 달라는 아주머니의 주문에 우리 넷은 저를 중심으로 하여 그날의 일을 대략적으로 말했습니다. 그러자 갑자기 아주머니가 히스테릭하게 언성을 높였습니다.

"그런 얘긴 이제 지긋지긋해. 얼굴은 생각 안 나요. 생각 안 나요. 이 말밖에 할 줄 모르니?! 너희가 그 모양이니까 3년이 지나도 범인을 못 잡는 거라고. 이런 멍청이들이랑 놀아서 우리 에미리가 죽은 거야. 너희들 때문이야. 너희는 살인자야!"

살인자―. 세상이 뒤집히는 것 같았습니다. 그 사건 이후, 자책감에 시달리면서도 나름대로 최선을 다해 살아왔는데, 아직 부족하다는 것도 아니고 마치 우리 때문에 에미리가 죽었다는 듯이 말하고 있었습니다. 아주머니는 계속 말을 이었습니다.

"난 너희를 절대로 용서 못해. 공소시효가 끝나기 전에 범인을 찾아내. 그렇게 못하겠으면 내가 납득할 수 있게 속죄를 하라고. 그것도 안 하면 난 너희들에게 복수할 거야. 난 너희 부모보다 훨씬 더 많은 돈과 권력이 있어. 내가 기필코 너희들을 에미리보다 더 처참하게 만들어 놓을 거야. 에미리의 부모인 나한테만은 그럴 권리가 있어."

범인보다 아주머니가 더 무서웠습니다.

죄송해요. 전 범인의 얼굴을 기억하고 있었어요.

그때 이렇게 말할 수 있었다면, 제가 지금 여러분 앞에서 이런 말씀을 드리는 일도 없었을지 모르겠군요. 하지만 한심하게도 그땐 정말로 범인의 얼굴을 잊어버린 상태였습니다. 범인 자체가 그다지 특징 없는 얼굴이기도 했고, 또 제 스스로 생각나지 않는다는 자기암시를 끊임없이 걸었기 때문이죠. 잊어버리는데는 3년이면 충분했습니다.

다음 날, 아주머니는 마을을 떠났습니다. 네 아이들에게 커다란 숙제를 남긴 채. 다른 아이들은 어땠는지 모르지만 전 복수당하지 않을 방법을 필사적으로 고민했습니다.

범인을 잡는 건 불가능해 보였습니다. 결국 전 후자 쪽, 아주머니가 납득할 수 있는 속죄를 하기로 마음먹었습니다.


겁쟁이인 제가 칼을 든 남자한테 달려들 수 있었던 까닭을 이제는 이해하셨는지요. 전 과거에 그런 경험이 있었던 것뿐입니다.

타나베 선생님은 없었던 것뿐이고요. 그런데 단지 이 차이 하나로 전 영웅 대접을 받고, 타나베 선생님은 비난을 받게 되었습니다.

그럼, 사건이 일어난 것이 타나베 선생님 탓인가요?

세키구치는 밀감밭과 경계를 지어 놓은 철조망 울타리를 넘어서 들어왔습니다. 안전대책, 안전대책 하는데, 형무소처럼 담을 높게 둘러쳐 놓은 학교가 세상 어디에 있습니까? CCTV를 사각지대 없이 모든 공립학교에 설치할 수 있을 만큼 이 나라는 부유한 나라인가요? 또한 그런 기계가 필요할 정도로 치안이 허술하다는 것을, 사건이 나기 전부터 자각하고 있던 분이 이 중에 몇 분이나 계시는지요?

당번제로 시행하는 방범 순찰 활동에 꾀병을 부리며 무단결석하는 분들에게 타나베 선생님을 비난할 권리는 없습니다. 하지만 여러분은 평소의 불만을 쏟아 내듯이 타나베 선생님을 공격했습니다. 학교로 항의 전화가 걸려 오고, 전 타나베 선생님과 같은 독신자 기숙사에 살고 있어서 그분 방문에 붙어 있는, 중상모략으로 가득한 전단지도 보았습니다. 이걸 내 아이에게 보일 수 있을까. 차라리 아이의 눈을 가리고 싶은 말들로 가득

하더군요. 밤새 집 전화, 휴대전화 벨이 울리고, 그것들을 벽에 집어던지는 듯한 소리가 나기도 했죠. 주차장에 있던 타나베 선생님 차의 앞 유리창이 깨져 있는 것도 봤습니다.

이런 일들로 인해 타나베 선생님은 지금 여러분 앞에 설 수 없는 정신 상태라는 건 이미 알고 계시겠죠.

타나베 선생님이 도대체 무슨 잘못을 했나요? 내 아이가 공포에 떨었던 것이 분하다면 여러분은 왜 세키구치는 욕하지 않는 건가요? 서른다섯 살에 무직인 남자가 정신과 통원 치료를 받은 이력이 있어서인가요? 아니면 이 지역의 지체 높으신 의원님 아들이라서 그런가요?

그보다는 단지 타나베 선생님이 더 비난하기 쉬운 상대였기 때문이 아닌가요?

직장 동료에 지나지 않는 저조차도 그분에게 동정심이 느껴질 정도였습니다. 하물며 그분과 결혼을 약속한 애인이라면 어떠했을지 여러분은 상상이 되시나요?

타나베 선생님은 여러분도 아시다시피 국립대학을 졸업하신 키 큰 미남이십니다. 게다가 만능 스포츠맨이어서 학생들은 물론 학부모님들 사이에서도 굉장히 인기가 좋은 교사였습니다. 제가 가정방문을 갔을 때, "타나베 선생님이 담임이었으면 좋았을 텐데⋯⋯." 하고 노골적으로 말씀하시는 어머니도 계셨죠. 물론 동료 여교사들 사이에서도 그의 인기는 대단했습니다. 세미나에서 다른 학교 교사가 타나베 선생님한테 사귀는 사람이 있는지를 물어본 적도 있습니다.

그럼 당신도 좋아한 거 아냐? 하고 물으실 것 같은데요. 전 그분이 좀 불편했습니다. 신입 교사로 처음 부임해 온 제게, 타나베 선생님은 "힘든 일이 있으면 뭐든 의논하고, 저한테 의지하세요." 하고 말씀하셨죠. 제게 그런 말을 해 준 사람은 지금까지 그분밖에 없었습니다. 얼마나 기뻤는지⋯⋯. 그러나 전 타인에게 의지할 줄을 모르는 인간이었습니다. 자기가 할 수 없는 일은 남한테 부탁하면 되겠지만 제게 불가능한 일은 없었습니다.

그렇게 직장 동료로 지내면서 이 사람은 왠지 좀 불편하다는 느낌을 갖게 되었습니다. 타나베 선생님은 저와 비슷한 점이 너무 많았거든요. 게다가 전 자신이 싫었습니다.

공부나 운동을 잘한다고 해서 그 사람의 인간적인 그릇까지 큰 것은 아닙니다. 더군다나 체격하고는 아무런 상관이 없지요. 하지만 몸집이 크고 웬만큼 요령 있게 해내면 주변에선 다들 똑똑한 아이로 보게 되죠.

타나베 선생님도 어렸을 적부터 '똑똑하다'는 말을 들으며 자라지 않았을까요? 남자니까 저보다 더 많이 들었을지도 모르겠네요.

제가 보기에 타나베 선생님 스스로도 자신은 똑똑한 사람이라는 자각을 갖고 있었던 것 같습니다. 그분은 학급에서 어떤 문제가 생기거나 하면 같은 학년 교사들과 의논하면 될 것을 어떻게든 자기 혼자서 해결하려고 분투를 했죠. 그러면서 다른 학급 일에도 관심이 많아서 뭔가 조언을 해 주고 싶어 했습니다.

제게도 비슷한 면이 있었죠. 어쩌면 타나베 선생님도 제가 좀 불편하지 않았을까 싶습니다.

타나베 선생님이 택한 연애 상대는 키가 작고 마른 체형의 보호 본능을 자극하는 인형같이 생긴 여자였습니다. "어디 경찰서에 바이러스 보냈어." 그런 얘기를 반 농담 삼아 말한 적도 있을 만큼 컴퓨터에 해박해 보였던 그녀는, 타나베 선생님이 지나가자 그에게 프린터기 사용법을 묻더군요. 겨우 몇 장 인쇄해 주었을 뿐인데, 휴일에는 직접 구운 쿠키를 들고 타나베 선생님 방을 찾아왔었죠. 활짝 웃으며 그녀를 방으로 들이는 타나베 선생님을 보며, '의지한다'는 것이 이렇게 단순한 거였다는 사실을 처음으로 깨달았습니다.

질투심은 전혀 없었지만, 그녀를 보고 있자니 제가 어렸을 때 겪은 사건에 같이 연루되었던 한 친구의 모습이 떠올라 전 그녀도 좀 불편하게 느껴졌습니다. 그녀는 양호 담당인 오쿠이 교사입니다.

세키구치가 풀에 빠진 직후, 전 내선 전화로 교무실에 연락을 해서 "풀장에 수상한 사람이 들어와 학생이 다쳤어요. 구급차를 불러 주세요."라고 했지만, 최초로 달려온 사람은 건장한 남자 교사가 아닌 인형같이 생긴 오쿠이 교사였습니다. 수상한 사람이란 말보다 학생이 다쳤다는 말이 더 무게감 있게 전달되었던 걸까요? 아니면 건장한 남자 교사들은 수상한 사람과 싸우기 위해 뭔가 무기가 될 만한 것이라도 찾고 있었던 걸까요?

다량의 수면제를 삼킨 타나베 선생님이 병원으로 옮겨진 다음 날, 오쿠이 교사는 한 출판사에 전화를 걸어, 제가 한 행동이 너무 지나친 것 같다고 말했습니다. 그리고 그날, 한 주간지의 인터넷 사이트에 이런 기사가 올라왔습니다.

여러분도 모르신다고 하지는 않겠죠.

외부 침입자와 과감하게 맞붙어 제자를 구했다 해서 영웅시

되고 있지만, 과연 그 여교사는 남자의 목숨까지 뺏을 필요가 있었을까? 모든 학생이 대피한 상황이었는데도 그녀는 허벅지에 중상을 입은 남자가 풀 밖으로 머리를 내밀 때마다 마치 축구공을 차듯 머리를 걷어차서 풀 바닥으로 밀어 넣었다. 그 남자가 두 번 다시 얼굴을 내밀 수 없을 때까지. 남자한테 떠밀려 풀에 빠지면서 입은 타박상 통증 때문에 밖으로 올라올 수 없었던 남자 교사는 피바다로 변해 가는 풀 안에서 지옥을 경험했다. 남자 교사를 교단에 설 수 없게 만든 건 진정 누구일까.

영웅 대접을 받았던 전, 그날을 계기로 살인자가 되고 말았습니다.

사랑의 힘으로 여론을 움직였으니, 정말 대단하네요.

여러분들로선 새로운 비난 대상이 생겨 즐겁지 않으셨나요? 타나베 선생님을 궁지에 몰아넣은 건 자신들이면서, 마치 제가 그런 것처럼 불쌍하다는 둥, 아이가 말이 없어졌다는 둥, 아이의 집중력이 떨어졌다는 둥 하며 사건 이전부터 있어 왔던 아이의 문제점까지 모두 제 탓으로 돌리면서 일상의 스트레스를 풀었던 것 아닌가요? 피 묻은 목욕 타월을 물어내라는 소리를 들었을 땐, 정말 기가 막혀 아무 말도 안 나오더군요.

살인 교사는 파면시켜라. 대중 앞에 나와 무릎 꿇고 빌어라. 책임을 져라.

—이리하여 오늘 학부모 임시총회가 열리게 되었고, 사건 당사자인 제가 직접 단상에 오르게 되었습니다. 만약 죽은 학생이 있었다면 그래도 제게 이런 비난이 퍼부어졌을까요?

제가 하릴없이 마을을 배회하다 학교에 들어온 허약한 소년을 아무 이유 없이 걷어찼다고 보시는 겁니까?

학생이 넷, 다섯 죽을 때까지 기다리는 편이 더 나았을까요? 겁쟁이 동료 교사처럼 저 역시 풀에 빠진 척하면서 아이들이 당하는 걸 가만히 지켜보았어야 했을까요?

아니면 세키구치와 같이 저도 죽었더라면 만족하셨을까요?

—당신들 자식 따위, 구하지 말았어야 했어.

사건 직후엔 세키구치가 실수로 자기 허벅지를 찔러 풀에 빠졌다 해서 정당방위 이전의 문제로 여겨졌지만, 불행하게도 남자의 부친이 지체 높으신 분인지라 이제 곧 제게는 체포 영장이 발부될 것 같습니다.

어쩌면 지금 이 자리에는 맘씨 좋은 형사님이 제 말이 끝나기를 기다리고 계신지도 모르겠네요. 그럼, 하나만 더요.

주간지 사이트에는 '머리를 내밀 때마다'라고 했지만, 정확히 말씀드리면 세키구치의 얼굴을 찬 건 한 번뿐입니다. 이렇게 되면 법정에서 그 한 번 찬 행위에 살의가 있었느냐 없었느냐가 또 논란이 되겠군요. 여러분 중에 배심원이 있을 수도 있다는 생각을 하니 등골이 오싹해지는군요.

더 이상 여러분께 진실을 호소하지 않겠습니다. 무의미한 것 같습니다. 따라서 지금부터 제가 드리는 말씀은 이 자리에 계신 어느 한 분을 향한 것임을 알아주십시오.

아사코 아주머니.

이 먼 곳까지 찾아 주셔서 감사합니다.


전 아주머니가 말씀하신 '속죄'는 억울하게 죽은 에미리에게 부끄럽지 않도록 훌륭한 사람이 되는 거라고 생각했어요. 똑똑한 아이가 못 된다는 걸 알면서도 속죄하기 위해서 중·고등학교 땐 학생회장에 배구부 주장까지 하고, 공부도 열심히 해서 대학에 진학했습니다.

이 지역 대학을 지원한 건 바다 가까이에 살고 싶었기 때문이에요. 드넓은 태평양이 바라다 보이는 바닷가 마을에서는 그 답답한 산골짜기 마을에서는 맛볼 수 없던 해방감을 만끽하며 살 수 있을 것 같았죠. 완전한 착각이었지만 그 산골 마을로 돌아갈 생각은 해 보지 않았습니다.

대학 졸업 후, 초등학교 교사가 되었어요.

솔직히 전 아이들을 별로 좋아하지 않습니다. 하지만 제가 원하는 직업을 가지면 속죄가 안 될 것 같았죠. 제가 과오를 범했던 공간에 머물면서 그곳에서 최선을 다해야 한다고 생각했습니다.

교사가 된 지 이제 2년이 조금 넘었지만, 그동안 전 아침이면 가장 먼저 출근해서 아이들의 시시콜콜한 이야기도 귀 기울여 들어 주고, 학부모들의 하찮은 항의에도 성의 있게 대응하며 자잘한 서류상 업무도 그날 중으로 모두 처리하려고 노력했습니다.

정말, 너무너무 힘들었습니다. 엉엉 울고 싶었고 도망치고 싶었죠. 제 얘기를 들어 줄 친구가 없는 건 아니었어요. 같이 배구부에 있던 친구들에게 전화나 메일로 일에 대한 고충을 내비치기도 했습니다. 그런데 그때마다 친구들은 항상 똑같은 말을 했죠.

"툴툴거리다니, 마키답지 않은데. 힘내!"

나답다는 게 도대체 뭔가요? 전혀 똑똑하지 않으면서 똑똑한 척하는 건가요? 진짜 제 모습을 아는 건 그 사건에 같이 연루

됐던 세 사람이 아닐까요? 이런 생각이 들자, 그 세 사람이 미치도록 보고 싶어지더군요.

세 사람과는 연락을 안 하고 있지만, 그 지역 전문학교에 진학해 여전히 그 마을에 사는 여동생을 통해 가끔씩 소식은 듣고 있습니다.

사에 언니는 결혼해서 외국으로 가나 봐. 결혼할 사람이 최고 엘리트래. 아키코 언니는 여전히 은둔 생활 중이긴 한데, 얼마 전엔 조카를 데리고 쇼핑을 하는데 좋아 보이더라고. 유카 언니는 지금 집에 와 있대. 곧 아기가 태어나나 봐.

지난달 초에는 동생에게 이런 얘기를 들었죠. 그 순간, 속죄하기 위해서 이렇게나 힘들게 살고 있는 제 자신이 어리석게 느껴졌습니다. 모두들 사건도, 아주머니와 한 약속도 깡그리 잊고서 잘 살고 있는 것 같았거든요.

냉정히 생각해 보면 약속을 지키지 않았다고 해서 아주머니가 정말로 우리들 모두에게 복수를 할 리가 없잖아. 그건 단지 그만큼의 각오를 하라는 의미가 아니었을까.

나 혼자만 그 사건에 얽매여 살고 있었어. 나 혼자만 고지식하게도 진짜 속죄를 하고 있었던 거야. 이런 생각이 들었죠.

열심히 한다는 것 자체가 어리석게 여겨져 일에서도 조금씩 열의가 사라지더군요. 급식비를 안 내는 학생이 있어도, '내 월급 통장에서 빠지는 것도 아닌데 가정방문까지 할 필요가 뭐 있어. 그냥 내버려 두면 어떻게 되겠지.' 아침에 배가 아파서 결석한다는 전화를 받으면, '꾀병이건 말건 꼬치꼬치 물어볼 것 없이 그냥 쉬라고 하면 되는 거야.' 바보, 멍청이, 하며 애들끼리 하는 시시한 말싸움은, '제 풀에 지칠 때까지 내버려두면 돼.' 이렇게 변해 가더군요.

생각이 바뀌니까 마음이 훨씬 가벼워지면서 웬일인지 아이들도 더 절 따르는 것 같았습니다. 제가 자신을 몰아붙이면 옆에 있는 아이들도 그만큼 힘이 드는 모양입니다.

그즈음 텔레비전 뉴스에서 세 사람 중 하나인 사에의 이름을 들었죠. 이제 갓 결혼한 그녀가 성기호증性嗜好症인 남편을 죽였다는 것이었습니다. 그 직후, 아주머니의 편지가 고향집을 경유해 제게 도착했습니다. 안에는 아주머니가 직접 쓰신 게 아닌, 편지의 복사본이 들어 있었죠. 사에가 아주머니께 보낸 것이었어요.

그 편지로 사에가 15년 동안 어떻게 살아왔는지 처음으로 알게 되었습니다. 죽은 에미리를 지키고 있으라는 저의 무책임한 말로 인해, 그녀는 저로선 상상조차 할 수 없는 공포 속에서 살아왔더군요. 그때 내가 안뜰에서 집으로 가지 않고 풀장으로 갔더라면……. 이런 후회가 들었습니다.

그런 사에가, 약속한 대로 그녀 나름의 속죄를 한 것입니다. 프랑스 인형을 좋아했던, 그녀 자신이 프랑스 인형 같았던 사에는 우리 넷 중에서 가장 얌전한 아이였죠. 그러나 사에는 저보다 훨씬 더 강한 사람이었던 거예요.

15년이 지난 지금도 여전히 가장 겁쟁이인 것은 나인지 모른다.

그때 수상한 사람이 들어왔습니다. 맑은 여름날, 초등학교 풀장으로요. 제 앞에서 희생될 것 같았던 것은 4학년 아이들이었습니다. 이렇게 일치할 수 있다니, 혹시 전부 아주머니가 꾸민 일이 아닐까. 아주머니가 숨어서 보고 있는 건 아닐까. 그런 생각도 들었죠.

곧이어 제가 그 자리에서 도망쳐 버리면, 설사 공소시효가 끝나더라도 전 평생 그 사건에 얽매여 살아갈 것만 같았습니다. 망설임은 없었어요. 겁쟁이로 살아갈 바엔 차라리 칼에 찔리는 편이 나았죠.

여기까지 생각이 미쳤을 땐 이미 세키구치를 향해 가고 있었습니다.

내가 초등학교 교사가 된 건 오늘을 위해서야. 배구부의 혹독한 훈련을 참아 낸 것도 오늘을 위해서라고. 잃어버린 걸 만회할 기회는 지금밖에 없어. 이런 생각을 하며 세키구치의 다리를 향해 돌진했습니다.

세키구치를 쓰러뜨리겠다느니, 죽이겠다느니 하는 생각은 전혀 없었습니다. 내가 있는 곳에서 아이가 죽으면 안 된다. 내가 지켜야 한다. 이번에야말로 제대로 하지 않으면 안 된다. 오직 이 생각뿐이었죠.

오쿠이 교사의 증언에는 정정해야 할 부분이 하나 더 있습니다. '모든 학생이 대피한 상황이었다'고 했지만 세키구치가 풀 밖으로 올라오려고 할 때 풀 사이드에는 아직 한 학생이 남아 있었습니다. 다친 이케다죠. 이케다 옆에는 인형 같은 오쿠이 교사가 있었습니다. 하지만 전 오쿠이 교사가 이케다를 지킬 수 있을 것 같지가 않았습니다. 사실 지켜 주길 바라지도 않았죠. 그런 건 내 담당이니까.

이제야 타나베 선생님의 기분을 알 것 같네요. 그가 수면제를 털어 넣은 건, 정말 제 탓인지도 모르겠습니다.

이케다는 "아파요, 아파요." 하며 울고 있었습니다. 상처 부위를 누르고 있던 목욕 타월이 시뻘갰습니다. 문득 에미리도 범인한테 당하며 이렇게 소리 지르지 않았을까 하는 생각이 들었습니다. 사건 이후, 전 자신의 나약한 행동만 돌아보며 제가 느꼈던 공포와 비교하기 위해 다른 세 사람이 느꼈을 공포를 상상해 본 적은 있어도, 에미리에 대해 생각해 본 적은 없었어요.

에미리가 제일 많이 무서웠을 텐데. 도와 달라고 수없이 불렀을지도 모르는데. 그런데도 우리는 한 번쯤 풀장으로 가 볼 생각도 안 했지. 에미리, 미안해. 처음으로 이런 생각이 들었습니다.

그와 동시에 자기보다 훨씬 약한 아이들을 노리는 어른, 비정상적인 어른을 용납할 수 없었습니다. 잘못된 어른 때문에 미래가 뒤틀린 아이들은 우리로 족하니까요.

세키구치는 어느새 다치지 않은 다리를 풀 사이드에 올려놓고 있었습니다. 이런 어른이 있어선 안 돼. 전 곧장 세키구치를 향해 달려갔습니다.

물에 젖은 세키구치의 밋밋한 얼굴 위로 15년 전의 범인 얼굴이 겹쳐졌습니다. 그 머리를 힘차게 걷어찬 순간, 그것으로 제 속죄는 끝났다고 생각했죠. 나도 아주머니하고의 약속을 지킬 수 있었다고.

그러나 제가 정말로 해야 할 일은 따로 있었습니다. 겁쟁이의 진정한 속죄는 용기를 내어 증언하는 것이겠지요.

세키구치의 머리를 찬 순간, 15년 전의 범인 얼굴이 번쩍 하고 떠올랐습니다.

눈이 옆으로 길고 가늘게 찢어진 인상의 얼굴이 몇 년 전부터 대중들에게 인기를 끄는 것 같던데요. 그때 조사하던 경찰관이 "연예인 중에는 닮은 사람이 없니?"라고 물었을 땐 아무도 생각이 안 났지만, 지금이라면 몇 사람 고를 수 있을 것 같습니다. 목요일 8시 드라마에서 준주연급으로 나오는 남자 탤런트, 또 무슨 왕자라는 재즈 피아니스트, 교겐|狂言. 일본 전통 연극의 하나 – 옮긴이 배우인……. 전부 다 젊은 사람들뿐이네요.

사에의 편지에도 써 있듯이 아저씨로 불릴 만큼 그렇게 나이가 많지는 않았던 것 같습니다.

그 얼굴에서 15년이 흘렀다고 하면……, 연예인은 아니지만 대안학교를 운영하는 난죠 히로아키란 분과 비슷할 것 같네요. 작년 여름에 방화 사건이 난 곳입니다. 물론 그분이 범인일 리는 없겠지만요.

실은 그보다 더 닮은 사람이 있긴 합니다. 하지만 그건 너무 비상식적인 발상이고, 또 그 사람은 이미 이 세상에 없기에 밝히지 않겠습니다.

제 증언이 범인을 잡는 데 도움이 되기를 진심으로 바랍니다.

그러나 아주머니, 당신은 이것으로 만족하시나요?

소중한 외동딸을 잃은 건 정말 가슴 아픈 일입니다. 범인이 잡히기를 누구보다 간절히 바라는 사람은, 15년 전이나 지금이나 아주머니시겠지요. 하지만 딸을 잃은 슬픔과 범인이 잡히지 않는 데서 오는 분함, 그럼에도 아무것도 할 수 없는 초조한 심정을 같이 놀던 아이들에게 전가한 것은 잘못된 게 아니었을까요?

저나 사에가 그 사건에 계속 얽매여 살았던 건, 범인 탓이 아니라 아주머니 때문이라는 생각을 지울 수 없습니다. 아주머니, 그렇지 않나요? 그래서 이렇게 멀리까지 그때 그 아이의 속죄를 확인하러 오신 게 아닌가요?

나머지 두 사람. 잘못된 속죄의 연쇄가 더 이상 일어나지 않았으면 좋겠지만, 저로선 어떻게 할 수가 없네요.

어떻게 할 수 없다―. 참 좋은 말이군요.


이상으로 제 설명을 마치겠습니다. 질의응답은 없으니 양해하시길…….

곰
남
매

오빠가 참 좋았어요.

철봉 매달리기, 줄넘기 2단 뛰기, 자전거도 전부 다 오빠한테 배운 거예요. 운동신경은 나쁘지 않은데 요령을 터득하기까지 꽤 시간이 걸리는 내게, 오빠는 단 한 번도 화내는 법 없이 날이 저물어도 내가 그걸 완전히 익힐 때까지 참을성 있게 가르쳐 줬어요.

힘내. 힘내, 조금만 더. 아키코는 할 수 있어. ─이러면서요.

지금도 멍하니 저녁놀을 바라보고 있으면 오빠의 "힘내, 힘내." 하는 소리가 들려오는 것 같아요. 그러고 보니, 그날 날 데리러 와 준 사람도 오빠였네요.

그날이 언제냐고요? 에미리가 살해당한 날 말이에요.

당신은 상담 선생님 맞죠? 그 사건에 대해 듣고 싶다니까 지금부터 얘기할게요. 그런데 어디서부터 얘기해야 하나? 다른 세 사람이 나보다 똑똑하고 머리도 좋으니까, 다 같이 있었던 부분은 그 아이들한테 물어보는 게 좋을 거예요. 괜찮죠?

자, 그럼 내 얘기만. 그리고 나와 에미리에 관한 얘기만 해 보죠.

그래도 좀 웃긴다. 이제 와서 그런 얘기가 듣고 싶다니……. 아아, 그렇지. 이제 곧 공소시효가 끝나지.

그날, 난 아침부터 기분이 아주 좋았어요. 전날 요코 고모가 명절을 쇠러 우리 집에 오면서 내 선물로 사다 주신 새 옷을 입고 있었거든요.

그 지역 도심 백화점에서 일하는 고모는 명절을 쇠러 시골에 올 적마다 우리 남매 선물로 옷을 사 오시곤 했는데, 그때까지는 주로 오빠와 같이 입을 수 있는 스포츠 메이커의 티셔츠 같은 남학생 옷들뿐이었죠. 하지만 그해는 달랐어요. 아키코도 이제 4학년이니까 여학생처럼 하고 다녀야지 않겠어? 그렇게 말하며 리본과 프릴이 달린 예쁘장한 핑크색 블라우스를 사다 주셨죠.

하늘하늘하면서도 깜찍한, 부잣집 딸들이나 입을 것 같은 디자인. 이걸 내가 입는다고? 신기하면서도 황홀한 기분에 젖어 옷을 몸 위에 댔더니, 옆에 있던 부모님이나 친척들이 푸하하하 웃음을 터트리더군요.

아키코한테 그건 좀……. 이렇게 말한 사람은 아버지. 평상시 입는 옷보다 '0'이 하나 더 붙은 값비싼 옷을 사다 준 장본인이 바로 자기 여동생이라 노골적으로 말할 수 있었겠지만, 거기 있던 다른 사람들 역시 똑같은 생각이었을 거예요. 오빠는 "귀엽네."라고 해 주었지만, 옷을 사 온 요코 고모조차도 "어머머!" 하며 실소할 정도였으니까요.

지금보다는 덜하지만 난 초등학생 때부터 골격이 크고 다부진 체격이었어요. 항상 두 살 터울의 오빠가 입다 물려준 옷만 입고, 머리도 쇼트커트라서 남학생으로 착각하는 경우가 많았어요. 같은 반 남학생들은 '남자여자'라고 놀리기도 했죠. 하지만 난 그런 거 아무렇지도 않았어요. 어린 시절부터 쭉 그랬으니까.

그래도 그건 인간 취급은 받는 거잖아요. 부모님이나 친척들은 오빠랑 나만 보면 늘 곰 남매 같다고 놀렸거든요. 실제로 오빠는 밸런타인데이나 생일이면 분위기가 닮았다며 〈곰돌이 푸〉

캐릭터가 들어간 선물을 여학생들한테 곧잘 받아 왔죠. 오빠는 여학생들의 사랑을 한 몸에 받는 왕자님까지는 아니었지만, 그래도 외모에 비해선 인기가 있는 편이었어요.

남자는 좋겠어요. 곰같이 생겼어도 운동만 잘하면 되니까. 게다가 큰 골격도 아무런 마이너스가 되지 않으니.

아키코도 아들이었으면 좋았을 텐데. 어머니는 종종 그런 말씀을 하셨죠. 하지만 그건 내가 인기가 있고 없고의 문제에서 비롯한 게 아니라, 단지 학교 체육복이나 수영복 등 여자 아이 용품을 따로 사는 데 드는 돈이 아까워서 그랬을 거예요.

그러고 보니, 그때도 에미리와 이런 얘기를 하고 있었네요.


친척들과 절에 가서 점심을 먹은 뒤, 같이 놀 친구를 찾아 마을을 배회하다 보니 어느새 고정 멤버가 모이게 됐어요. 서부 지구에 사는 동갑내기인 사에, 마키, 유카, 넷이서 담뱃가게 앞에 모여 떠들고 있으려니 에미리가 언덕길을 내려오더군요. 집 창문으로 우리가 보였대요. 에미리네 집은 마을에서 제일 높은 곳이었거든요.

학교 교정에서 배구를 하자는 마키의 제안에 에미리가 집으로 공을 가지러 가면서 저도 같이 따라가게 됐어요.

"아키코, 너도 같이 가지 그래? 너, 달리기 잘하잖아."

마키가 이렇게 말했거든요. 물론 에미리네 집까지 달려서 간건 아니에요. 달리기를 잘한다는 건 마키가 자기 원하는 대로일을 진행시키기 위해 그냥 갖다 붙인 핑계 같은 거예요. 나도알고는 있지만, 괜히 마키의 비위를 거슬렀다가는 이래저래 복잡해질 수도 있고, 또 실제로 의지가 되는 친구이기도 해서 하라는 대로 순순히 따랐죠. 아마 다른 두 아이도 마찬가지였을거예요.

난 에미리와 함께 마치 성 같은 아파트를 향해 완만한 언덕길을 올라갔어요. 4월에 전학 온 에미리하고는 자주 어울려 놀았지만 단둘이 있는 건 처음이었어요. 내가 원래 말수가 많은 편이 아니었거든요. 무슨 말을 하면 좋을지 몰라 잠자코 걷고만있자, 에미리가 먼저 말을 꺼내더군요.

"그 옷, 참 예쁘다. '핑크하우스' 거지? 나도 거기 옷, 참 좋아하는데."

블라우스 얘기예요. 이래저래 구박을 받으면서도 절에 가려고 한번 입어 봤더니, 의외로 나하고 잘 어울렸던 모양이에요. 이제야 아키코가 여자애로 보이네, 라는 아버지의 농담과, 역시백화점에 있는 사람이 고른 거라 다르네, 하는 어머니의 감탄

소리에 난 기분이 날아갈 것만 같았어요.

"그건 외출복이니까, 다른 옷으로 갈아입고 나가 놀아라."

절에서 돌아온 후 어머니는 이렇게 일렀지만, 난 친구들한테 자랑하고 싶어 그대로 입고 나왔던 거죠.

하지만 고정 멤버들은 아무 말도 안 하더라고요. 오빠는 종종 시골 출신들의 철칙이란 걸 스스로 정해서 내게 들려주곤 했는데요. 그 중에 '손을 뻗어 닿을 수 있는 건 부러워해도 되지만, 그렇지 않은 건 아예 무시할 것'이란 게 있었어요. 그때 걔네들은 무의식중에 이 철칙을 지켰던 건지도 모르겠네요. …… 아니, 그보다는 내가 입은 옷 따위엔 전혀 관심이 없었던 것뿐이었나? 그렇다고 해서 내 입으로 직접 자랑도 못하고 있었죠.

그런데 에미리가 먼저 알아봐 준 거예요. 도쿄에서 온 세련된 애는 역시 다르다는 생각이 들더군요. 하지만 기껏 칭찬까지 받았는데도 난 '핑크하우스'란 브랜드를 몰랐어요. 창피했지만 궁금한 마음에 그게 뭐냐고 물으니까, 에미리는 『빨강머리 앤』이나 『작은 아씨들』스타일의 프릴이나 리본, 코르사주, 와펜 같은 것들이 달린 깜찍한 옷을 주로 내는 브랜드로, 여자 아이라면 누구나 한 번쯤은 꿈꾸는 세계일 거라고 알려 주더군요.

그 가게엔 예쁜 옷이 넘쳐날 거야. 한번 가보고 싶다. 옷장 안에 있는 옷이 전부 핑크하우스라면 얼마나 좋을까. 상상만으로도 가슴이 떨렸어요. 사실 난 그런 공주풍을 굉장히 좋아했거든요. 아무에게도 말하지 않았지만.

왜냐하면, 난 곰이니까요.

여자 아이들 사이에서 프랑스 인형이 유행한 적이 있었는데, 각자 자기가 생각한 드레스를 그림으로 그리기도 했죠. 하트 모양으로 연결된 황금빛 액세서리, 핑크와 화이트 장미가 어우러진 꽃밭 같은 느낌의 드레스, 유리 구두……. 정신없이 그림에 빠져 있다 보면, "와—! 아키코도 이런 드레스를 그릴 줄 아네." 하며 모두들 깜짝 놀라더군요. 하여간, 못돼 먹은 애들이라니깐.

하지만 그만큼 나와 '예쁜' 건 어울리지 않았다는 얘기죠. 곰한테 예쁜 게 가당키나 한가. 그냥 속으로만 몰래 즐기자. 난 그걸로 만족했어요.

블라우스를 칭찬받은 것만 해도 무척 기뻤는데, 에미리는 이런 얘기까지 덧붙였어요.

"아키코는 좋겠다. 그런 옷이 잘 어울려서. 나도 그런 스타일이 좋은데, 엄마는 나한테 안 어울린다고 안 사 주셔."

놀리는 말투가 아니었어요.

나한테도 어울리는 공주 같은 옷이 에미리한테는 안 어울린다고? 절대 그럴 리가 없죠. 다만, 날씬하고 다리가 긴 에미리는 하늘하늘 귀여운 스타일도 어울리지만 샤프하면서 세련된 스타일이 좀 더 잘 어울린다는 것뿐. 그날 에미리는 핑크색 바비 로고가 새겨진 타이트한 검정색 티셔츠에 빨간 체크무늬 플리츠스커트를 입고 있었는데, 그것도 굉장히 근사했어요.

그런 에미리가 내 블라우스를 보며 부럽다는 듯이 '좋겠다'를 연발하는 거예요. 기쁨을 넘어 쑥스러워진 난, 해괴한 변명을 늘어놓았죠.

"백화점에 다니는 고모가 직원 할인가로 사다 주신 거야. 우리 엄마 같으면 이렇게 비싼 옷은 어림도 없어. 항상 오빠가 입던 옷만 물려주는걸, 뭐. 난 싫어도 참고 억지로 입는데, 엄마는 기껏 한다는 얘기가, 아키코도 아들이었으면 좋았을 텐데, 이런 소리나 하는 거 있지."

"어머, 우리 엄마도 그래. 내가 아들이었어야 했다나."

"설마. 넌 그런 말 안 들을 것 같은데."

"진짜야. 한 번도 아니고 아쉽다는 듯이 계속 그러는데 듣기 싫더라."

에미리는 입을 삐죽 내밀며 이렇게 말했지만 난 믿을 수가 없었어요. 옆으로 길고 가늘게 찢어져 서늘한 느낌을 주는 눈을 한 에미리는 확실히 남자로 태어났어도 멋있었겠지만, 그보다 먼저 여자로서 충분히 아름다웠거든요.

여하튼 에미리도 나랑 똑같은 말을 듣는다고 생각하니까 왠지 기쁜 마음이 들면서 그 아이가 친근하게 느껴졌어요. 에미리한테라면 나도 예쁜 걸 좋아한다고 사실대로 밝힐 수 있겠구나 싶어 더 많이 친해지고 싶다는 생각이 들었어요.

그것을, 지금도 후회하고 있답니다.

서로가 어머니 흉을 보는 사이 아파트에 도착했어요. 경비원이 있는 현관을 지나 엘리베이터로 7층까지 올라가서 동쪽 복도의 맨 끝이 에미리네 집이에요. 4LDK밖에 안 돼서 집이 좁아, 라고 에미리는 말했지만, 난 LDK의 의미를 몰랐죠. LDK는 거실(Living room)과 식당(Dining room), 주방(Kitchen)이 하나로 연결된 아파트식 구조를 말한다. 4LDK는 LDK 구조에 방이 네 개 있다는 의미 – 옮긴이

에미리가 초인종을 누르자 아주머니가 나오셨어요. 펑퍼짐한 우리 엄마에 비하면 '아줌마'란 호칭을 쓰기가 미안할 정도로 늘씬하고 눈도 큰, 여배우처럼 예쁜 분이었죠. 난 냉방이 들어오는 현관에 아주머니와 함께 서서 배구공을 가지러 자기 방으로 들어간 에미리를 기다렸어요.

"우리 에미리랑 친하게 지내 줘서 고맙다. 날씨도 더운데 공놀이 같은 거 하지 말고 집에 와서 놀면 좋을 텐데. 맛있는 케이크도 있으니까 이따가 다 같이 와서 먹으렴."

품위 있고 부드러운 말투였는데도 난 몸을 잔뜩 움츠린 채 희미하게 웃어 보일 뿐이었어요. 어쩌면 숨을 멈추고 있었는지도 몰라요. 에미리네 집에 있는 건 모두 다 고급스런 귀중품 같아서, 자칫 실수로 망가뜨리기라도 하면 큰일이라는 생각밖에 없었거든요.

거북하다. 이런 느낌을 태어나서 최초로 경험한 때가 에미리네 집에 초대받아 처음으로 갔던 날 저녁이었어요.

현관에서부터 긴장을 놓을 수가 없었죠. 신발장 위에는 베르사유 궁전이란 단어가 절로 떠오르는 꽃병이 놓여 있고, 문 옆에는 파르테논 신전을 연상시키는, 우산꽂이인지 장식용인지 알 수 없는 커다란 흰색 도자기 항아리가 놓여 있었거든요.

그런데도 에미리는 공을 바닥에 튀기며 나오더군요.

"6시까지는 들어와라. 차 조심하고."

이렇게 말한 아주머니는 에미리의 머리를 쓰다듬고,

"네에, 알았다고요."

에미리는 싱긋 웃으며 이렇게 대답했죠.

부모가 머리를 쓰다듬어 준 게 언제인지, 오래 전의 기억밖에 없었던 난, 에미리는 사랑받고 있구나, 하는 생각에 조금 부러운 눈길로 쳐다보았어요.

설마 그것이 에미리와 아주머니의 마지막이 될 줄은 꿈에도 몰랐을 뿐더러, 어딘가 거북스런 그 집을 몇 시간 뒤에 다시 방문하게 될 줄은 역시 상상도 못했답니다.

사건이 일어난 날의 일이긴 하지만 사건과는 아무 상관없는 얘기만 한 것 같네요. 얼렁뚱땅 대충 넘어가려는 게 아니에요. 다만, 그 사건만 생각하려고 하면 머리가 깨질 듯 아파 와서 가능한 한 무거운 부분은 피하고 싶달까……

이제 죽은 에미리를 발견한 뒤의 얘기로 넘어갈 건데, 그래도 괜찮죠?

아, 맞다. 이 말은 해 두는 게 좋겠군요. 범인이 날 택하지 않은 이유는 내가 무거워 보여서가 아니라 내가 곰이었기 때문일 거예요.

이쯤 해 둘까……. 그럼, 사체를 발견한 뒤의 일을 얘기할게요.

넌 달리기를 잘하니까. 입버릇 같은 마키의 지시를 받고 난 에미리네 집으로 향했어요. 이번엔 물론 달려서 갔죠. 유카와 같이 체육관 뒷문까지 달려간 다음, 문 앞에서 각자 반대 방향으로 헤어졌어요.

큰일 났다. 큰일 났다. 큰일 났다…….

머릿속은 온통 이 생각뿐으로, 무섭다는 느낌은 별로 없었던 것 같아요. 아마 사태의 심각성을 제대로 파악하지 못해서 그랬을 거예요. 내가 좀 더 사려 깊은 아이였다면 에미리네 집에 가는 동안 머릿속을 정리하면서, 아주머니에게 에미리가 죽었다는 잔혹한 진실을 어떻게 전하면 좋을지 최선의 방법을 궁리했을지도 몰라요. 아니면 일단 집으로 가서 어머니와 함께 간다거나 해서 어른을 개입시키는 방법을 생각해 냈을 수도 있고. 또 죽었다고 곧이곧대로 말하기보다 다른 표현을 골랐을지도 몰라요.

하지만 난 정신없이 달리기만 했어요.

도중에 담뱃가게 앞에 있던 오빠도 못 알아보고 지나쳤죠. 아파트 현관에는 경비원 아저씨도 있었다는데, 난 그곳도 그냥 지나쳐 엘리베이터 안으로 돌진했어요.

에미리네 집에 도착하자마자 달려온 기세 그대로 초인종을 연거푸 눌렀어요.

"에미리, 이건 버릇없는 짓이야."

이렇게 말하며 문을 연 아주머니는 날 보더니, "어머, 아키코 구나!" 하며 의아한 표정을 지었어요. 숨을 헐떡거리며 서 있던 난, 한순간 꽃무늬 앞치마가 참 예쁘다는 생각을 했지만, 곧이 어 지금 이럴 때가 아니지, 하며 고개를 젓고는 온 힘을 다해 소리쳤어요.

"에미리가 죽었어요! 에미리가 죽었어요! 에미리가 죽었어요!"

최악의 방법이지 않나요? 그래서인지 아주머니는 장난으로 들 으셨나 봐요. 날 쳐다보며 가볍게 한숨을 내쉬더니, 두 손을 허 리에 얹고 활짝 열린 문 바깥쪽을 향해 말했어요.

"에미리, 거기 숨어 있는 거 다 알아. 바보 같은 장난 그만 하 고 나와. 안 나오면 저녁밥 없을 줄 알아."

하지만 에미리가 나올 리가 없죠.

"에미리!"

아주머니는 다시 한 번 바깥쪽을 향해 큰 소리로 이름을 불 렀지만, 주민 대부분이 명절이라 집을 비운 고요한 아파트 안에 선 숨소리 하나 들리지 않았어요.

아주머니가 날 쳐다보더군요. 무표정한 얼굴로 3초, 5초, 10

초⋯⋯. 아니, 한순간이었는지도 몰라요.

"에미리는 어디 있니?" 목 안쪽에서 갈라진 목소리가 나왔어요.

"초등학교 풀장에요." 나 역시 목소리가 갈라져 나왔죠.

"왜 하필 에미리냐고!"

찢어지는 듯한 비명이 머릿속을 관통하면서 내 몸이 튕겨져 나갔어요. 아주머니가 두 손으로 날 밀어젖히며 뛰쳐나간 거예요. 그 바람에 벽에 얼굴을 세게 부딪친 난, 앞으로 고꾸라지듯 넘어졌고, 그 순간 탁 하는 둔중한 소리와 함께 이마에 강렬한 통증이 지나갔어요. 파르테논 신전이 깨진 거예요.

얼굴을 부딪쳐서인지 코피까지 나더군요. 이마도 아프고 코피도 난다⋯⋯. 난 머리가 깨져서 거기에서 피가 흘러내리는 줄 알았어요. 흘러내린 피는 턱을 지나고 목덜미를 지나 아래로 줄줄 흘러내렸어요. 죽으면 어떡하지. 살려 줘⋯⋯. 욱신욱신 아파 오는 머리를 아래로 푹 떨어뜨리니, 가슴 언저리가 빨갛게 물든 블라우스가 눈에 들어오더군요.

블라우스가, 블라우스가, 내 소중한 블라우스가⋯⋯. 으아아 아아아아앙⋯⋯. 어둡고 깊은 구멍 속으로 빨려 들어가는 것 같았어요. 그때,

"아키코!"

믿음직한 목소리가 귀에 들어왔어요. 깊은 구멍 속으로 빨려 들어가는 날, 간발의 차로 구해 준 사람은 오빠였답니다.

"오빠! 오빠! 오빠!"

난 오빠에게 달려들어 엉엉 울었어요.

친구네 집에서 돌아오는 길이었던 오빠는, 사촌 오빠가 친구를 데리고 집에 올 거니까 저녁 6시까지는 들어오라는 어머니의 당부가 있었는데도 6시를 알리는 음악 〈그린 슬리브스〉가 울린 뒤에 집하고는 전혀 다른 방향으로 뛰어가는 날 보고는 데리고 같이 가려고 주변을 찾아다녔대요.

그때 머리가 헝클어진 채 아파트에서 달려 나오는 에미리의 어머니를 보고는 무슨 일이 있나 싶어 한번 올라와 본 거래요.

오빠는 경비원 아저씨에게 물에 적신 수건과 휴지를 얻어 와서 코피를 닦아 주었어요.

"나, 죽는 거야?"

난 심각하게 물었는데 오빠는 웃으며 대답했죠.

"코피 좀 난다고 안 죽어."

"그래도 머리가 욱신욱신 아파."

"그러고 보니 이마가 좀 찢어졌네. 하지만 피도 거의 안 나고,

별것 아니야."

오빠의 말을 듣고서야 안심이 된 난 그제야 몸을 일으킬 수 있었죠. 파르테논 신전이 깨져 있는 걸 본 오빠가 "무슨 일 있었니?" 하고 물었어요. "에미리가 풀장에서 죽어 있었어."라고 대답하자 오빠는 깜짝 놀란 표정이 되었지만, "일단 집으로 가자." 하며 다정하게 내 손을 잡아 주었어요.

언덕길을 내려가다 문득 고개를 들어보니 하늘이 빨갛게 물들어 있었어요.

다친 데요? 보시다시피 흉터는 없어요.

오빠가 상처 부위를 소독하고 반창고를 붙여 줬죠.

피투성이가 되어 오빠 손을 잡고 돌아온 날 본 어머니는 깜짝 놀랐지만, 사건에 대해 얘기하자 "학교에 갔다 오마." 이러더니 날 내버려 두고 뛰쳐나가더군요. 우리 어머니가 흥분을 좀 잘하는 성격이거든요. 나중에 들은 얘기인데, 어머니는 내가 앞에 있는데도 학교에서 죽은 줄로 알았대요.

어쨌든 찢어진 부위가 욱신욱신 아프긴 해도 더 이상 피도 안 나고 상처도 그다지 깊지 않은 것 같아서 병원에는 안 갔어요.

그렇지만 15년이나 지난 지금도 비가 오거나 습도가 높아지면, 또 그 사건을 떠올리려고만 하면 이마가 욱신욱신 아파 오면서 통증이 점차 머리 전체로 퍼져요. 오늘도 비가 오는데, 또 그 사건에 대해 이렇게 자세히 얘기하고 있으니 이제 슬슬 신호가 오지 않을까.

아아, 벌써 아프기 시작했어요.

사건에 관해선 이 정도로 괜찮겠죠? 범인의 얼굴? 그 문제는 좀…… 봐주면 안 돼요?

범인의 얼굴에 대해선 네 사람 다 "생각나지 않아요."라고 말했죠.

사실 난 얼굴뿐만 아니라 다른 부분에 대해서도 아주 희미한 정도로밖에 기억하지 못해요. 생각이 안 난다기보다는 좀 전에도 말했듯이 사건을 떠올리려고만 하면, 특히 핵심에 가까운 부분에선 머리가 깨질 듯이 아파 와요. 정말 참을 수 없는 두통인 걸요. 언젠가 마음을 굳게 먹고 처음부터 끝까지 전부 다 생각해 내려고 시도한 적이 있었는데, 범인의 모습이 어렴풋이 떠올랐을 즈음에 그 이상 계속하다가는 정상적인 정신 상태로 영원히 못 돌아올 것만 같은 두통이 덮쳐 와서 그만 두었어요.

그럼 조사받을 때 그렇게 솔직히 말하지 그랬냐고요?

그땐 아직 반창고를 붙이고 있었잖아요. 머리가 아프다고 하면 아주머니가 날 밀어 넘어뜨린 사실을 경찰이나 다른 사람들이 알게 될까 봐 내키지 않았어요.

조사는 여러 번 받았지만 항상 비슷한 질문이었기 때문에 처음에는 다른 세 사람의 대답에 맞춰서, 그다음 조사부터는 누군가 했던 말을 마치 나 자신의 기억인 양 얘기했어요. 마키가 영어를 섞어 쓰는 바람에 그린과 그레이가 뒤섞여서 작업복이 회색이었는지 녹색이었는지 헷갈린 적도 있지만 아마 아무도 눈치 못 챘을 거예요.

사건 직후에 에미리네 집에서의 일은 자세히 얘기해 본 적이 거의 없어요. 특별히 물은 사람도 없고요. 아주머니한테 밀려 넘어진 일은 오빠한테도 말하지 않았어요. 그 일로 아주머니가 비난을 받기라도 하면 너무 안됐잖아요. 자식이 죽었다는 소리를 듣고 그 정도도 흥분 안 할 사람이 어디 있겠어요. 다친 건 내 탓이야. 문을 막듯이 우두커니 서 있었던 내 잘못이지. 그래서 어쩌다 다쳤느냐는 질문에는 너무 당황한 나머지 넘어졌다고 대답했어요. 죽은 에미리를 발견한 직후의 일이라 아무도 이상하게 생각하지 않았죠.

그리고 내 상처보다 사실 파르테논 신전이 깨진 게 훨씬 더 큰 손실 아닐까요? 아, 맞다. 지금 생각났는데, 어쩌면 이 두통의 원인은 이마에 파르테논 신전 조각이 박혀 있기 때문인지도 모르겠네요. 진짜 그런 거 같아요. 그렇다고 이제 와서 빼낼 수도 없고. 사실 그 당시에 도자기 파편이 박혔다는 걸 알았다 해도 역시 병원에는 안 갔을 거예요.

곰이 병원 가는 거 봤어요? 아, 맞다. 동물 병원이 있지. 그래도 곰이 제 발로 병원에 가는 경우는 없잖아요.

곰은 곰답게 살아가는 법을 알아요. 몰랐던 건 나뿐이죠.

자기 분수에 맞게 살아야 한다.

이건 어렸을 적부터 할아버지께 자주 들어오던 말이에요.

모든 사람이 평등하다고 생각해선 안 된다. 태어날 때부터 각자에게 주어진 것이 다르니까. 가난한 사람은 부자 흉내를 내선 안 된다. 바보가 학자 흉내를 내서도 안 된다. 가난한 사람은 부족한 가운데서 행복을 찾고, 바보는 나름대로 할 수 있는 일을 찾아 열심히 노력하면 된다. 분수에 넘치는 짓을 하면 불행해질 뿐이다. 하느님이 위에서 다 보고 계시다 벌을 주신다.

할아버지 말씀은 항상 여기서 끝났는데, 초등학교 3학년 어느 날, 그 다음 말을 하셨죠.

그러니까 아키코, 못생겼다고 주눅 들 필요는 없단다.

웃기지 않아요? 왜 얘기가 거기로 흐르냐고요. 할아버지는 날 위로하려고 그런 말씀을 하셨는지 모르지만, 그게 오히려 더 상처 주는 말 아닌가요? 게다가 난 체격은 커도 얼굴은 그다지 나쁜 편이 아니었어요. 그리고 공부는 못하지만 운동신경은 좋았고, 또 주위 아이들도 모두 거기서 거기였기 때문에 이 세상이 불평등하다는 생각은 해 보지 않았어요. 그래서 할아버지 말씀도 '또 그 소리야?' 정도로 대충 흘려들었죠.

그러나 에미리가 이사 오고 나서 할아버지의 말씀을 처음으로 이해할 수 있을 것 같았어요. 예쁘고, 스타일 좋고, 영리하고, 운동 잘하고, 손재주까지 좋은 부자. 확실히 불평등하더군요. 에미리와 나 자신을 비교하다 보면 비참해질 뿐이었죠. 하지만 처음부터 갖고 태어난 것이 아예 다르다고 생각을 바꾸면 아무렇지도 않은 게 되죠. 에미리는 에미리. 나는 나. 다른 아이들은 에미리를 어떻게 생각했는지 모르지만, 난 처음부터 에미리를 다른 세계 사람으로서 좋아했어요.

그랬는데, 그날은 달랐던 거예요. 에미리가 선망의 눈길로 바라보는 브랜드의 옷을 입고, 에미리도 부모님께 나랑 똑같은 말을 듣는다며 기뻐한 나머지, 에미리와 좀 더 친해지고 싶다는 생각까지 하게 된 거죠.

분수에 넘치는 짓을 하다가 벌을 받은 거라고요.

그 증거로, 핑크하우스 블라우스는 세탁소에 클리닝을 맡겼는데도 얼룩진 갈색 핏자국이 빠지지 않아 못 입게 되었죠. 어느 예쁜 여자 아이가 잘 입었을지도 모르는 것을, 제 분수를 모르는 곰이 입은 탓에 단 하루 만에 엉망으로 더러워져서 두 번 다시 입을 수 없게 되다니 불쌍하기도 하지……. 난 블라우스에게 미안한 마음이 들어 몹시 괴로웠어요. 블라우스를 꼭 껴안고, 미안해, 미안해, 하면서 울며 사죄했죠.

그리고 에미리한테도 미안하다고 하면서 사과했어요.

곰인 주제에 친하게 지내고 싶다는 생각을 하니까 에미리가 죽은 거잖아요.


사건 이후의 생활이요? 분수 넘치는 짓을 하면 불행해진다. 나 때문에 에미리가 죽었는데, 학교에 가고, 친구들과 놀고, 과자를 먹고, 웃으면서 그렇게 사건이 일어나기 전과 똑같이 생활하면 안 될 것 같았어요.

밖에 나가서 누군가와 어울리기만 해도 그 사람한테 해를 입힐 것 같았고, 설령 어울리지 않는다 해도 내가 밖에 나가면 거기에 우연히 같이 있던 사람한테 피해가 갈 것 같았어요.

학교에 가서도 내가 움직이면 다른 아이와 부딪쳐 넘어지게 하지 않을지, 다치게 하지 않을지 하는 걱정 때문에 쉬는 시간에도 화장실에 가는 일 외에는 자리에서 한 발짝도 움직일 수 없었죠.

그러는 사이, 아침에 일어나면 배가 아프거나 몸이 축축 처지곤 해서 가끔씩 학교를 빼먹게 되었어요.

4학년 땐 부모님이나 선생님도 그런 사건을 겪었으니 어쩔 수 없다며 학교를 쉬어도 별 말씀이 없으셨는데, 5학년이 되자, 이제 그만 해도 되잖니? 하는 태도를 보이더군요. 자기 마을에서 일어난 사건이라도 직접적인 관련이 없는 사람들에겐 반년만 지나면 이미 과거의 일이 돼 버리는 모양이에요.

그런 날 격려해 준 사람이 오빠였어요.

"아키코, 밖에 나가는 게 무섭겠지만 오빠가 지켜 줄 테니까 아키코도 조금만 힘내자."

오빠는 이렇게 말하고는 멀리 돌아가게 되는데도 아침이면 날 학교까지 바래다주고 나서 자기가 다니는 중학교로 갔어요. 또 범인과 맞닥뜨려도 무사할 수 있도록 체력을 단련하자며 집 창고에 있는 못 쓰게 된 농기구로 바벨 같은 걸 만들어서 같이 웨이트 트레이닝도 했어요.

학교에 가는 건 죄책감이 들었지만 웨이트 트레이닝은 우선 곰이라면 당연히 강해야 하고, 또 언젠가 에미리의 원수도 갚을 수 있겠다는 생각에 열중하게 되었어요.

그렇게 시간을 보내는 사이 에미리의 부모님이 도쿄로 돌아가게 되었고, 사건을 같이 겪은 우리 네 사람은 마지막으로 한 번 더 에미리네 집에 모여 그날의 일을 얘기하게 됐어요.

파르테논 신전이 없을 뿐 나머지는 예전 그대로인 현관에 한 발을 들여놓는 순간, 이마가 욱신욱신 아파 왔지만 사건에 관해선 대부분 마키가 얘기를 해서 가까스로 참고 견뎠어요. 그때, 아주머니에게 이런 얘기를 들었어요.

공소시효가 끝나기 전에 범인을 찾아내든가, 아니면 내가 납득할 수 있는 속죄를 해라. 그러지 않으면 복수하겠다.

나 때문에 에미리가 죽었는데, 다른 세 사람한테는 미안한 마음이 들더군요. 사실 아주머니가 날 원망스러워한다는 건 처음부터 알고 있었기 때문에 복수라는 말을 들어도 특별히 두렵지는 않았어요. 오히려 아주머니가 그때까지 가만히 계셨다는 게 이상할 정도였죠. 범인을 찾는 건 사건을 거의 기억하지 못하는 나로선 어려운 일인 것 같아서 속죄를 하기로 했어요.

속죄? 분수 넘치는 짓은 절대로 하지 않는다. 사건 이후 줄곧

생각해 오던 말이지만 그날 다시 한 번 스스로에게 맹세를 했
죠.

결국, 고등학교는 진학하지 않았어요. 아무리 그래도 고등학
교는 나와야 하지 않겠냐며 부모님은 날 설득했지만, 설령 입학
시험에 붙는다 해도 3년 동안 다닐 자신이 없었어요.

부모님을 설득해 준 사람은 오빠였어요.

고등학교는 의무교육도 아니고, 아키코가 밖에 나가는 게 싫
을 뿐이지 공부하는 건 괜찮다면 통신교육으로 얼마든지 고등
학교 졸업 자격을 딸 수 있고, 또 대학까지 들어갈 수도 있어
요. 제가 열심히 할 테니까, 아키코는 자기 페이스대로 천천히
해 나갈 수 있게 내버려 두세요.

이런 식이었죠. 본인 말대로, 오빠는 지역 국립대학을 졸업하
고 공무원 시험을 쳐서 구청에 취직했어요. 복지과 직원으로서
사람들 평판도 좋고, 마을에선 효자 아들로 통해서 부모님을
기쁘게 했죠.

오빠는 정말 남 돌보는 일에는 천부적인 사람이었어요. 그래
서 오빠의 결혼 상대도 좀 사연이 있는 사람이었죠.

"나쁜 놈한테 걸려서 애나 둘러업고 징징 울며 귀향하지 않으

려면 조심해."

진학이나 취직 등으로 마을을 떠나 도시로 나가는 딸들에게 부모나 집안 어른들은 마치 정해진 대사처럼 이렇게 일렀는데, 오빠의 아내인 하루카 새언니는 나쁜 예의 표본이라고 해도 될 만큼 그런 일들을 전부 다 겪은 사람이었죠.

도쿄의 인쇄소에 취직했는데, 영세한 회사의 낮은 급여로는 하루하루 먹고살기도 빠듯해서 여윳돈을 좀 마련할까 싶어 술집 아르바이트를 시작했대요. 그러다 야쿠자 똘마니한테 걸려서 식도 올리지 않은 채 임신부터 하게 됐대요. 결국 회사를 그만 두고 아이를 낳아 술집에서 일하며 근근이 아이를 키우고 있었는데, 그 사이 그 남자는 다른 여자랑 눈이 맞아 증발해 버렸다나요. 알고 보니 그 남자는 악덕 사채업자한테 거액의 돈을 빚진 상태로, 다음 달까지 돈을 갚지 않으면 콘크리트로 발라 도쿄 만에 던지겠다는 사채업자의 협박을 받고 간신히 목숨만 부지해 고향으로 도망쳐 왔다지 뭐예요.

어디까지가 진실이고 거짓인지 알 수 없는 이런 소문이 새언니가 귀향한 지 한 달도 안 돼 온 마을에 쫙 퍼졌어요. 오죽했으면 거의 집에만 틀어박혀 있는 내 귀에까지 들어왔겠어요.

옆집 아주머니가 우리 집에 와서 어머니께 하는 얘기를 같이 앉아 있다가 듣게 되었죠. 그때 아주머니는 확인되지 않은 소문을 마치 진짜인 것처럼 떠벌리고 나서는 "설마 걔가 그럴 줄 누가 알았겠어." 하며 잘 믿기지 않는다는 표정을 지었지만, 사실 나도 믿어지지 않는 건 마찬가지였어요.

하지만 빚을 갚기 위해서인지 어째서인지는 몰라도 하루카 언니네가 밭과 산 일부를 판 건 확실한 것 같았고, 또 언니에게 아이가 있는 것도 사실이었죠.

그럼에도 그 소문이 믿기지 않았던 건 이미지 때문이랄까? 나쁜 예의 표본이라고는 했지만, 사실 이 정도의 에피소드면 그 마을에선 거의 무용담에 가까워요. 도대체 어떻게 생긴 미인이기에 그런 모진 일들을 겪었을까, 하며 언니를 모르는 사람은 은근히 기대를 할 수도 있겠죠. 하지만 하루카 언니는 수수하고 얌전한 성격에 외모 역시 빈말이라도 예쁘다고는 하기 어려운 얼굴이었거든요.

하루카 언니는 오빠와 동창인 데다 서로 집도 가까워서 어렸을 때부터 잘 알고 지냈어요. 그땐 고향에 돌아온 하루카 언니를 아직 보기 전이어서 도쿄에 가서 촌티를 확 벗었겠구나, 하는 생각도 했지만, 소문을 들은 지 3개월 후에 오빠가 집으로 데려온 언니는 예전 모습에서 나이만큼 성숙해진 것 말고는 변한 게 하나도 없더군요.

작년 오봉, 8월 14일이었어요.

10년 전에 할아버지, 할머니가 연달아 돌아가시고 나서는 친척들이 우리 집에 모이는 일이 거의 없어졌지만, 그날은 직장 일로 외국에 5년쯤 나가 있던 사촌 오빠, 즉, 요코 고모의 아들인 세이지 오빠 부부가 하룻밤 묵고 갈 예정이어서, 어머니와 난 전골과 초밥을 준비해 놓고 아버지와 함께 셋이서 기다리고 있었어요. 그러자 아침부터 외출했던 오빠한테 전화가 걸려 와서, 이참에 자기가 사귀고 있는 여자도 초대하면 안 되겠냐는 거예요.

오빠한테 애인이 있는 줄은 전혀 몰랐어요. 어머니도 마찬가지여서, 옷을 갈아입어야 하나, 케이크라도 사 와야 하나 하며 우왕좌왕했지만, 마침 그때 세이지 오빠 부부가 도착하는 바람에 일단 오빠 문제는 접어 두고 도쿄에서 온 두 사람을 접대하게 된 거죠.

8년 전 도쿄에서 올린 세이지 오빠의 결혼식엔 부모님만 참석했기 때문에, 난 오빠의 부인인 미사토 언니하고는 그날이 첫 대면이라고 생각했어요.

"할아버지, 할머니도 안 계신데, 이런 시골까지 일부러 찾아 왔네." 어머니가 이렇게 말하자, 세이지 오빠는 "성묘도 해야 하고, 또 저희 두 사람의 추억이 있는 곳이라서요……" 하며 조금 민망한 표정으로 말을 잇더군요.

신중하지 못한 것 같아서 지금까지는 말하지 않고 있었는데, 그 사건이 없었다면 자기네 부부는 맺어지지 않았을지도 모른다. 따라서 이곳에 둘이서 꼭 한번 와 보고 싶었노라고.

그 사건이란, 에미리가 살해된 사건이요.

도쿄의 대학 3학년이던 세이지 오빠는 같은 테니스 동아리에 있던 다른 여자대학 1학년인 미사토 언니를 전부터 마음속에 두고 있었지만, 노리는 사람이 많아 좋은 선배 이상으로 발전할 기회를 갖지 못하고 있었던가 봐요. 그러던 어느 날, 동아리 회식 자리에서 명절에 시골 내려가는 얘기가 화제에 올랐을 때, 세이지 오빠가 "우리 시골은 정말 아무것도 없는 마을이긴 하지만 일본에서 공기가 제일 깨끗한 곳이야."라고 자랑했더니, 미사토 언니가 한번 가 보고 싶다고 했대요. 미사토 언니는 부모님이 모두 도쿄 출신이라 명절에 시골에 내려가는 친구들이 부러웠나 봐요. 미사토 언니의 말을 들은 세이지 오빠가 술기운을 빌려서 "그럼, 같이 갈래?" 하고 물었고, 언니도 싱긋 웃으며 고개를 끄덕였대요.

우리 집 혈통이 그런 건지 세이지 오빠도 자상하면서 우직한 타입이거든요. 좋아하는 여자와 함께 밤을 지낼 수 있는 기회였는데, 세이지 오빠는 고지식하게도 우리 집에서 식사를 하고 하룻밤 잔 다음 그대로 도쿄로 돌아갈 계획이었대요. 그것도 세이지 오빠는 우리 오빠 방에서, 미사토 언니는 내 방에서 잘 생각이었다니, 연애에는 한참 어두운 나로서도 뒤로 자빠질 이야기였죠.

그날, 두 사람이 그 시골 마을 역에 내린 것은 6시 전. 걸어서 우리 집에 도착하자 이미 6시를 넘긴 시각이었죠. 짐을 풀고 잠시 쉰 다음, 다 모였으니 슬슬 전골 먹을 준비를 하자는 얘기가 나왔는데, 아이들이 보이지 않았던 거예요. 어디를 싸돌아다니는 거야, 하며 어머니가 한마디 하고 있던 참에 내가 오빠 손을 잡고 돌아왔던 거래요. 난 두 사람이 와 있는 것도 몰랐어요.

그 후, 어머니는 흥분을 해서 학교로 뛰어갔고, 구경하러 가보자는 친척 아저씨에, 밖에서는 경찰차가 사이렌을 울리며 지나가는 등, 우리 집은 물론이고 서부 지구를 중심으로 마을 전체가 한바탕 북새통이었나 봐요.

당연히 우리 집에선 손님을 접대할 상황이 아니게 됐죠. 그래서 요코 고모가 옆 마을 여관을 수소문해서 괜찮다고 사양하는 미사토 언니와 세이지 오빠를 그쪽으로 보낸 거예요. 옆 마을 역시 별 볼일 없는 곳이긴 마찬가지지만, 온천이 있어서 명절에는 찾는 사람이 많아 빈방이 하나밖에 없었대요.

미사토 언니 말로는, 처음 찾아간 시골 마을에서 살인 사건이 났다는 것이 견딜 수 없도록 무서웠는데, "미사토는 내가 지킬게."라는 세이지 오빠의 말이 그렇게 든든할 수가 없었대요. 그래서 사귀기 시작했다는 건데요. 하지만 내가 보기엔 그런 일이 없었어도 결과는 마찬가지였을 거예요. 아니, 아무리 공기가 깨끗하다느니, 시골에 가 보고 싶다느니 해도, 마음에도 없는 사람이랑 단둘이서 그 사람의 친척 집에 가고 싶겠어요? 물론, 그 사건이 두 사람 사이를 부추긴 건 분명한 사실이겠지만요.

그리고 14년이 흐른 거예요. 무슨 사정인지는 모르지만 두 사람 사이엔 아직 아이가 없어요. 그래도 결혼한 지 8년이나 지났는데 여전히 연인 사이 같은 모습이 좋아 보이더군요.

두 사람의 다정한 모습을 보며 어머니가 "오늘은 코지도 여자를 데리고 온다는구나." 하며 조금 들뜬 목소리로 말했죠. 오빠는 어머니의 자랑스러운 아들, 그 아들이 여자를 데리고 온다니까 어머니로서는 적잖이 긴장할 수밖에 없었을 텐데, 세이지 오빠 부부를 보면서 오빠도 이제 결혼해서 행복하게 살았으면 좋겠다는 생각이 들지 않았을까 싶어요.

세이지 오빠 부부도 "어떤 사람인가 궁금하네요." 하고 말하는 찰나, 오빠가 돌아왔어요.

하루카 언니, 그리고 와카바도 같이.

와카바는 하루카 언니의 딸로, 그땐 초등학교 2학년이었죠.


일단 상냥하게 하루카 언니와 와카바를 거실로 안내한 어머니는 날 끌고 부엌으로 가더니, "쟤, 쟤, 쟤가 걔 맞지?"하며 확인을 했어요. 오빠가 데리고 온 여자가 소문으로 듣던 그 하루카지? 하는 의미죠. 나도 무척 당황했지만 흥분해서 부엌을 뱅글뱅글 도는 어머니를 보자 오히려 마음이 차분해지더군요.

"맞아요, 틀림없어요. 하지만 동창끼리 그냥 친하게 지내는 사이일 수도 있으니까, 너무 그렇게 당황한 티 내지 말아요. 실례잖아."

이렇게 말한 난, 부엌 밖으로 어머니의 등을 밀고는 맥주와 오렌지주스 한 병을 들고 거실로 나갔어요.

아버지의 맥주 마시는 속도가 좀 빠르다 싶을 뿐, 세이지 오빠 부부가 있어서인지 식사는 원만하게 진행됐어요. 하루카 언니는 오빠의 커다란 몸 뒤로 자신을 숨기듯 조심스럽게 앉아서 요리에는 거의 손을 대지 않았지만, 다른 사람들에게는 잔에 맥주를 따라 주기도 하고 초밥을 앞에 놔 주기도 하고 빈 접시를 치우기도 하는 등, 굉장히 싹싹하더라고요.

내가 그렇게 했다가는 꾸물거리는 모습에 "됐다."라는 소리나 듣기 십상인데, 하루카 언니는 주의 깊게 보지 않으면 그러고 있는 것조차 알아차리기 힘들 만큼 자연스럽게 행동했어요. 옷도 외출용 원피스를 입긴 했지만 옆 마을 슈퍼에서 파는 듯한 싸구려였죠. 하긴, 갈색 트레이닝복이 유니폼인 내가 할 말은 아니지만요.

소문 따위 완전히 터무니없는 소리로, 이 마을에 쭉 살고 있던 사람 같았어요.

어머니도 처음엔 뚱한 얼굴로 말없이 전골만 만들더니, 소스용 날계란을 받은 와카바가 웃는 얼굴로 "고맙습니다."라고 인사하자, 그 얼굴을 본 어머니 자신도 표정이 풀리면서 와카바 접시에 고기를 듬뿍 얹어 주게 되었죠. 그러자 이번에는 아버지가 "할아버지는 그거 한 손으로 깰 수 있다." 하며 공연히 빈 그릇에 계란을 깨트리고, 그것을 본 와카바가 즐거워하자 날 건너

다보며 "편의점에 가서 아이스크림 좀 사 와라."라고 할 정도였
죠.

　마을에 딱 하나 있는 편의점은 3년 전 초등학교 근처에 생겼
어요. 담배를 사야 한다는 세이지 오빠와 함께 아이스크림을
사러 나갔어요.

　"코지는 그 여자랑 결혼할 생각인가?" 도중에 세이지 오빠가
말했어요.

　"그건 아닌 것 같은데……."

　"그렇지? 사람은 괜찮아 보이지만, 결혼은 안 하는 게 좋겠
어."

　하루카 언니의 과거를 모르는 세이지 오빠가 그렇게 딱 잘라
말하는 게 이상했어요. 그날 본 하루카 언니의 모습만 갖고서
는 나라면 대환영이었을 것 같은데. 왜요? 라고 이유를 물으려
는데 세이지 오빠가 느닷없이 "와, 대단하다!"라며 목소리를 높
였어요.

　"이거 주차장 맞아? 가게보다 세 배는 더 넓잖아."

　도대체 뭐가 대단하다는 건지 세이지 오빠의 말뜻이 잘 이해
되지 않았어요. 도시에 사는 세이지 오빠가 하는 말 중엔 이해
안 되는 것투성이란 생각을 하며 둘이서 편의점 안으로 들어갔

어요.

세이지 오빠는 마을 사람들로 북적이는 가게 안을 둘러보며 "마을에서 제일 잘나가는 곳이네."라며 감탄스럽게 말하더군요. 우리는 아이스크림과 술안주가 될 만한 과자, 담배, 그리고 샐러리맨을 겨냥한 주간지를 한 권 산 다음, 걸어온 길을 되짚어 집으로 향했어요.

세이지 오빠는 더 이상 오빠에 대해선 얘기하지 않았어요. 돌아가는 길엔 무슨 얘기를 했더라……. 세이지 오빠가 담배를 피우며 묵묵히 걷다가, 아, 그렇지. 갑자기 그 사건에 대해 물었어요. 그래도 별건 아니었을 거예요. 이마가 욱신욱신 아프지도 않았으니까. 아마도…….

"아키코, 사건의 범인은 마을 잔칫날 밤에 인형을 훔쳐 간 그 변태가 맞지?"라고 묻기에 "응, 맞아."라고 대답한 것뿐이에요.

우리 집에는 원래 프랑스 인형 대신 응접실에는 홋카이도 특산품인 목각 곰 인형이 놓여 있었기 때문에, 그때까지만 해도 프랑스 인형 도난 사건은 새카맣게 잊고 있었죠.


식사가 기대 이상으로 화기애애하게 진행된 것에 오빠는 한껏 고무되어 있었던가 봐요. 다음 날 아침, 아침상을 치우고 세이지 오빠 부부와 같이 가까운 온천이나 갈까 하면서 다 같이 커피를 마시는데, 갑자기 오빠가 중대 발표를 해 버린 거예요.

"아버지, 어머니, 저 하루카와 결혼하겠습니다."

허락을 구하는 것이 아닌 일방적인 선언이었죠.

"말도 안 되는 소리 마라!" 그렇게 소리를 친 건 어머니. 일어섰다 앉았다 안절부절 못하더니, 급기야는 이성을 잃고 고함을 지르기 시작했죠.

그런 여자랑 결혼해서 어떻게 살 거야?! 더 좋은 상대가 얼마든지 있잖아. 너랑 같은 대학 나와서 아다치 제작소 연구실에 다니는 야마가타 씨네 딸하며, 음대 나와서 피아노 선생 하고 있는 카와노 씨네 딸도 다 너랑 결혼하고 싶어 하는데, 왜 하필이면 그런 여자랑 하겠다는 거야?!

살짝 정정을 하면, 그 여자들의 부모가 자기 딸과 오빠가 결혼하길 바랐던 걸 거예요. 하루카 언니의 소문을 전해 준 아주머니도 실은 오빠와의 맞선을 주선하러 우리 집에 들른 거였거든요. 그때 오빠는 "전 서른 살이 될 때까지는 결혼할 생각이 없어요." 이렇게 말해 놓고서는…….

"앞으로 우리 내외가 의지할 사람은 너밖에 없다. 일시적인 감정에 휘둘리지 말고 정신 똑바로 차려."

아버지도 호통을 쳤죠. 내가 이렇게 되지 않았더라면 오빠의 결혼도 반대하지 않았다는 말처럼 들려서 마음이 상하기도 했지만, 그보다 먼저 오빠에게 말할 수 없이 미안했어요. 날 지켜준 오빠가 나 때문에 결혼 허락을 못 받다니. 하루카 언니의 과거가 께름칙하긴 했지만, 바로 지금이 오빠의 은혜를 갚을 수 있는 기회인 것 같았어요.

"난 하루카 언니가 그렇게 나쁜 사람 같지 않아요. 부모님께는 제가 있으니까……."

"말도 안 되는 소리 집어치워. 방구석에 틀어박혀만 사는 주제에 말은 한번 잘하는구나. 너 같은 애한테 뭘 바라겠니? 남한테 신세만 안 지면 그걸로 다행이지. 넌 입 다물고 가만히 있어."

이렇게 말한 사람은 어머니. 뭐 하나 틀린 말은 아니었지만 그렇게 직접적으로 듣기는 처음이었죠. 오랜만에 찾아온 손님을 보고 기분이 들떠서 곰으로서의 자각이 희미해져 있던 난 새롭게 눈을 뜨는 기분이었어요. 어머니는 세이지 오빠 부부를 향해 "세이지도 한마디 해라." "조카며느리도 걔가 보통 여자가 아닌 거 알겠지?" 하면서 두 사람에게 하루카 언니의 이야기를 하기 시작했어요.

오빠 앞에서 그럴 필요까지 있나 싶었지만, 놀라운 건 오빠가 어머니의 이야기를 전혀 부정하지 않는 것이었어요. 오히려 "그게 사실이니?"라는 세이지 오빠의 물음에 말없이 고개를 끄덕였죠. 그리고 이렇게 말했어요.

"하루카는 불쌍한 애예요. 다른 집안 딸들은 굳이 내가 아니라도 얼마든지 행복하게 살 수 있어요. 하지만 하루카를 행복하게 해 줄 수 있는 사람은 이 세상에 저밖에 없어요. 끝까지 반대하시면 하루카와 와카바를 데리고 이곳을 떠나겠습니다."

나지막하면서도 완강한 목소리였어요. 오빠가 하루카 언니와 재회한 곳은 구청 민원 창구. 편모 가정 보조금을 신청하러 온 언니를 상대한 공무원이 바로 오빠였던 거죠. 내 생각이긴 한데, 자상한 성격의 오빠는 처음엔 복지과 직원 겸 옛 동창으로서 하루카 언니의 고민을 들어 주다가 그러는 사이 한 남자로서 그녀를 돕고 싶다, 지켜 주고 싶다고 발전한 게 아닌가 싶어요.

아버지는 입을 꾹 다물고 가만히 있었어요. 어머니는 산소가 부족한 금붕어마냥 숨을 쌕쌕거릴 뿐. 세이지 오빠와 미사토 언니는 가만히 오빠를 바라보았죠. 난…… 막연히 오빠와 하루카 언니의 결혼은 결정 났구나, 하고 생각하며 모두를 둘러보았죠. 그러자 커다란 손바닥이 내 머리 위에 얹혀졌어요.

"아키코, 고맙다. 오빠 편을 들어 줘서."

오빠가 이렇게 말하고 머리를 쓰다듬자, 눈물이 솟구쳐 나오더군요. 그렇게 울어 보기는 사건 이후 처음이었던 것 같아요.

오빠와 하루카 언니는 그 다음 달인 9월 초에 결혼을 했어요. 집 근처 절에서 양가 친척들만 모인 가운데 식을 올렸는데, 그래서인지 어쩐지 옷을 잘 차려입고 제사를 지내는 것 같은 분위기이긴 했지만 당사자인 오빠와 하루카 언니는 행복해 보였어요. 마을 사람들은 처음에는, 왜 하필 그런 사람하고 결혼을 하냐며 수군거리기도 했지만, 하루카 언니의 부모님은 반듯하고 평범한 분들인 데다가 또 언니 본인도 수수하고 얌전했기 때문에 시간이 지나면서 다들 축복해 주는 분위기로 바뀌었어요. 오히려 오빠는 '인격이 된 사람'이란 소리를 들으며 전보다 더 높은 평가를 받게 되었죠.

나중에 두 세대가 같이 살 수 있는 집을 짓기로 하고 일단 오빠 가족은 집에서 도보로 10분 정도 떨어진 연립주택에 세를 들어 살기로 했어요. 높이는 2층밖에 안 되지만, 외관은 아다치 제작소 사원 아파트처럼 고급스런 곳이었죠.

우리 부모님도 막상 결혼식을 올리고 나자 태도가 싹 바뀌더군요. 식구가 단출한 집안에 예쁘장하고 싹싹한 여자 아이가 들어오니 마냥 좋았던 모양이에요. 포도가 있네, 사과가 있네, 하며 갖은 이유를 갖다 붙여 와카바를 집으로 불러서는 편의점으로 데리고 가 과자나 주스를 사 주곤 했죠.

와카바는 나도 잘 따랐어요. 어느 날, 와카바가 집에 왔는데 평소와 달리 시무룩해 보이더라고요. 내가 왜 그러냐고 물으니까, "줄넘기를 못 넘겠어요." 하는 거예요. 줄넘기란 말이 참 정겹게 들리더군요. "할아버지네 집 마당에서 연습할래?"라고 말하자, 신나서 자기네 집에 가서는 핑크색 줄넘기를 갖고 왔어요. 줄넘기를 사고 나서 아직 길이를 조절하지 않았는지 와카바에게 너무 길다 싶었는데, 줄을 자르기 전에 일단 내가 한번 시범을 보이기로 했죠.

앞으로 뛰기, 한 발씩 뛰기, 뒤로 뛰기, 2단 뛰기, X자 뛰기……. 10년 이상 공백기가 있었던 탓에 처음엔 발이 걸렸지만, 5분 정도 지나자 다시 감각이 살아나더군요. 숨이 차지 않았냐고요? 전혀요. 하루 일과의 대부분이 웨이트 트레이닝인걸요. 지칠 리가 없죠.

"아키코 고모, 대단해요!"

와카바가 환호성을 지르며 좋아하더군요. 겉보기는 둔해 보이는 내가 팔짝팔짝 뛰는 게 신기했던 모양이에요. 그 후, 와카바는 학교가 끝나면 거의 매일 우리 집으로 왔어요. 나도 편의점에서 어른용 줄넘기를 사 와 와카바에게 시범을 보이며 둘이서 같이 연습을 했죠.

"힘내. 힘내, 조금만 더. 와카바는 할 수 있어." 이러면서요.

해가 떨어질 때까지 줄넘기 연습에 몰두하는 와카바에게 어머니는 날마다 아이들이 좋아할 만한 음식을 차려 놓고 저녁을 먹고 가라고 권했지만, 와카바가 우리와 함께 저녁을 먹는 일은 없었어요. 와카바는 "와, 여기서 같이 먹는 거예요?" 하며 좋아했지만 새언니가 와서 항상 집으로 데려갔죠.

어머니는 새언니에게도 같이 먹고 가라고 권했지만, 언니는 한 번도 그러지 않았어요. 그럴 줄 뻔히 알면서도 혹시나 하는 마음에 만들어 놓은 함박스테이크나 새우튀김을 아버지와 내가 대신 먹어 치우는 걸 보면서도 어머니가 볼멘소리를 하지 않았던 것은, 새언니의 거절하는 방법이 능숙했기 때문일 거예요.

"그이가 올 때까지 기다렸다가 셋이서 같이 먹으려고요. 와카바가 워낙 아빠를 좋아해서요."

어머니는 오빠라면 꼼짝 못하니까. 게다가 새언니는 가끔씩 우리 가족을 저녁 식사에 초대하기도 했어요. 자기 친정도 가까이 있고, 생일 같은 특별한 날도 아닌데 시댁 식구를 초대하다니, 정말 좋은 며느리라고 생각했죠.

식사를 하면서는 한껏 기분이 좋아진 오빠가 맥주를 들이켜며 초등학교 행사로 와카바와 함께 벼 베기 활동을 하고 왔다고 떠드는 등, 무척 행복한 모습이었지만 한 가지 의아한 점이 있었어요. 식탁 위에 차려진 음식이 하나같이 어린이용 메뉴뿐인 거예요. 우리 집은 예전부터 일식 중심이었어요. 조부모와 같이 살아서 그랬다기보다는 모든 식구가, 물론 오빠도 담백한 음식을 좋아했거든요.

오빠가 좋아하는 음식이 한 접시 정도는 있어도 될 텐데, 전부 다 와카바가 잘 먹는 것뿐이네. 아니, 어쩌면 어머니가 매일 저녁마다 어린이용 음식을 만드는 걸 보고 새언니는 우리 가족이 그런 걸 좋아하는 줄 오해하고 있는지도 몰라. 그땐 이런 식으로 생각했어요.

"와카바, 주말엔 할아버지네 집에 와서 자고 가렴. 아빠랑 엄마도 가끔은 둘이서만 데이트도 해야지, 아직 신혼인데. 너도 동생 생겼으면 좋겠지?"

어머니는 음식에 대해선 아랑곳하지 않고 카레향이 나는 튀김을 집으며 이렇게 얘기했죠. 와카바도 물론 귀엽긴 하지만 역시 피가 섞인 손자를 하루빨리 보고 싶었던 거겠죠.

"애 앞에서 어머니도 참."

오빠는 어머니에게 이렇게 말했지만 화를 내는 것 같지는 않았어요. 언젠가 오빠가 집에 잠깐 들른 적이 있는데, 어렸을 때 갖고 놀던 블록을 보고는 아들이 있었으면 하는 뜻을 내비친 적이 있거든요. 하지만······.

"어머, 어쩌죠. 와카바가 워낙 잠버릇이 험해서." 새언니가 정말로 난감하다는 듯이 이렇게 말하자, "제가 아키코 고모 배를 뻥 찰지도 몰라요." 하고 와카바가 익살을 떠는 바람에 그 자리는 부드럽게 넘어갔지만, 결국 와카바가 우리 집에서 자고 간 적은 한 번도 없었어요.

3학년이 되어 줄넘기를 잘하게 돼도 와카바는 우리 집에 자주 왔어요. 이번엔 철봉에 거꾸로 오르는 연습 때문에요. 집에 철봉이 없어 우리는 근처 공원으로 갔죠. 거꾸로 오르기? 당연히 하죠. 연속 돌기도 가능하고, 발을 구르지 않고 다리를 벌려서 오를 수도 있답니다. 예전에 집중 훈련을 받았잖아요.

그리고 얼마 후, 5월 연휴가 끝나고 나서 깜짝 놀랄 일이 생겼어요.

새언니가 내게 멋진 신발을 선물해 준 거예요. 와카바를 잘 돌봐 준다고 연휴 중에 식구들과 함께 시내 백화점에 가서 사 온 거예요.

스포츠 메이커 제품이 아닌 숙녀복 브랜드에서 만든 신발로, 핑크와 베이지색 가죽이 패치워크처럼 섞인 스니커였어요. 그때까지 내가 신고 있던 슈퍼에서 파는 캔버스화하고는 비교도 안 될 만큼 예쁜 신발이었죠.

새언니는 "이것도 괜찮으면⋯⋯." 하면서 청바지도 한 벌 내밀었어요. 예전에 본인이 입으려고 산 건데, 자기는 엉덩이가 커서 청바지가 안 어울리는 체형이라 거의 안 입은 거라면서요. 난 마른 체형인 새언니의 청바지가 내게 맞을 리가 없다고 했죠. 그러자 새언니는 이렇게 말했어요.

"아가씨는 어깨나 상반신이 딱 벌어져서 커 보이지만, 다리는 가늘고 굉장히 예뻐요. 힙도 착 올라가서 헐렁한 바지만 입는 게 좀 아까운 것 같아요. 미안해요, 괜한 참견을 해서. 하지만 부러워서 그래요."

자신의 다리를 다른 사람과 비교는커녕 자세히 본 적도 없었죠. 하지만 언니의 성의를 생각해서 갈색 트레이닝 바지를 벗고 그 청바지를 입어 보자 나한테 딱 맞더라고요. 길이가 약간 깡

총한 듯도 했지만, 예쁜 신발을 받쳐 입기엔 그 편이 더 나을 것 같았어요.

와카바와 함께 편의점에서 돌아온 어머니는 날 보더니 깜짝 놀라더군요. 그러더니 "아, 맞다……." 하면서 한참 전에 이웃 사람이 신혼여행에 다녀오면서 사다 준 선물인데 창피해서 못 입고 있었다며, 하드록 카페의 블랙 티셔츠를 꺼내 왔어요. 그걸로 갈아입자, "아키코 고모, 멋있다." 하며 와카바가 박수를 쳤죠.

그렇게 하고 나자, 이번에는 고무줄로 질끈 묶은 숱 많은 헝클어진 머리만 따로 노는 느낌인 거예요. 그래서 새언니의 친구가 일한다는 옆 동네의 미장원을 소개받아, 역시 머리를 다듬어야 한다는 와카바와 같이 외출을 하게 되었어요. 이발소가 아닌 미장원에서 머리를 자르는 것도, 와카바와 함께 둘이서 기차를 타고 외출하는 것도 처음이었어요.

'머리카락 끝을 날린다'라는 말이 무슨 뜻인지는 정확히 몰랐지만, 어쨌든 가벼운 느낌의 쇼트커트를 했어요. 미용사는 서비스로 눈썹까지 정리해 주더군요. 오빠가 맛있는 걸 사 먹으라며 용돈을 준 터라 와카바와 함께 역 앞의 카페에서 케이크를 먹기로 했어요.

이름을 모르는 딸기 비슷한 과일이 듬뿍 올라간 타르트를 우적우적 먹고 있는데 와카바가 날 가만히 쳐다보더군요.

　"아키코 고모, 멋있어요. 전에 엄마가 나더러 아들이었으면 좋을 뻔했다고 한 적이 있는데, 아키코 고모도 남자였으면 굉장히 멋있었을 것 같아요."

　"어머, 새언니도 그런 소릴 하는구나. 하지만 내가 남자였으면 오빠랑 똑같이 생겼을걸. 너희 아빠 말이야."

　"그런가?"

　"아빠 좋아해?"

　"네, 아주 많이요. 모내기 참관일에도 오시고, 숙제도 도와주시고, 저한테 참 잘해 주세요. 얼마 전에는 자다가 한밤중에 아빠를 찼는데, 화도 하나도 안 내셨어요."

　"어머, 한방에서 다 같이 자니?"

　"네. 제가 한가운데서 자요. 그런 걸 보고 내 천(川) 자로 잔다고 하죠? 사이좋은 가족은 그렇게 자는 거라고 엄마가 그랬어요."

　와카바는 행복한 표정으로 그렇게 말했죠. 난 당연히 와카바는 다른 방에서 자는 줄 알았지만, 생각해 보면 초등학교 3학년이라 해도 아직 어린아이이고, 나도 4학년이 될 때까지는 오빠

와 한방에서 잤기 때문에 특별히 이상하다고는 여기지 않았어
요.

6월 중순 어느 날, 새언니의 친정어머니가 농사일을 하다가
쓰러져서 얼마간 시내 대학병원에 입원하게 됐어요. 외동딸인
새언니가 간호를 하는 동안 와카바는 우리 집에서 맡기로 했죠.
하지만 역시 잠은 우리 집에서 자지 않았어요. 병원까지는 기
차로 편도 두 시간이나 걸리니까 와카바는 우리 집에서 재우고
새언니는 병원에서 자면서 간호하는 게 더 낫지 않겠느냐고 어
머니가 말했지만, 굳이 잠은 자기네 집에서 자겠다는 거예요.
오빠나 와카바와 떨어지는 게 싫다면서요.
어머니는 새언니에게 정신적인 문제가 있는 것 같다고 내게
넌지시 말하더군요. 도쿄에서 여러 해 동안 몹쓸 남자한테 시달
리다 보니 행복을 찾은 지금도 아차 하는 순간에 그 행복이 사
라져 버릴까 불안한 게 아니냐고요.
어머니가 그런 생각까지 할 줄은 몰랐다며 내가 놀라움을 보
이자, 한류 드라마에 그런 비슷한 내용이 있었대요. 그럼 그렇
지. 우리 모녀는 가능하면 새언니가 불안해하지 않도록 협력하
기로 했죠.

와카바는 학교가 끝나면 곧장 우리 집으로 와서 숙제를 마치고 철봉이나 공 던지기 연습을 했어요. 그러다가 오빠가 퇴근해 돌아오면 다 같이 저녁밥을 먹고 샤워까지 하고 나서 오빠와 함께 제집으로 갔죠.

어머니는 와카바를 위해 아이들이 좋아할 만한 음식을 준비했지만, 어느 날 큰 접시에 담아 식탁 한가운데에 놓아둔 닭고기야채볶음을 와카바가 "맛있어요." 하면서 날름날름 먹는 것을 보고는, 다음 날부터는 어머니의 특기인 일식을 열심히 만들어 줬죠. 와카바가 쇠고기감자조림을 처음 먹어 본다고 할 때는 진짜 놀랐어요.

혹시 새언니는 요리를 못하는 게 아닌가 싶기도 했지만, 식사에 초대되어 먹어 본 양식은 하나같이 손이 많이 가는 요리인데다 또 맛도 굉장히 좋았기 때문에 단순히 언니 본인이 양식을 좋아하나 보다고 생각을 바꾸었죠.

아버지는 생각 없는 할아버지의 전형처럼 날이면 날마다 와카바에게 과자를 잔뜩 사 안기더니, 결국 오빠에게 한소리를 듣고는 2학기부터 체육 수업에서 쓸 외발자전거를 사 주었어요.

난 와카바의 숙제를 봐 줬는데, 수학은 그렇다 해도 한자는 전혀 생각이 안 날 때가 많아서 스스로 한심해한 적이 꽤 있었죠. 그리고 나선 외발자전거 연습을 하고 같이 샤워를 했어요.

나도 외발자전거는 처음이어서 와카바와 같이 공원에서 해가 질 때까지 신나게 연습하며 놀았어요. 정식으로는 피가 섞이지 않은 조카였지만, 와카바는 나의 유일한 친구였죠.

우리 가족 전체가 와카바로 인해 들떠 있었어요.

와카바의 몸에서 멍 자국을 발견한 건, 같이 샤워를 한 지 2주일이 지난 7월 초순이었어요. 허리 부근이 빨갛게 부어 있어서 "왜 이러니?" 하고 물었더니, 고개를 숙인 와카바는 "모르겠어요."라고 말했다가 조금 후, "외발자전거 때문인가?"라고 했어요.

가만히 보니 내 무릎에도 비슷한 멍이 들어 있어 난 아무런 의심 없이 와카바의 말을 믿고 말았죠.


멍의 원인이 밝혀진 것은 그로부터 일주일 후, 여름방학을 코앞에 둔 밤이었답니다.

그 즈음, 사에가 남편을 살해한 뉴스에다 마키가 중대한 사건에 휘말렸다는 뉴스로 온 마을이 떠들썩했죠. 우리 마을에 저주가 내린 거야. 방송국에서 우리 마을에 취재를 나온 게 15년 만이라고. 어이, 잠깐만. 두 사람 다 그때 살해된 아이랑 같이 놀던 친구들 아냐? 범인은 아직도 못 잡고 있잖나. 도대체 어떻게 된 일인지, 원. 하며 모든 마을 사람들이 서서히 그 사건을 다시 떠올리고 있지 않았을까요?

구청으로는 공소시효가 끝나기 전에 TV 공개수사를 의뢰하자는 전화도 걸려 왔었는지, "그런 일을 왜 구청에서 해야 하냐고? 두 사람 다 각자 다른 곳에서 살고 있었다고. 게다가 이건 그냥 우연일 뿐이잖아. 아키코는 평범하게 잘 살고 있는데, 자기네들 맘대로 지껄이고 있어." 하고 오빠는 저녁밥을 먹으며 투덜거렸죠.

하지만 옆에 있던 와카바에게는, "혹시 모르는 사람이 어디 가자고 해도 절대 따라가면 안 된다."라며 부드럽게 이르더군요. 아버지와 어머니도 와카바는 예쁘게 생겨서 특히 조심해야 한다며, 난 안중에도 없는지 와카바 걱정만 했죠. 꼭 그래서만은 아니지만 에미리의 어머니에게서 두 통의 편지를 받았다는 얘기는 아무에게도 하지 않았어요.

그러나 편지를 받고부터 난 계속 머리가 욱신욱신 아팠어요.

뭐라고 쓰여 있었냐고요? 그걸 무서워서 어떻게 읽어요. 봉투도 뜯지 않고 있는 걸요. 공소시효 직전에 잇달아 온 것을 보면, 분명히 그 사건을 다시 한 번 상기하라는 내용일 거예요.

내 방 책상 서랍 속에 있으니까, 원하시면 언제든…….

그 책상 위……. 와카바가 오빠와 함께 집으로 돌아가고 나서 조금 있다 보니, 학교 과제물인 프린트와 집 열쇠를 책상 위에 놓고 그냥 가 버렸더군요.

와카바는 아침에는 우리 집에 들르지 않고 바로 학교로 가기 때문에, 난 이슬비가 내리긴 하지만 지금 갖다 주고 오는 게 낫겠다는 생각을 했어요. 밤 10시쯤이었을 거예요. 새언니는 11시쯤 온다는 얘기를 들었기 때문에, 만약 와카바가 자고 있으면 오빠한테 주고 오려고 했죠.

오빠네 집은 1층 맨 끝 집이에요. 정문 현관으로 들어가서 초인종을 눌렀어야 했는데, 지름길인 뒷문 주차장 쪽으로 들어가자 바깥으로 면한 부엌의 전깃불이 켜 있고 창문이 조금 열려 있는 게 보였어요. 난 그 틈으로 사람을 불러서 물건을 전해 주면 되겠다 싶었죠.

그래서 창문 틈새로 안을 들여다봤는데, 부엌에는 아무도 없는 것 같더라고요. 아무래도 현관으로 돌아가야겠다고 생각한 순간, 집 안에서 작은 소리가 들렸어요.

"살려 주세요."

무슨 일이지? 어디 아픈가? 창문 틈으로 "괜찮니?" 하고 부르려는데 이번엔 다른 목소리가 들렸어요.

"겁낼 것 없어. 너도 점점 기분이 좋아지잖아. 이건 우리가 진짜 가족이 되기 위한 의식이야. 사이좋은 가족은 다들 이렇게 해."

이마의 욱신욱신한 통증이 급격하게 머리 전체로 퍼지면서 두개골이 깨질 듯이 아파 왔어요. 무슨 일이 일어나는지 이해하지 못한 채 소름끼치는 감각만이 치밀어 오르는 것 같은……. 그래요, 에미리의 사체를 발견했을 때와 똑같은 기분. 문을 열지 말았어야 했는데. 그때 이렇게 후회했던 기억이 났어요.

더 이상 두통이 심해지기 전에 조용히 돌아가기로 마음을 먹고 등을 돌리자, 또 다시 "살려 주세요." 하는 소리가 들렸어요. 그리고 다른 목소리도…….

"딴 때는 얌전히 있더니 오늘 따라 왜 이러지? 누구한테 살려 달라는 거야. 널 살려 준 건 나잖아."

나한테 살려 달라는 거잖아. 어떡하지……. 두려움에 질끈 눈을 감자, 머리 안쪽에서 어떤 목소리가 울려 퍼졌어요.

'힘내. 힘내, 조금만 더. 아키코는 할 수 있어.'

그래, 난 할 수 있어. 이런 때를 위해서 날마다 몸을 단련한 거잖아.

눈을 뜨고 호흡을 가다듬은 난, 와카바가 두고 간 열쇠로 현관문을 열고 안으로 들어갔어요. 발소리를 죽이며 소리가 나는 방문 앞으로 가서 문을 활짝 열어젖혔더니,

거기엔, 곰이 있었어요.

부엌 전등 빛이 희미하게 들어오는 어두운 방 안에서 곰이 발가벗은 여자 아이를 덮치고 있었어요. 내가 가만히 서 있자, 곰이 천천히 얼굴을 들었어요. 무시무시한 얼굴을 상상했는데, 맘씨 좋은 얼굴을 하고 있었죠. 곰 뒤로 여자 아이의 얼굴이 보였어요.

에미리였어요.

눈물을 흘리며 날 바라보더군요.

에미리가 당하고 있어. 하지만 에미리는 아직 죽지 않았어. 다행이다. 아직 늦지 않은 거야. 범인은 곰이었어. 에미리를 구해야 해. 서두르지 않으면 안 돼. 목을 졸려 살해당한단 말이야.

방 한쪽 구석에 책가방과 함께 줄넘기가 놓여 있었어요. 그걸 집어서 매듭을 푼 다음, 에미리 위에 올라탄 채 왠지 울 것 같은 얼굴로 날 쳐다보고 있는 곰의 목에 걸고 있는 힘껏 잡아당겼어요. 곰은 깜짝 놀란 듯 눈을 둥그렇게 뜨고 잠깐 버둥거렸지만, 나 역시 온몸의 힘을 다해 조이자, 마침내 털썩 하고 에미

리 위로 쓰러져서는 꼼짝 안 하게 되었죠.

그와 동시에 에미리의 우는 소리가 방 안 가득 울려 퍼졌어요.

다행이다. 살았어. 에미리의 어머니한테 가서 "에미리를 데려가세요."라고 말해야지.

뒤돌아서자, 바로 앞에 에미리의 어머니가 서 있었어요.

아, 그래. 걱정이 돼서 미리 데리러 오신 거구나.

어안이 벙벙한 얼굴로 쓰러진 곰을 보고 있는 에미리의 어머니에게 난 자랑스럽게 말했죠.

"위험했지만 내가 구해 냈어요. 난 원래 강하잖아요."

에미리의 어머니는 "고맙다."고 말하며 부드럽게 머리를 쓰다듬어 주실 거야. 머리가 부서져 가루로 날아가 버릴 것 같은 이 통증에서 드디어 해방이다…….

이런 생각을 하며 기다리는데 들려온 건 전혀 다른 말이었죠.

"왜 이런 짓을……."

그 순간, 우직 하고 뭔가가 무너지는 소리가 들렸어요.


곰한테 당하고 있던 사람은 와카바였어요. 와카바가 당하고 있었던 거예요. 곰은 내가 죽였어요. 이게 죄인가요, 혹시……?

사건에 대해서 듣고 싶다는 게 이 사건을 말한 거였나요?

그러면 진작 말하지 그랬어요.

와카바는 아동보호시설에 맡겨진 모양이에요. 이것도 한류 드라마의 영향인지 모르겠는데, 어머니 말로는 전부 새언니 잘 못이래요. 언니는 오빠를 전혀 사랑하지 않았대요. 그런데도 오빠의 프러포즈를 받아들인 건, 엉망진창이 된 인생을 바로잡기 위해서는 오빠와 결혼하는 게 가장 빠른 방법 같아서였다나요.

그래도 결혼을 했으면 아내로서의 역할을 해야 할 텐데, 새언니는 오빠한테 손가락 하나도 대지 못하게 했대요. 아이를 가질 마음도 전혀 없었나 봐요. 옛날 남자한테 지속적으로 당한 폭력의 후유증 같은 거라나요. 밖에서 자지 못하는 것도, 또 옛날 남자가 좋아했던 음식만 만드는 것도 다 그것 때문이라니까, 꽤 중병이었던 것 같아요. 그럼 그렇다고 솔직하게 말하고 의논했더라면 좋았을 것을…….

새언니가 택한 건 더욱 잔인한 방법이었죠.

평화롭게 살고 싶다. 하지만 남자, 오빠가 만지는 건 싫다. 그래서 자기 대신에 와카바를 희생시키기로 한 거죠. 오빠는 전혀 원치 않는 일이었을 거예요. 솔직히 고백했더라면 오빠도 이해했을 텐데. 하지만 새언니는 서서히 오빠를 궁지에 몰아넣었죠.

배 아파서 낳은 와카바의 인격 따위는 완전히 무시한 채……. 어쩌면 새언니 자신은 폭력의 후유증에 대해 전혀 자각하지 못하고 있었는지도 몰라요.

하얀 피부에 이목구비가 뚜렷한 얼굴, 긴 팔다리, 야쿠자인 아버지를 쏙 빼닮은 와카바는 새언니에게는 자신이 행복해지기 위한 도구에 불과했던 걸까요?

어머니는 와카바 얘기만 나오면 눈물 바람이에요. 하지만 우리는 와카바와 만나지 못하지만 와카바는 살아 있잖아요. 우리 지역에 있는 시설이라니까 언젠가 어딘가에서 우연히 만날 수도 있겠죠.

그걸로 충분해요. 곰 가족에게는 그걸로 충분하다고요. 이런 일이 벌어진 건 새언니 탓이 아니에요. 곰 가족이 할아버지의 가르침을 잊고 분수에 넘치는 짓을 해서 벌을 받은 거라고요. 불행에 빠진 사람을 행복하게 해 줄 수 있는 건 자기밖에 없다며 교만을 떨 것이 아니라, 곰한테 딱 맞는 건강하고 수더분한 상대를 만나 결혼했더라면 나름대로 귀여운 자식도 보고 좋았으련만. 그 아이도 모두 예뻐했을 텐데. 예쁘장한 여자 아이가 곰의 집에 들어왔다고 아무런 의심도 없이 마냥 들떠서 좋아하다가 이런 중대한 사실을 다들 간과하고 만 거라고요.

아, 그렇지. 세이지 오빠는 알고 있었던 거예요. 그래서 결혼은 안 하는 게 좋겠다고 한 거라고요. 그러면 끝까지 제대로 알려 줬어야지. 오빠도, 참.

하지만 가장 나쁜 사람은 바로 나예요.

나 역시 이미 알고 있었는데……. 그 생각만 하며 15년을 살아왔으면서……. 예쁜 신발을 신고, 미장원에 가고, 케이크를 먹으며 예쁘장한 여자 아이와 친구가 되고 말았어요.

에미리의 어머니가 이 사실을 알면 분명히 복수할 거예요. 아마도 곰은 사살시키지 않을까요? 돈 많은 부자니까 총도 갖고 있을 거예요. 무섭지는 않지만 마지막으로 뭔가 도움이 될 만한 게 없을까……. 아, 맞다!

작년에 세이지 오빠가 우리 집에 왔을 때 일이에요. 한밤중에 화장실에 가려고 오빠 부부가 든 방 앞을 지나가는데 세이지 오빠가 미사토 언니에게 하는 말이 귀에 들어오더군요.

14년 전, 이 마을 역에 도착했을 때 기억나? 미사토가 우리 옆을 지나는 남자를 고개를 돌려 가면서까지 바라보니까 내가 질투가 나서 "저런 타입, 좋아해?"라고 물었잖아. 그러니까 미사토가 "초등학교 때 선생님하고 비슷해서요."라고 했잖아. 혹시 이분 아니야?

잡지를 넘기는 듯한 소리가 나더니 조금 있다가 미사토 언니
가…….

이분 맞아요. 정말 그때 그런 일이 있었지. 사고라고 했나? 암
튼 교직을 떠나 간사이로 가셨다고 들었거든요. 이건 대안학교
학생이 일으킨 방화 사건 기사잖아요. 맞아요, 그 선생님이 틀
림없어요. 이런 학교를 운영하고 계셨구나. 하긴, 예전부터 정의
파였거든요.

이것이 도움이 좀 될 수 있을까요? 의외의 인물을 발견한 거
잖아요. 가령, 그 인물이 범인이라든가……. 아, 프랑스 인형 도
난 사건이 있었지. 인형을 훔친 변태가 에미리를 죽인 거였죠?
그래서 편의점에서 집에 돌아가는 길에 세이지 오빠도 그렇게
물었던 거고…….

도쿄보다도 훨씬 먼 간사이에 사는 사람이 인형을 훔치러 이
마을까지 올 리는 없을 테고…….

아아, 역시 아니야. 공소시효까진 5일밖에 안 남았는데.

그런데 당신 정말 상담 선생님 맞아요? 이렇게 보니 에미리
어머니랑 비슷한 것 같은데……. 아아, 내가 너무 예민해졌나 봐
요.

미안해요. 머리가 깨질 것 같아요. 이제 그만 가도 되죠? 아

직도 비가 뿌리는 것 같네요. 누가 데리러 왔으면 좋겠는데. 나,
휴대전화 없거든요. 미안하지만 전화 좀 걸어 줄래요? 휴대전화
번호는 집에 있으니까……, 구청 복지과로 걸어 주세요.

열 달 열흘

진통이 아직 20분 간격이라 대기실에는 못 들어간대요. 여기서 해도 괜찮죠? 심야의 종합병원 대합실이라 어둡고 음산하긴 하지만, 둘이서 그 사건에 대해 얘기하기엔 방해할 사람도 없고 오히려 더 나을 수도 있겠네요. 자판기도 있고. ……캔 커피 같은 거, 마셔요?

아아, 좋아하는구나. 의외네.

오늘 밤은 나 말고도 진통이 10분 간격으로 오기 시작한 산모가 벌써 다섯 명이나 들어와서 바쁜 모양이에요. 간호사가 "좀 더 천천히 오셔도 되는데……." 하며 노골적으로 싫은 표정을 짓더라고요. 나도 이렇게 빨리 올 생각은 없었어요. 그래도 이왕 온 김에 왔다는 얘기는 해 놓고 기다려야 할 것 같아서 얼

열 달 열흘

굴을 내민 건데, 너무하지 않아요? 난 그동안 출산은 신성한 일이며, 따라서 축복받으며 아기를 낳을 줄 알았어요. 또 요즘엔 저출산이 심각한 문제이기도 하잖아요.

그래도 정기검진 때는 이렇게까지 붐비지는 않았는데 오늘따라 왜 이런지 모르겠네요. 내 인생은 항상 '조연'인 것 같았는데, 설마 출산까지 이렇게 공장에서 물건 찍어 내듯이 하게 될줄은 몰랐어요. 운이 없는 거겠죠.

아직 예정일도 며칠 더 남았고, 지난주 정기검진 때는 조금 늦어질 수도 있다는 말까지 들었는데, 오늘 오랜만에 밤 외출을 해서 그런가? 왜, 보름달엔 아기가 더 빨리 나온다는 말이 있잖아요.

출산 예정일은 8월 14일이에요.

1년 365일, 하고많은 날 중에 왜 하필이면 그날이냐고요? 하루만 비켜 갔어도 좋았을 텐데. 하지만 의사가 그렇다니까 나도 어쩔 수 없죠.

출산 예정일을 계산하는 방법을 정확히 아는 사람은 의외로 적은가 봐요. 임신 기간을 '열 달 열흘'이라고 하는 것 자체가 잘못된 말이니까······.

예를 들어, 의사가 출산 예정일이 10월 10일이라고 알려 주면, 그 날짜에서 단순히 '열 달 열흘'을 뺀 1월 1일이 아이가 생긴 날이라고 아는 사람이 많대요. 하지만 실제로는 그렇지 않다는 거죠. 출산 예정일은 관계를 가진 날에서 '열 달 열흘'을 보태서 계산하는 게 아니라, 마지막으로 생리를 시작한 날에서 40주, 즉 280일을 더하는 거예요. 계산이 좀 복잡해지는데, 마지막으로 생리를 시작한 달에서 3을 빼거나, 뺄 수 없는 경우는 9를 더한 다음, 날짜에 7을 더하면 되나 봐요.

따라서 출산 예정일이 10월 10일인 경우는, 마지막으로 생리를 시작한 날이 1월 3일이 되고, 여기에 생리 기간 일주일과 배란기까지의 일주일을 더하면 실제로 임신으로 이어진 관계는 1월 15일에서 19일 사이에 가졌을 가능성이 높다는 거죠.

하긴, 이미 출산 경험이 있는 사람한테 이런 얘기를 하는 것도 좀 우습네요. 보통 사람들은 자기 아이가 언제 관계를 가져서 생겼는지 따위엔 별로 관심이 없겠지만, 내 고등학교 때 친구인 야마가타는 그 문제로 이혼까지 갈 뻔한 경우였나 봐요.

착실하고 꼼꼼한 남자와 결혼한 야마가타는 병원에서 임신 3개월이란 진단을 받고 기쁜 마음에 그 사실을 남편한테 알렸대요. 남편도 좋아하며 출산 예정일을 물어 보기에 달력을 갖고 와서 예정일에 동그라미를 쳤대요. 그러다 문득 언제 생긴 아이인가 궁금해진 두 사람이 예정일에서 '열 달 열흘'을 거슬러 올라가자, 남편이 출장을 가고 집을 비운 날짜가 나와서 그때부터 남편의 의심이 시작된 거예요.

정말 내 아이가 맞는 거야? 혹시 내가 출장 간 사이에 다른 남자랑 바람피우다 생긴 애 아냐? 이런 식으로 야마가타를 몰아붙이며 "사실대로 말해. 휴대전화 꺼내 봐." 하면서 난리를 치기 시작했대요. 야마가타도 병원에서 예정일만 들었다 뿐이지 그걸 계산하는 방법은 몰랐기 때문에 남편에게 제대로 설명도 못한 채, "바람 같은 거 안 피웠어."라는 말만 되풀이했죠. 그러다, 당신 자신이 뭔가 찔리는 짓을 했으니까 나도 그럴 거라고 의심하는 것 아니냐며 남편을 공격하게 됐고, 급기야 싸움이 걷잡을 수 없이 커졌어요.

서로가 한 치의 양보도 없이 다투다가 결국 남편이 자기 아이가 아니라는 게 밝혀지면 이혼하겠다고 선언하기에 이르렀고, 임신 3개월에 그런 걸 알 수 있는지 어떤지는 모르겠지만, 다음 날 두 사람은 DNA 검사를 하러 병원에 갔다지 뭐예요.

그 병원에서 간호사에게 출산 예정일을 계산하는 법을 듣고는, 그제야 자신들이 큰 착각을 했다는 걸 알았죠. 남편이 두 달간의 출장에서 돌아와 간만에 한껏 무르익었던 밤에 생긴 아이였던 건데, 아무튼 못 말리는 부부라니까요. 참, 야마가타는 아다치 제작소에 다니는데……. 상관없죠, 뭐. 그래도 이 부부처럼 마음을 툭 터놓고 싸울 수 있으면 다행인 것 같아요. 서로에 대한 의심도 하루 만에 풀렸잖아요. 출산 예정일 때문에 남편의 지속적인 의혹을 받으며 살아간다면 너무 힘들 것 같아요.

하지만 반대로, 잘못된 계산 때문에 덕을 보는 사람도 있죠.

우리…… 형부, 언니의 남편처럼.

출산 예정이 8월 14일이니까 거기에서 '열 달 열흘'을 빼면 11월 4일. 나와 관계를 한 날은 11월 21일이니까 내 아이는 아니다, 이런 식으로 생각한 것 같아요. 아니, 자신에게 그렇게 주문을 건 거겠죠.

나도 당사자에게 "당신 아이예요." 따위의 말은 한 적도 없고, 부모님이나 언니에게는 아이의 아빠에 대해서 이름은 밝힐 수 없지만, 유부남인 직장 상사라고 말해 놓았기 때문에 형부도 그렇게 알고 있었다더군요.

하지만 내 뱃속 아이의 아빠는 100퍼센트 형부랍니다. 하지만 형부를 나무랄 순 없어요. 내가 유혹한 거니까. 4년 전, 언니가 형부를 처음 집에 데려온 날부터 쭉 좋아했거든요.

어디가 좋았냐고요? 외모나 성격이라기보다는 분위기……, 아니, 직업이요. 형부가 경찰관이라서 좋아하게 된 거예요. 예전부터 형사 드라마를 좋아하긴 했지만, 그래도 경찰관이란 직업을 가진 사람에게 특별한 감정을 갖게 된 건, 역시 에미리가 살해된 날부터예요.

다른 세 사람한테도 들었겠지만 난 그날 마키가 시키는 대로 파출소로 갔어요. 집과 학교 사이에 파출소가 있어서 매일 그 앞을 지나다녔지만 안에 들어가는 건 그때가 처음이었죠. 분실물을 주워 본 적도 없고, 특별히 나쁜 짓을 한 적도 없었으니까요.

하지만 에미리는 날 도둑으로 몰았었죠. 몰라요?

미안하지만 배가 아파서 그러는데 5분 뒤에 하죠…….

탐정 놀이에 관해선 마키가 얘기한 것 같은데, 그런데 참, 정말 대단하지 않아요? 학부모 임시총회에서 한 말이 그대로 인터넷에 공개되다니. 학부모 가운데 녹음기를 가진 사람이 있었다지만, 혹시 지금 내 얘기도 녹음되고 있는 거 아니에요? 뭐, 그래도 상관없지만…….

폐가가 된 별장에 들어갈 수 있는 방법을 알아 낸 사람은 나예요. 우리 집은 포도 농사를 지었는데, 난 세상에서 농사일 돕는 게 제일 싫었어요. 평범한 샐러리맨 가정에서 태어났더라면 하지 않아도 됐을 노동을 본인의 의지와는 상관없이 농가에서 태어났다는 이유만으로 무조건 해야 한다면 그보다 더 불공평한 건 없잖아요. 하지만 나쁜 일만 있는 건 아니었어요. 별장이 있었거든요. 포도밭 끝이 별장 마당과 붙어 있었기 때문에 어른들에 이끌려 억지로 나가서 일을 하다가 짬이 나면 마치 우리 집인 양 별장 주변을 어슬렁거렸죠. 건물 외관이 워낙 멋있어서 내부는 어떻게 꾸며 놓았을까 하는 호기심에 안을 들여다보고 싶었지만, 창문이며 문 모두 커다란 나무판자를 덧대어 놓았어요.

간식이나 도시락을 싸 갖고 와 별장 옆의 큰 자작나무 아래 펼쳐 놓고 먹으면 외국 여자들의 티파티 같은 기분이 나지 않을까? 이런 아이디어를 낸 사람은 언니였어요. 나보다 세 살 위인 언니는 재미난 일을 생각해 내는 게 특기인 사람으로, 그때만 해도 난 언니를 참 좋아했죠.

언니는 이왕이면 그 별장과 어울리는 걸 갖고 가자며, 포도밭에 가기 전날 밤에는 쿠키를 굽거나 색다른 샌드위치를 만들기도 했어요. 색다른 샌드위치라고 해도 내용물은 평범했어요. 시골 슈퍼에선 특이한 햄이나 치즈 같은 건 안 팔았으니까. 달걀이나 햄, 오이……. 하지만 그런 평범한 샌드위치를 예쁜 종이로 싸서 사탕처럼 포장한다든가 하트 모양으로 오려 냈지요. 그런 다음 프릴이 달린 딸기 그림 손수건을 깐 바구니에 담으면 완성.

언니는 천식이 심해서 농사일에서 제외되는 경우가 많았는데, 그런 때도 날 위해서 만들어 주었어요. 그래요, 천식이요. 일본에서 가장 공기가 깨끗한 곳이라도 천식에 걸리는 사람은 있게 마련이랍니다.

6월 초순 어느 날, 그날도 난 휴식 시간을 이용해 언니가 구워 준 쿠키를 들고 혼자서 별장으로 향했어요. 포도밭과 이어진 별장 뒷마당에 도착해서 보니 평소와는 다른 점이 한 가지 눈에 띄었어요. 항상 커다란 판자가 덧대어져 있어 보이지 않던 뒷문이 그대로 드러나 있는 거예요. 진갈색 원목 문에 금색 손잡이가 달려 있었죠.

혹시나 하는 마음에 가슴을 두근거리며 손잡이를 돌려 보았지만 문은 잠겨 있었어요. 일순 맥이 풀리는 듯했지만, 손잡이 아래 있는, 앞은 장방형에 뒤는 원형 모양인 열쇠 구멍을 보자, 그렇게 생긴 구멍에 머리핀을 넣어 문을 여는 걸 드라마에서 본 기억이 나더군요. 전 앞머리에 꽂고 있던 머리핀을 빼어 구멍 속에 넣어 보았어요. 가슴 떨리는 긴장감을 즐겼을 뿐, 특별히 기대하지도 않았는데, 구멍 속을 더듬듯이 머리핀을 움직이다가 뭔가 걸리는 것 같은 감촉이 느껴져서 그대로 천천히 돌렸더니 탁, 하는 소리와 함께 문이 열린 거예요. 채 1분도 걸리지 않았어요.

　육중한 문을 가만히 열자, 그곳은 부엌이었어요. 붙박이 가구만 덩그러니 있을 뿐 식기나 냄비 같은 건 없었지만, 안쪽을 보니 원목으로 된 홈바 카운터가 있어 갑자기 내가 외국의 어느 가정집으로 들어온 듯한 기분이 들었어요.

　하지만 혼자서 집 안으로 들어갈 용기는 나지 않았어요. 언니한테 말해 줘야지. 처음엔 이렇게 생각했지만 먼지투성이인 그곳에 언니를 데려가도 좋을지 망설여지더군요. 언니의 병세가 심해지면 안 되니까요. 결국 다음 날, 난 마키에게 이 얘기를 했죠. 마키는 언니만큼은 아니더라도 여러 가지 재미있는 놀이를 제안하는 친구였거든요.

　놀이에 따라서는 많은 사람이 필요한 경우도 있지만, 별장에 몰래 들어가는 일은 상급생이나 어른들한테 들키면 안 되므로 가능한 한 적은 숫자가 가는 게 좋겠다는 결론을 내린 우리는 서부 지구에 사는 같은 반 아이들만 부르기로 했어요. 사건이 일어난 날과 같은 멤버죠.

내가 문을 열고, 다섯 명이 숨을 죽이며 집 안으로 들어서자마자 우리는 다들 흥분하기 시작했어요. 벽난로, 캐노피 커튼이 달린 침대, 다리 달린 욕조 등, 모두 실제로는 처음 보는 것들이었거든요. 에미리네 집에 갔을 때도 신기한 물건이 많았지만, 사실 타인의 소유물임이 확실한 근사한 물건만큼 공허한 것도 없지요. 물론 그 별장도 내 것은 아니었지만, 또한 다섯 사람 중 누구의 소유물도 아니었죠. 게다가 에미리마저 벽난로는 처음 본다는 거였어요. 별장은 우리 모두의 성이자 비밀 기지였습니다.

비밀 기지를 손에 넣은 우리에게 재미있는 제안을 한 건 에미리였어요. 벽난로 안에 보물을 숨겨 두자는 거였죠. 그리고 또 누군가의 유품이라 해서, 그 사람에게 쓴 편지도 같이 숨기자는 거였어요. 그런 식의 장난을 좋아하는 시기였던 우리는 놀이에 푹 빠져서 각자의 보물과 편지지를 집에서 갖고 와선 별장 거실에 모여 편지를 썼어요. 난 언니가 죽은 걸로 설정을 했지요.

언니, 그동안 다정하게 대해 줘서 고마워. 아빠, 엄마가 슬퍼하지 않도록 내가 노력할 테니까, 언니는 천국에서 편히 쉬어.

이런 내용이었을 거예요. 편지를 쓰다 보니 정말로 언니가 죽은 것 같은 기분이 들어 눈물이 글썽거리기도 했지요. 그 편지와 함께 언니가 수학여행에서 사다 준, 꽃잎을 눌러서 만든 책갈피를 에미리가 집에서 가져온 캔으로 된 예쁜 쿠키 상자에 넣었어요.

편지는 각자 아무에게도 보이지 않고 밀봉을 했지만 보물은 서로 보여 주었어요. 사에는 손수건, 마키는 샤프펜슬, 아키코는 열쇠고리 등, 저마다 아이들이 지닐 법한 물건이었는데 에미리는 달랐어요. 은색 링에 빨간색 돌이 박힌 반지였죠. 단순한 장난감이 아니란 건 시골 아이의 눈에도 금방 알 수 있었어요. 에미리는 평소에도 고급스런 물건을 많이 갖고 있긴 했지만, 그래도 역시 우리는 눈이 휘둥그레질 수밖에 없었죠.

"끼워 봐도 돼?" 하며 슬며시 손을 뻗었는데, 에미리는 "이건 나만 낄 수 있는 반지야."라고 동화 속 공주같이 말하더니 그대로 보물 상자를 조심스럽게 닫아 버렸어요.

그럼 갖고 오지를 말지. 서운한 마음에 모두의 보물이 든 상자를 벽난로 안에 숨기는 에미리의 등 뒤에 대고 중얼거린 말이 그 아이의 귀에까지 닿았던 모양이에요.

에미리가 우리 집에 찾아온 것은 그로부터 일주일 후입니다.

일요일 오후, 아침부터 비가 내려서 오늘은 다들 별장에 가지 않겠구나 싶어 방에서 만화책을 보고 있는데 에미리가 날 찾아왔어요. 특별히 친한 사이도 아닌데 에미리가 혼자서 우리 집에 찾아와 깜짝 놀랐죠. 현관으로 나가자 에미리는 낮은 목소리로, 하지만 무척 당황한 목소리로 말했어요.

"엄마가 반지를 찾아. 유카, 부탁이야. 같이 별장까지 좀 가 줘."

반지란 에미리의 보물 반지를 말하는 거죠. "그거, 엄마 몰래 가지고 나온 거였어?" 하고 묻자, "엄마가 옷장 속에 보관하던 건데, 반지는 내 게 맞아." 하고 알쏭달쏭한 대답을 하더군요. 우리 집에서도 어머니가 자신의 결혼반지는 언니에게, 할머니에게 받은 반지는 나에게 나중에 우리가 크면 물려주겠다고 곧잘 얘기했었던 터라, 난 에미리도 그런 경우인가 보다고 생각했어요.

에미리가 날 찾아온 이유도 금방 이해가 됐죠. 별장 문을 머리핀으로 열 수 있는 사람은 나밖에 없었거든요. 앞머리에 꽂고 있던 머리핀을 빼서 별장 문을 여는 날 보고는 다들 자기도 해보고 싶다고 해서 한 사람씩 돌아가며 열어 본 적이 있었는데,

글쎄, 아무도 열 줄 아는 사람이 없는 거예요. 똑같은 머리핀인데도 말이죠. 구멍 속 홈에 끼워서 돌리기만 하면 되는데, 아무리 설명을 해도 다들 그 홈을 못 찾더라고요. 아키코는 그렇다 치고, 학교 활동이나 과제물을 언제나 무리 없이 해내는 마키나 에미리까지 열지 못하는 걸 보고는 정말 놀랐어요. 그때 사에가 이렇게 말했죠.

"유카는 손재주가 좋구나."

뭘 하든 어중간했던 난, 자신이 특별히 손재주 좋은 사람이란 인식은 없었는데, 가만히 생각해 보면 어렸을 때부터 그런 감각은 좋았던 것 같아요. 손아귀 힘은 없으면서도 단단한 병마개를 여는가 하면, 뒤엉킨 끈을 푼다든가 만화잡지에 딸린 부록 퍼즐을 맞추는 것도 잘했거든요.

에미리와 함께 별장으로 가서 간단히 뒷문을 연 다음, 우리는 벽난로가 있는 거실로 들어갔어요. "유카, 고마워. 잠깐만 기다려." 하고 말하며 벽난로 안으로 머리를 들이민 에미리는 조금 있다가 "없어." 하며 나를 돌아보았어요.

오른쪽 구석에 세워 놓았다는 쿠키 상자는 내가 찾아봐도 그 자리에 없었어요. "진짜 없네." 하며 벽난로에서 머리를 빼내자, 에미리가 날 노려보고 있는 거예요.

"유카, 너지?"

처음엔 무슨 말인지 못 알아들었는데, 에미리의 냉랭한 표정을 보자 날 의심하고 있다는 걸 알겠더라고요. 에미리가 왜 그러는지 이해하지 못한 채, "난 아니야."라고 소리를 지르자 에미리도 목소리를 높이더군요.

유카, 네가 틀림없어. 여기 문을 열 수 있는 건 너밖에 없잖아. 내가 반지를 못 끼게 했다고 삐쳐서 그런 거잖아. 이런 걸 보고 도둑질이라고 하는 거야. 난 네가 다른 물건도 훔쳤다는 거 알고 있어. 사에 지우개, 네가 훔쳤지? 사에가 잃어버린 걸 네가 몰래 쓰는 거 내가 다 봤단 말이야. 반지 안 돌려주면 아빠한테 다 이를 거야.

그러더니 에미리는 엉엉 소리 내어 울기 시작했죠. "내 반지 돌려줘. 도둑이야, 도둑……."

이렇게 소리를 지르면서요. 하고 싶은 말은 많았지만 무슨 말을 해도 소용없을 것 같다는 생각이 들더군요.

하고 싶은 말? 예를 들면, 지우개 말인데요. 사에가 잃어버린 지우개는 서부 지구에 사는 여자 아이라면 누구나 갖고 있는 물건이었어요. 한 해 전에 학생회 크리스마스 파티에서 단체로 선물 받은 거였거든요. 에미리는 사에가 지우개를 잃어버렸다는 말을 들은 다음에 우연히 내가 똑같은 걸 쓰는 광경을 본 것뿐이죠. 게다가 전 절대 몰래 쓰지 않았다고요.

다만, 지우개를 쓴 사람이 내가 아니라 마키나 아키코였어도 에미리가 똑같이 의심했을까 하는 생각이 이제 와서 새롭게 드네요.

탐욕스러워 보이는 눈이란 어떤 눈일까요? 난 어렸을 적부터 어머니에게 그런 소리를 자주 들으며 자랐어요. 언니도 나처럼 쌍꺼풀이 없는 눈인데, 유독 나만 그런 소리를 들었죠.

한번은 어머니와 같이 외출했다가 아이스크림을 손에 들고 있는 반 친구와 마주친 적이 있었어요. 난 아무 생각 없이 손을 흔들었을 뿐인데, "다른 사람이 먹는 걸 그런 눈으로 보면 못써! 하여간, 애가 추잡스럽긴." 하고 어머니가 혀를 내두른 적이 있어요. 물론 더운 날이라 속으로 좋겠다, 하는 생각은 들었죠. 하지만 그 정도로 먹고 싶었던 건 아니었거든요.

그땐, 그럼 좀 더 건강한 눈을 가진 사람으로 낳아 주지 그랬나 하고 생각했어요. 난 초등학교 3, 4학년 때 시력이 급격히 떨어져서, 그 전에 맞춘 안경 도수가 안 맞아 눈을 가늘게 뜨고 쳐다보는 버릇이 생겼기 때문에 내 눈이 그렇게 보였을 거라고 여긴 거예요.

미안해요. 얘기가 딴 데로 흘렀네. 도둑질 얘길 하다 말았죠?

난 울음을 그치지 않는 에미리에게 잔뜩 화가 나서 "난 갈래." 하고는 별장에서 나와 집으로 돌아왔어요.

에미리가 자기 아버지와 같이 우리 집에 찾아온 건 그날 밤이었어요. 그들을 맞이한 사람은 어머니였죠. 내가 훔쳤다고 진짜 일러바쳤나 봐, 하며 화장실에 숨어서 조마조마하고 있는데 뜻밖에도 어머니의 부드러운 목소리가 내 이름을 부르더군요.

응접실로 들어가자, 부리부리 왕눈이와 눈이 마주쳤어요. 아주머니 남편이요. 그 마을 아이들은 뒤에서 그렇게 불렀거든요. 웃지 말아요. 아주머니도 똑같이 불렀으니깐. 미안해요. 얘기 계속할게요.

두 사람은 내게 보물을 돌려주러 왔다는 거였어요. 별장에 혼자 남게 된 에미리는 몹시 당황스러웠나 봐요. 반지가 없어진 데다 문을 잠글 수도 없었으니까. 반지를 집에서 가지고 나온 걸 들키면 혼날 게 뻔하니까 자기 어머니한테는 아무 말도 못하고, 결국 별장 근처에 있는 공중전화로 아다치 제작소에 전화를 걸어서 휴일에도 근무 중이던 아버지에게 도움을 요청했대요.

회사에서 곧장 달려온 아버지에게 별장 앞에서 에미리가 지금까지의 경위를 설명하는데, 옆 마을 공인중개소의 차가 한 대오더래요. 공인중개사 아저씨는 대안학교를 설립하고 싶다는 도쿄에서 온 손님을 데리고 오전에는 여기를 안내한 다음, 오후에 다른 곳에 들렀다가 역까지 태워다 주고 나서 다시 별장으로 오는 길이었다는 거예요. 불법 침입자를 막을 튼튼한 자물쇠를 뒷문에 달기 위해서.

보물 상자는 도쿄에서 온 손님이 발견한 모양으로, 중개사 아저씨는 "이 집에 함부로 들어오면 못쓴다."라고 나무라며 그것을 돌려주었다더군요. 에미리는 내 책갈피와 함께 도쿄의 유명한 제과점 상자를 내밀면서 "이거 맛있는 거야. 너, 먹어."라고 웃으며 말했지만, 날 도둑으로 몬 일에 대해선 사과하지 않았어요. 지금 세상에서 가장 힘든 사람은 자신이니까 무슨 말을 내뱉어도 상관없는 줄 알고, 시간이 지나면 언제 그랬냐는 듯이 싹 잊어버리죠. 모녀가 똑같네요.

이 얘기는 아무한테도 하지 않았어요. 에미리에게 받은 과자는 날 도둑으로 몬 것에 대해 입막음을 하기 위한 뇌물로 여겨졌기 때문이에요. 처음에 난 웃는 얼굴로 필요 없다며 과자를 사양했어요. 예쁘게 포장된 과자를 한번 맛보고 싶기도 했지만, 에미리가 사과하기 전까지는 절대로 받지 않을 생각이었죠. 그런데 어머니가 그걸 받아 버린 거예요.

"일부러 아버지까지 모시고 찾아왔는데, 그러면 못써." 이러면서, "죄송해요. 애가 이렇게 철이 없다니까요. 그래도 앞으로 우리 유카랑 더 친하게 지내렴." 하며 에미리와 아저씨를 향해 머리를 숙였어요. 두 사람은 만족스러운 얼굴로 돌아갔지만 난 부당하다는 생각뿐이었어요. 그러나 조금 뒤 난 어머니의 꾸지람까지 듣게 되고 말았죠.

에미리가 집에 오는 바람에 별장에 몰래 들어간 일이 발각되었기 때문이 아니에요. 언니가 "나도 그 별장에 들어가 보고 싶었는데, 왜 나한테는 말 안 했어?" 하고 묻기에, "먼지가 많은 것 같아서……." 하고 대답하자, "왜 하필 나는 천식인 거야?!" 하면서 눈물을 쏟는 바람에 그렇게 된 거예요.

"넌 왜 언니한테 쓸데없는 말을 하고 그러니!" 하며 어머니는 화를 냈지만, 난 아무 말도 하지 않았어요. 에미리와 아저씨가 돌아간 뒤, "무슨 일이야?" 하며 2층에서 내려온 언니에게 "쟤네들이 우리 밭 뒤에 있는 빈집에 몰래 들어가서 놀았다잖니." 하고 어머니가 알려준 것이거든요.

어머니에게 이렇게 말하려는데, 언니가 먼저 입을 열었어요.

"유카 잘못이 아니야. 내가 마음을 잘 다스려야 하는데."

이 말을 들은 어머니는 마유 탓이 아니라고 하면서 에미리가 가져온 과자를 언니가 먼저 고르게 했죠.

예전부터 어머니는 언니를 건강하게 낳아 주지 못해서, 그리고 아버지에게는 아들을 안겨 주지 못한 것에 대해서 늘 미안해하는 것 같았는데, 하지만 날 근시로 낳은 것에 대해선 전혀 미안해하는 것 같지 않았어요.

내 근시는 아버지 쪽 유전인 것 같긴 하지만, 언니의 병이나 아들 문제도 어머니 탓은 아니잖아요. 또 언니나 아버지가 특별히 어머니를 원망한 적도 없어요. 어머니는 그저 자기 탓으로 돌려서 말하길 좋아하는 사람이었던 것 같아요. 이런 걸 마조히즘이라고 하나요? 어쨌든 그런 식이에요.

아무리 그렇더라도 딸이 살인 사건에 휘말렸다는데 와 보지도 않은 건 너무 심하지 않나요? ……드디어 사건 얘기로 돌아왔네요.

그런데 그 전에, 5분만 더 기다려 줘요.


그날, 학교 후문을 나와서 아키코와 헤어진 난 파출소를 향해 달려갔어요. 보통 2, 3년에 한 번씩 순경이 바뀌는 것 같은데, 그때 우리 마을에 있던 안도라는 젊은 순경 아저씨는 키도 크고 몸집도 커서 유도복이 잘 어울릴 것 같은 건장한 체격의 사람이었죠. 파출소에 가서 사건을 알리라는 마키의 지시가 있었지만, 어린아이가 혼자 들어갔다가 괜히 혼나기만 하면 어쩌나 하는 떨리는 마음으로 문을 열었어요. 안으로 들어가자 순경 아저씨는 어떤 할머니의 얘기를 열심히 듣는 중이었는데, 그 모습이 자상해 보여서 난 마음이 놓였어요.

살인 사건을 신고하러 갔으니 두 사람의 대화를 끊더라도 빨리 얘기를 해야 하는데, 파출소에 처음 들어와 본 난 마치 병원 접수창구에 선 사람처럼 구석 자리에 서서 가만히 기다렸답니다. 그런 내 모습을 본 순경 아저씨는 별일 아닌 줄 알았겠죠. 겉모습과는 달리 온화한 목소리로, "여기 앉아서 잠깐만 기다리렴." 하며 할머니 옆에 있는 장의자를 내게 가리켰어요.

할머니는 프랑스 인형 도난 사건에 대해 얘기하고 있었어요. 인형을 훔친 건 도쿄에서 온 애가 틀림없다는 요지의 이야기를, 이제는 노인들 외엔 아무도 쓰지 않는 사투리로 얘기하는 걸 들으며, 난 언제쯤 끝나려나, 빨리 끝나야 하는데 하며 초조해하고 있었죠. 그러다 문득 누구네 집 할머니인지를 생각해 낸 난, 그 집 아이가 명절 연휴 때 디즈니랜드로 가족 여행을 간다고 자랑했었는데 혼자 남은 할머니가 외로우셨나 보다 하며 조금 애처로운 마음까지 들었어요.

네, 맞아요. 에미리가 살해된 직후의 일입니다. 내가 다른 아이들처럼 벌벌 떨지 않은 게 불만이세요? 하지만 그때는 정말로 무섭다는 생각이 안 들었어요. 내가 특별히 냉정한 사람이거나, 아니면 도둑으로 몰린 일 때문에 원망을 가져서 그런 건 더더욱 아니에요. 그저, 잘 안 보여서 그랬을 거예요.

그날 난 시력이 맞지 않는 예전 안경을 쓰고 있었기 때문에 앞이 잘 안 보이는 상태였어요. 이틀 전에 친척들을 맞이하기 위해 대청소를 하다가 평소에 쓰던 안경을 밟아서 깨트렸거든요.

그래서 에미리의 모습도 어두컴컴한 탈의실에 쓰러져 있는 정도로만 보았을 뿐, 긴박한 위기감은 느끼지 못했던 것 같아요. 내가 큰일이 났다는 자각을 한 건 풀장에 다시 돌아오고 나서예요.

할머니가 돌아간 후, 순경 아저씨가 "기다리게 해서 미안하다. 그래, 무슨 일로 왔니?" 하고 친절하게 묻자, 그제야 난 "학교 풀장에 친구가 쓰러져 있어요." 하고 자신이 본 것만 그대로 말했죠.

"아니, 그런 얘긴 빨리 했어야지." 순경 아저씨는 이렇게 말하더니 곧바로 구급차를 불렀어요. 수영하다가 물에 빠지기라도 한 줄 알았나 봐요. 곧이어 순경 아저씨는 순찰차에 날 태우고 학교로 향했죠.

순경 아저씨가 심상치 않은 일이 일어났음을 깨달은 건 풀장에 도착해서 아주머니를 보고 나서였는지도 몰라요. 아주머니는 남자 탈의실 바닥에 주저앉아서 에미리를 껴안고 한없이 이름을 불렀죠. 그 모습을 보고 나도 에미리가 정말로 죽었다는 사실을 실감했던 것 같아요.

현장 보존을 위해서라도 사체를 껴안는 행동 같은 건 하지 말아야 하지만, 이런 얘기를 완곡하게 돌려서 하는 순경 아저씨의 말 따위가 아주머니의 귀에는 전혀 들리지 않았을 거예요.

현장에는 사에도 있었는데, 탈의실 문밖에 웅크리고 앉아서 눈을 감고 두 손으로 귀를 막은 채, 우리가 말을 걸어도 꼼짝하지 않더군요. 그래서 내가 그때까지의 경위를 설명하게 된 거예요.

체육관 그늘에서 배구를 하고 있는데, 작업복을 입은 아저씨가 다가와서 풀장 탈의실 환기구를 수리하는데 도와줄 사람이 하나 필요하다며 에미리를 데리고 갔다. 그리고 나서 한참을 놀았는데, 저녁 6시를 알리는 〈그린 슬리브스〉가 울려도 에미리가 돌아오지 않아서 다같이 찾으러 와 보니 남자 탈의실에 에미리가 쓰러져 있었다.

순경 아저씨는 심각한 얼굴로 내가 하는 말을 수첩에 적었어요.

그 사이 구급차가 오고, 경찰차가 오고, 마을 사람들이 구경을 나오고……. 그 바람에 풀장 주변은 금세 아수라장이 되었죠. 사에는 헐레벌떡 뛰어온 어머니 등에 업혀 집으로 갔어요. 그와 동시에 아키코와 마키의 어머니도 상황을 살피러 왔죠. 아키코의 어머니가 "우리 애는 머리에서 피를 줄줄 흘리며 집에 왔어요." 하며 수선을 피우던 기억이 나네요. 마키의 어머니는 큰 소리로 딸의 이름을 부르며 찾아다녔죠. 하지만 두 사람이 전혀 눈에 안 띌 정도로 모두가 흥분해서 정신이 하나도 없는 상태였어요.

그 한가운데, 나 혼자 우두커니 남겨져 있었어요. 사건의 당사자이건만 아무도 내게 신경을 쓰지 않는 거예요. 순경 아저씨는 나한테 들은 얘기를 현 경찰서에서 온 경찰관에게 보고 중이었죠.

혹시, 범인이 이 사람들 틈에 있다가 날 번쩍 안고 사라져도 아무도 눈치 채지 못하는 게 아닐까. 이렇게 많은 사람들이 있는데, 날 도와줄 이는 아무도 없다……. 이보다 더 무서운 게 있을까요?

어떻게든 관심을 끌고 싶었던 난, 순경 아저씨에게 또 보고할 건 없는지 곰곰이 생각했어요. 체육관 앞에 있던 배구공을 가져와 여기에 범인의 지문이 묻어 있을지도 모른다며 순경 아저씨에게 보이는가 하면, 에리미는 이런 식으로 쓰러져 있었다며 발견 당시의 상황을 여자 탈의실에서 재현해 보이는 등, 필사적인 노력을 했죠.

그러자 현 경찰관이 범인의 인상착의에 대해 세세히 묻더군요. 난 관심을 받는 게 너무나 기뻐서 최선을 다해 기억해 내려고 애썼지만 세밀한 부분, 특히 얼굴의 특징에 관해서는 도저히 기억이 나지 않았어요. 기억이 안 나는 게 아니라, 조금 전에도 말했듯이 거의 보지 못했거든요. 100개 연속 패스 도전에서 가장 실수를 많이 한 사람도, 범인 쪽으로 공을 굴린 사람도 바로 나였죠. 그나마 평소에 쓰던 안경을 끼고 있었더라면 작은 점이나 흉터까지는 못 보더라도 전체적인 특징은 알 수 있었을 텐데, 난 속상해서 참을 수가 없었어요.

언니는 천식 때문에 안 된다며 나보고 의자 위에 올라가서 먼지가 앉은 선반을 닦으라고 시킨 어머니한테 화가 났어요. 그리고 이렇게 온 마을 사람이 다 와 있는데, 아직도 모습을 보이지 않는 것에 대해. 하지만 우리 집은 서부 지구라 해도 학교에서는 꽤 떨어져 있어서 소식을 늦게 들었을 수도 있다고, 이제 금방 올 거라고 스스로를 위로하며 기다렸죠. 화는 나지만, 난 어머니를 무척 좋아했거든요.

수사는 심야까지 이어졌다지만 난 9시쯤에 순경 아저씨와 함께 귀가했어요. 현관을 열고 순경 아저씨의 얼굴을 본 순간, 어머니는 난처한 표정을 짓더군요.

어머, 이거 미안해서 어떡해요. 그렇잖아도 지금 막 데리러 가려던 참인데. 초등학교에서 사고가 났다는 얘기는 시노하라 씨한테 전화로 들었는데, 오늘은 아침부터 애 언니가 몸이 너무 안 좋은 거예요. 네, 천식이 아주 심하거든요. 그래서 하루 종일 아무것도 못 먹고 있었는데 저녁 때 갑자기 야채스프는 먹을 수 있을 것 같다고 해서, 지금 그걸 만드는 중이었거든요. 네, 제가 개발한 차가운 스프인데, 아무리 몸이 안 좋아도 그건 먹더라고요. 게다가 우리 집 양반이 장남이잖아요. 보시다시피 오늘은 워낙 바빠서…….

사람이 한 명 죽어 나갔다는데 생글생글 웃으며 이런 얘기를 아무렇지도 않게 지껄이는 어머니를 보자 눈물이 나더군요. 한심하다고 해야 할지 슬프다고 해야 할지……. 죽은 에미리를 끌어안고 오열하는 아주머니의 모습이 떠올랐어요. 우리 어머니는 죽은 사람이 언니라면 모르겠지만 그게 나라면 설령 살해를 당했다 해도 현장에 와 보지도 않을 것 같았어요.

아버지? 아버지는 대낮부터 친척 아저씨들과 어울려 술을 마시다 저녁쯤엔 아예 곯아 떨어졌다지만, 설사 깨어 있었더라도 날 데리러 왔을지 의문이에요. 에이, 귀찮아. 이러지 않았을까요? 집안의 대를 잇는 장남으로서 엄청난 과보호 속에 자란 아버지는 대를 못 잇는 자식, 특히 원치 않았던 작은딸한테는 전혀 관심이 없어 보였어요. 대단한 재산이 있는 것도 아니면서 말이죠.

울고 있는 내게 어머니는 치명타를 날리듯이 한마디를 더 했죠.

유카는 이제 4학년이잖니? 혼자서 와도 됐을 텐데.

그랬으면 내가 이렇게 낯 뜨거울 일도 없을 텐데. 이런 마음속 말이 들리는 듯했어요. 나 같은 거 있어도 그만, 없어도 그만이야. 부모가 이 정도인데, 아무리 시력이 좋은 사람이라도 내 모습 따위는 뿌연 안개가 낀 것처럼 희미하게만 보일 거야.

이런 생각을 하는데 옆에 있던 순경 아저씨가 어머니에게 말했어요.

따님을 붙잡아 둔 건 저예요. 죄송합니다.

그리고 내 쪽을 돌아보면서 커다란 몸을 숙이더니 머리를 쓰다듬어 주었어요.

무서웠을 텐데 열심히 얘기해 줘서 고맙다. 앞으로의 일은 우리 경찰 아저씨들한테 맡기고, 오늘은 푹 쉬어라.

머리 전체를 폭 감싸는 듯한, 크고 투박하면서도 따뜻한 손이었어요. 그때의 감촉을 지금도 잊을 수 없어요. 그날부터 지금까지 난 그 손을 찾아 헤매고 있었던 것 같네요.


사건 이후, 가장 크게 변한 건 날 대하는 언니의 태도였어요.

어머니는 역시 자기만 날 데리러 오지 않은 사실이 켕기긴 했는지 공연히 친절을 베풀더군요. 식욕은 있는지, 뭐 먹고 싶은 건 없는지, 옆 마을 비디오대여점에 가서 재미있는 영화라도 빌려다 볼까 라는 둥, 그때까지 한 번도 들어 보지 못한 소리를 했죠.

그럼, 그라탱이 먹고 싶어.

난 이렇게 말했지만, 그날 저녁 식탁에 올라온 메뉴는 냉국수와 닭고기샐러드였어요. 언니가 뜨거운 음식은 못 먹을 것 같다고 해서 말이죠. 비디오도 언니가 만화나 시끄러운 건 싫어하잖아, 하면서 결국은 빌리지 않았죠.

언니밖에 몰라. 나 같은 건 차라리 죽어 버렸으면 좋겠지?!

분을 못 참고 국수 그릇을 뒤엎으며 소리쳤어요. 그런 식의 반항은 처음이었죠. 그동안은 가장 힘든 사람이 언니라고 여기 며 참아 왔지만, 그땐 세상에서 내가 제일 힘든 것 같았거든요. 그러자 언니가 으앙, 하며 울음을 터트렸어요.

내가 나쁜 사람이야. 다 내 탓이야. 내 몸이 조금만 더 건강 했어도 유카가 이러지 않았을 텐데. 힘들어하는 유카한테 내가 그라탱을 만들어 줄 수도 있었을 텐데. 내 몸이 이렇게 태어나 지만 않았어도……. 엄마, 난 왜 이렇게 힘들게 살아야 해? 응? 엄마, 가르쳐 줘요.

울먹이며 이렇게 하소연하는 언니를 어머니는 와락 끌어안고 는 "마유, 미안해. 엄마가 미안해." 하며 엉엉 소리 내어 울었죠. 이게 사건 바로 다음 날의 일입니다.

이후에도 언니는 내가 어머니와 같이 경찰서로 조사를 받으 러 가는 날만 되면 어김없이 몸 상태가 안 좋아져서 결국 마키 의 어머니가 날 데려간 날도 많았고, 텔레비전으로 에미리의 살 해 사건 뉴스를 보면서 아버지가 내게 "경찰서에선 뭘 물어보 든?" 하고 묻기라도 하면 기분 안 좋은 얘기를 들어서 식욕이 없어졌다며 젓가락을 내려놓았죠. 점차 집 안에선 언니의 눈치를 살피느라 사건에 관한 얘기를 입에 올리지 않게 되었어요. 지금까지 그래 왔던 것처럼 관심의 대상은 언니이고 난 여전히 방치 상태였죠.

불평을 해도 소용이 없는 줄은 알고 있었지만 마음이 편하지는 않았어요. 아니, 날이 갈수록 불안은 더욱 깊어져 갔어요. 경찰이 범인을 금방 잡을 줄 알았는데 그런 기미가 전혀 안 보였으니까요. 그건 어떤 면에선 우리 탓일 수도 있어요. 아무리 아이들이라고 해도 목격자가 네 명이나 있는데, 아무도 범인 얼굴을 기억하는 사람이 없었으니 말이죠. 겁이 많은 사에나 평소에도 좀 둔한 데다 머리까지 다친 아키코가 기억 못하는 건 이해가 됐지만, 마키까지 생각나지 않는다고 할 땐 의외였어요. 나도 눈에 보인 건 다 기억하는데.

하지만 수사가 난항을 겪은 건 꼭 그 때문만은 아니었을 거예요. 그날은 오봉이었잖아요. 오봉에는 기차보다는 자동차로 귀성하는 경우가 많아서 평상시엔 낯선 차가 지나가면 눈여겨보던 사람도 그때는 마을 곳곳에 다른 지역의 번호판을 단 차나 렌터카가 다니기 때문에 특별히 이상하다고 여기지 않게 되죠. 따라서 설령 범인이 자동차를 타고 마을에 들어왔다고 해도 수상한 차를 목격했다며 신고하는 사람이 드물었을 거예요.

또한 낯선 사람이 마을을 어슬렁거려도 그 사람이 피라도 뒤집어쓰고 있지 않는 한, 어느 집 친척인가? 하는 정도로 보아넘기게 마련이며, 범인이 작업복을 벗어서 보스턴백에 넣고 지나가도 그저 명절을 쇠러 온 모양이네, 하는 정도로 여기죠.

게다가 한 해 전까지는 설령 오봉이라도 전혀 낯선 사람이 지나가면, 저 사람이 누구네 집 식구더라? 하고 눈여겨보는 사람이 있었지만, 아다치 제작소가 생기고 나서부터는 온 마을에 모르는 사람이 넘쳐 나서 그런 데 관심을 갖는 사람이 별로 없었을 거예요. 이런 감각의 연장선상에 있는 것이 도회지의 무관심이겠죠.

무관심도 익숙해지면 오히려 마음 편한 상태가 될지 모르지만, 난 어떻게든 누군가의 관심을 받고 싶어 애가 탔어요. 그때 머릿속에 떠오른 사람이 사건이 일어난 날 밤에 우리 집까지 데려다 준 순경, 안도 아저씨였죠. 안도 아저씨라면, 내 얘기도 잘 들어 줬으니까 범인이 날 해치는 것도 막아 줄 거야. 난 파출소에 가기 위한 구실을 열심히 찾았어요.

그래요. 애교 많고 사교적인 아주머니라면 그런 곳에 가면서 꼭 구실이 있어야 하냐며 의아해할 수도 있겠네요. "안녕하세요!" 하고 웃으며 들어가서 학교에서 있었던 일이나 적당히 얘기하고 나올 수도 있을 거예요. 하지만 당시의 내게 그건 무리였어요. 일단 파출소 안으로 들어갔어도 "왜 왔니?" 하는 질문에 적절한 대답을 못하면, 난 분명 그 자리를 도망쳐 나왔을 거예요. 언니는 예외였지만 우리 집은 농가여서 토요일, 일요일 상관없이 어렸을 때부터 "바쁘니까 저기 가서 놀아라." 하는 말을 끊임없이 들으며 자랐고, 또한 어른을 조른다든가 관심을 받는 일에 아무런 이유나 구실이 필요 없다는 것을 내게 가르쳐 준 이는 아무도 없었거든요.

처음엔 사건의 단서가 될 만한 것들, 예를 들면 얼굴은 모르겠지만 목소리는 어느 배우와 비슷한 것 같다는 둥, 서부 지구에는 프랑스 인형이 있는 집이 스무 곳 정도 되는데, 마을 잔칫날 밤에 도난당한 프랑스 인형은 우리끼리 매긴 순위에서 10위 안에 든 것들뿐이라는 둥, 실상 수사에는 그다지 도움이 안 되는 보고를 한다는 구실로 드나들었지만 그마저도 다섯 번을 못 채우고 바닥이 나 버렸죠.

길바닥에서 주운 동전을 들고 간 적도 있어요. 하지만 매번 동전이 떨어져 있는 건 아니어서 나중에는 내 지갑에서 100엔짜리 동전을 꺼내어 들고 가게 되었죠. 지금 생각해 보면 돈을 지불한 대가로 만나서 대화를 나누는 것이 호스트클럽하고 비슷하네요. 실제로 10년쯤 뒤에 한동안 그쪽 세계에 빠진 적도 있었는데, 거슬러 올라가면 그때부터 시작된 거였군요. 지금 깨달았어요.

솔직히 말해서 난 아주머니를 아주 혐오하고 지금도 결코 유쾌한 기분은 아니지만, 누군가와 얘기를 하다 보면 자신은 미처 알아차리지 못하고 있던 것이 보일 때가 있잖아요. 사건 이후 우리 네 사람은 같이 어울리지 않게 되었고, 사건에 관해서도 서로 얘기를 나눠 본 적이 한 번도 없어요. 하지만 넷이서 좀 더 대화를 했더라면 이렇게 이상하게 꼬이지는 않았으리라는 생각이 드네요.

이상하게 꼬이다. 내 경우는…… 처음으로 물건에 손을 댄 건, 사건이 일어난 지 반년 후예요.

아, 아파……. 5분 뒤에 해요.


매일 습관처럼 어울려 놀던 친구들과 멀어지고, 다정했던 언니는 날 적대시하고, 부모에게 사랑받지 못하고 있음을 재확인하고, 파출소에 드나들 구실도 없어진 난, 정말 죽도록 외로웠어요……. 그즈음 학교 미술 시간에 쓸 4B 연필을 사야 할 일이 생겼는데, 내 지갑 안에는 30엔밖에 없었죠.

"미술 연필을 사야 하는데······." 어머니에게 이렇게 말하자, "얼마 전에 용돈 줬잖아. 그걸로 사." 하는 대답이 돌아왔어요. 사실대로 말을 못하고 30엔을 손에 쥔 채 문방구점에 가 보니 4B 연필은 50엔이나 하더군요.

초등학교 근처의, 주인아주머니 혼자서 지키는 작은 문방구점에서 플라스틱 통에 든 연필을 한 자루 빼 들고는, 어쩌지? 어쩌지? 어쩌지? 하며 꼭 쥐고 있다가······ 그대로 점퍼 소매 속으로 집어넣고 말았어요. 내가 한 행동이 믿기지 않아, 가게에서 도망치듯 문 쪽으로 몸을 돌렸을 때였어요. 나도 모르게 비명을 지를 뻔했죠. 투명한 유리문 밖에서 언니가 나를 보며 서 있는 거예요.

언니는 가게 안으로 들어오더니 이렇게 말했어요.

"4B 연필 사러 온 거 맞지? 언니한테 있으니까 그거 쓰면 되는데. 벌써 샀니?"

난 말없이 고개를 저었어요.

"다행이다. 난 샤프펜슬 사러 왔는데, 너도 하나 사 줄까? 초등학교에선 그거 쓰는 애들 거의 없지? 애들이 부러워할 거야. 그래, 우리 똑같은 디자인으로 색깔만 다른 거 사자. 분홍색이랑 하늘색 중에 어느 게 좋아?"

이렇게 말한 언니는 한 자루에 300엔이나 하는 예쁜 샤프펜슬을 두 자루 집더니 밝게 웃으며 내게 내밀었어요. 사건 이후 처음 대하는 언니의 웃음에 당혹스러워진 난 우두커니 샤프펜슬만 내려다보았죠. 오늘은 왜 이렇게 다정한 거지? 무슨 좋은 일이라도 있었나. 천천히 샤프펜슬에 손을 뻗은 순간, 문득 팔에 딱딱한 것이 걸리더군요. 소매 속에 집어넣었던 연필이었죠.

어쩌면 언니는 내가 연필을 훔치는 걸 봤는지도 몰라. 집에 돌아가서 어머니에게 일러바칠 생각인 거야. 내가 도둑질을 했다는 사실을 집에서 알게 되면 언니는 지금보다 더 사랑받게 되고 난 미움을 받을 거야. 언니는 지금 그게 좋아 죽겠는 거라고. 연필을 꺼낼까. 샤프펜슬은 필요 없으니까 이걸 사 달라고 할까. 하지만 소매 속에 있는 걸 어떻게 꺼내지? 언니가 그걸 보면 무슨 소리를 할까.

내가 이런 생각을 하는 동안에도 언니는 신이 나서 지우개도 만져 보고 칼라 볼펜도 구경하며 가게 안을 돌아다녔지만, 난 도둑질하는 현장을 언니에게 들켰을지도 모른다는 죄책감, 아니, 절망감을 못 이긴 채 가게를 뛰쳐나가고 말았어요. 차마 집에 들어가지도 못하고, 그런 때 찾아갈 친구도 없었던 난, 어느

새 파출소를 향해 걷고 있었어요. 도둑질을 하고 찾아간 곳이 파출소라는 게 우습게 들릴 수도 있겠지만, 그땐 정말로 날 받아 줄 곳은 그곳밖에 없는 것 같았죠.

그렇게 파출소까지 가긴 했지만 막상 안으로 들어가자니 망설여지더군요. 하지만 안에 있던 안도 아저씨가 날 알아보고 먼저 불러 줬어요.

"오, 유카구나. 오늘은 춥구나. 안에 들어와서 몸 좀 녹이다 가거라."

뭐 하러 왔니? 왜 그러니? 무슨 일 있었니? 이런 걸 물어보지 않고, 오늘은 춥구나, 하고 말하는 거예요. 난 소맷부리에서 연필을 꺼내어 "제가 훔쳤어요. 잘못했어요." 하면서 엉엉 울고 말았죠. 이렇게 하면 용서받으리라는 그런 얕은 생각은 없었어요. 혼나도 좋다. 아니, 오히려 그래 줬음 했죠.

하지만 순경 아저씨는 혼내지 않았어요. 날 난로 옆 의자에 앉히더니 책상 서랍 속에서 투명한 비닐 봉투를 꺼내더군요. 안에는 100엔짜리 동전이 서른 개 가량 들어 있었어요.

이 돈, 유카가 길에서 주운 거 아니지? 수사가 어떻게 진행돼 가는지 걱정이 돼서 일부러 길에서 주운 척하며 갖고 온 거잖아. 정말 미안하구나. 빨리 범인을 잡아서 널 안심시켜 줘야 하는데. 이러지 않아도 되니까 오고 싶으면 언제든지 오렴. 자, 이거 갖고 가게에 가서 계산하고 오너라. 지갑을 집에다 놓고 나와서 가지러 갔었다고 하면 가게 주인도 용서할 거야.

안도 아저씨는 이렇게 말하고 나서 동전이 든 봉투를 내 손에 쥐어 주었어요. 봉투와 내 손이 쏙 들어가고도 남을 것 같은 커다란 손바닥은 사건이 일어난 그날 밤처럼 포근하고 마음 든든해서 역시 난 혼자가 아니라는 생각마저 들더군요. 안도 아저씨에게 인사를 하고 문방구점으로 돌아가니, 가게 아주머니는 언니가 이미 연필 값을 치렀다고 하더군요. 언니는 아무것도 모르고 있던 아주머니에게 내가 한 짓을 밝히고 용서를 빌었다는 거였어요. "좋은 언니를 두었더구나." 아주머니는 이렇게 말했죠.

집으로 돌아가자, 기다리고 있던 어머니는 날 현관에도 들이지 않고 창고에 가두면서 도둑질이나 하는 자식은 아침까지 여기 있으라고 하더군요. 전깃불도 이불도 없었지만 비닐 봉투에서 동전을 하나씩 꺼내며 안도 아저씨의 포근한 손의 감촉을 떠올리고 있으니 무섭지도 슬프지도 않았어요.

진짜 슬펐던 건, 다음 달에 안도 아저씨가 그 마을을 떠난 일이었죠. 승진 시험에 합격해서 현 경찰본부에서 근무하게 되었다는데, 보통은 축하할 일이지만 난 슬픔에 가슴이 터질 것만 같았어요. 헤어지는 날, 그럴듯한 작별 인사 한마디 못하고 파출소 앞에서 고개를 숙이고 서 있자, 안도 아저씨는 내게 다가와 "이번엔 나보다 더 베테랑인 아저씨가 오실 테니 어려운 일이 있으면 아무 때나 와서 의논하렴." 하고 말해 줬어요. 그러나 새로 부임한 사람은 식구가 딸린 중년 아저씨로, 언뜻 보기에도 굽은 등허리에 전혀 의지가 안 될 것 같은 외모여서 그 후에는 무슨 일이 생겨도 파출소를 찾아가는 일은 없었어요.

그게 이유라고 하면 자기변명 같이 들리겠지만 난 가끔씩 물건을 '슬쩍'하게 됐답니다. 재미로 한 것도 아니고 용돈이 부족한 것도 아니에요. 단지 누군가의 관심을 받고 싶었을 뿐이죠. 살인 사건에 휘말린 딸을 나 몰라라 하는 부모라도 경찰서에서 부르면 데리러 오지 않겠어요? 하지만 손재주가 좋은 게 이럴 때는 소용이 없다고, 가게 주인들은 거의 눈치를 못 채더라고요. 그런 내게 관심을 보인 사람은 밤늦게까지 마을을 배회하고 다니는 중학생 패거리였어요. 드디어 내게도 친구가 생긴 거죠.

사건이 일어나고 1년 후의 일입니다. 아주머니가 우리를 부른 건 그로부터 2년이 지나서였죠.


사건이 난 지 3년 후, 아주머니는 열세 살짜리 여자 아이 넷을 모아 놓고 도저히 입에 담을 수 없는 말을 했죠. 그 나이의 아이라면 그냥 평범하게 살아도 자신의 존재에 대한 회의나 불안을 품게 마련인데, 아주머니는 그런 우리에게 '살인자'란 말을 퍼부었어요. 게다가 범인을 찾아내든가, 아니면 자기가 납득할 수 있는 속죄를 하라고. 안 그러면 복수하겠다고.

아주머니는 그때, 일시적으로 솟구치는 감정을 있는 그대로 쏟아 냈을 뿐, 아이들이 그걸 어떻게 받아들일지에 대해선 아무런 생각이 없었겠죠. 아니, 도쿄로 돌아가고 사흘도 안 돼서 새카맣게 잊은 건 아닌가요?

아주머니와 에미리, 얼굴은 닮지 않았지만 성격은 정말 판박이예요. 또 한 사람……. 우리 언니도 비슷한 사람이죠.

언니가 예전의 다정한 모습으로 돌아간 건 아주머니가 우리를 부르기 약 두 달 전부터예요. 이유는 한심할 정도로 단순하답니다. 고등학생이 되어 남자 친구가 생긴 거예요. 언니를 공주 대접해 주는 남자 친구와 매일 학교에서 얼굴을 보면서도 밤늦게까지 전화로 수다를 떨고, 휴일엔 멀리 놀러 나가곤 했죠. 낡은 카메라로 찍은 사진을 보여 주며 유원지에 가서 롤러코스터를 다섯 번이나 연속해서 탔다고 신이 나서 떠들 때면 무슨 말을 해야 할지 모르겠더군요.

어머니는 "크니까 몸도 튼튼해지네." 하며 기뻐했지만, 그래도 여전히 언니에 대한 시름은 놓지를 않았어요. 힘들지 않았어? 점심엔 뭘 먹었니? 다음 주엔 나가지 말고 집에서 푹 쉬는 게 어떻겠니?

일상적으로 오갔던 이런 말들이 남자가 생기고 나자 언니에게는 성가신 참견으로 들리는 것 같았어요. 그때까지 모두의 사랑을 독차지하고 싶어 하는 타입인 줄 알았는데, 알고 보니 누군가 한 사람을 독점하고 싶어 하는 타입이었던가 봐요.

언니가 자기에게서 멀어지자 어머니는 나한테로 관심을 돌리기 시작했어요. 참 제멋대로라는 생각을 하면서도 싫지만은 않았는데, "정신과에 가서 상담을 받아 보면 어떻겠니?"라고 했을 땐 정말 기가 막히더군요. 사건이 일어난 지 3년이나 지났는데 이제 와서 뭘 어쩌라는 건지. 또 사건 때문에 내 일상생활에 지장이 있는 것도 아닌데 왜 이러나 싶었죠.

그런 거 안 해도 돼요. 이렇게 말하는 내게 어머니는 눈물을 글썽이며 말했어요.

엄마가 보기엔 네가 물건을 훔치고 밤에 놀러 다니는 건 다 그 사건 때문이야. 그 전에는 안 그랬잖아. 넌 원래 착한 애라 시간이 지나면 다시 제자리로 돌아올 줄 알았는데, 범인은 잡힐 생각도 안 하고 넌 자꾸 엇나가기만 하잖아. 지금까지 가만히 있었는데, 너, 어제도 물건에 손댔지? 가게 주인은 몰라도 난 알아. 네 눈을 보면 알 수 있어.

아무도 모를 거라고 생각했죠. 더구나 언니 외에는 눈에 들어오지 않는 어머니가 나의 은밀한 행동을 눈치 챈다는 건 상상도 못했어요. 게다가 눈을 보면 알 수 있다니……. 도대체 어떤 눈을 하고 있기에……. 난 방에 들어가서 물건을 훔치는 상황을 머릿속에 그려 보며 거울을 쳐다봤지만 특별히 다른 점은 찾을 수 없었어요.

다만 도둑질은 그만두기로 했죠. 바로 그즈음 아주머니가 우리를 부른 거예요. 그래서 그날, 아주머니네 집에서 돌아온 난 어머니에게 '절대로 도둑질은 안 하겠다'고 약속했어요. 아주머니가 '범인의 얼굴을 생각해 내'라고 협박했는데, 그게 너무 무서워서 나도 모르게 그만 물건을 훔쳤다'고 말했죠. 하지만 이젠 괜찮다고, 그 사람은 도쿄로 가 버렸다고요.

그 뒤론 불량 패거리들과도 연락을 끊고 조용하고 성실하게 살았어요. 원래 나만 나이가 달랐기 때문에 별문제 없이 빠져나올 수 있었죠. 고등학교를 졸업하고 지역 출신 가운데 두 사람만 뽑는 이웃 마을의 신용금고에 채용됐으니, 나름대로 열심히 한 셈인가요? 아주머니가 사라져 준 덕분인지도 모르겠네요.

그렇게 이상한 얼굴 하지 마세요. 난 사실을 말하는 것뿐이니까요. 그날, 아주머니가 우리에게 한 짓은 협박 그 이상도 이하도 아니었으니까. 아주머니의 협박을 받고 다른 세 사람은 속죄하는 길을 택했지만 난 범인을 찾기로 했어요.

하지만 그건 아주머니의 협박 때문이 아니에요. ―형부 때문이죠.

진통 간격이 짧아진 것 같아요. 좀 더 서둘러야겠어.


언니가 결혼한 건 4년 전이에요. 지방 단기대학을 졸업한 언니는 백화점에 취직한 지 3년째 되는 해에 결혼과 함께 일을 그만뒀어요. 언니가 형부를 그 시골집에 처음으로 데려온 건 결혼하기 반년 전이었어요. 이웃 마을 아파트에 살고 있던 난, 하루 전날 집에 가서 어머니와 함께 대청소를 하고 두 사람을 맞았죠. 물론 안경은 무사했어요.

호리호리한 체격에 하얀 피부, 선량해 뵈는 얼굴이 백화점과 딱 어울리는 타입이라고 생각했는데……. 언니의 소개에 따르면 현 경찰서 경찰관이라는 거예요. 모든 가족이 '이런 사람이 범인을 제대로 잡을 수 있을까?' 하는 눈으로 쳐다봤죠. 형부는 변명이라도 하듯, 자기는 정보 관계 부서에서 일하기 때문에 하루 종일 컴퓨터 앞에 앉아 있는다고 했어요. 경찰서에 그런 부서가 있는 줄은 처음 알았지만 어쨌든 컴퓨터 관련 일이라니 이해가 되더군요.

이런 사람과 언니가 어떻게 만났을까 궁금한 마음에 물어보니, 단체 미팅 자리에서 알게 됐다더군요. 백화점과 경찰서 영업을 주로 하는 생명보험 설계사 아줌마가 주선한 자리였대요. 한번 찍은 상대를 자신에게 넘어오게 하는 일이 특기인 언니와 딱 맞는 만남이라고 생각했는데, 오히려 형부 쪽에서 첫눈에 반해 매달렸다더군요. 형부는 좋아서 죽겠다는 듯 싱글벙글 웃으며 이런 얘기를 들려주었죠.

형부 같은 외모는 옛날부터 언니가 좋아하는 타입이었지 내 취향은 아니었기 때문에, 난 진심으로 두 사람을 축복하며 형부와 악수를 했어요. 그때였죠. 똑같은 감촉이 느껴진 거예요. 그토록 좋아했던 안도 순경 아저씨의 손과 똑같은 감촉이…….

어쩌면 내가 가진 기억은 시력과는 크게 상관없이 형성되었다는 생각이 들어요. 눈으로 본 것이 아닌 손의 감촉으로 이 사람을 '갖고 싶다'고 열망하게 되었죠. 이 손을 만지고 싶다. 날 만져 줬음 좋겠다. 내가 갖고 싶다. 하지만 그건 이루어질 수 없는 소망이었죠. 그날도 그 이후에도 형부의 눈에는 언니밖에 보이지 않았어요.

내가 원하는 건 항상 언니 차지야. 물론 언니가 일부러 내 것을 뺏은 건 아니에요. 어머니는 내가 태어나기 전부터 이미 언니 차지였고, 형부는 나와 만나기 전부터 이미 언니의 남자였다는 것, 단지 이것뿐이죠.

언니가 가슴 아픈 일을 겪은 건 2년 전이에요. 뱃속의 아기가 유산되면서 아예 아이를 갖지 못하는 몸이 되었죠. 농번기로 시골집은 한창 바쁠 때라 언니는 내가 사는 집에 와서 몸조리를 했는데, 처음엔 동창인 누가 아이를 낳았다는 소리에도 통곡하고, 텔레비전에서 종이 기저귀 광고만 나와도 눈물을 쏟더니, 시간이 지나면서 아픔도 사그라졌는지 보름이 지나자 생생한 얼굴이 되어 도심에 있는 경찰 관사로 돌아갔어요.

그리고 전에 근무하던 백화점에 아르바이트 사원으로 복직하더니 월급이 들어오면 아직 미혼인 친구들과 어울려서 여행이나 다니며 지내게 되었죠. 형부요? 원래 바쁜 사람이라 집에 언니가 있든 없든 큰 상관이 없었나 본데, 그보다 언니가 기운을 차린 게 무척 기쁜 모양이었어요.

하지만 언니는 큰 실수를 했답니다.

지금까지 난 여섯 명의 남자와 사귀었는데요……. 뭘 그렇게 놀라요? 나도 연애는 한다고요. 다들 오래 가지 못해서 그렇지……. 부담스럽다나요. 난 그저 상대를 기쁘게 해 주려는 것뿐인데……. 아아, 그 사건이 트라우마가 된 건 아니냐, 뭐 이런 소리를 하려는 건가요? 그 점에 관해선 100퍼센트 'NO'랍니다. 이 역시 당시 죽은 에미리의 옷 상태 같은 게 내 눈에는 잘 안 보였기 때문인지도 모르겠어요.

어쨌든 그동안 내가 만났던 남자들이 하나같이 유도나 럭비 선수 체형을 하고 있었기 때문에 언니는 내가 그런 타입만 좋아하고 형부 같은 사람에겐 흥미가 없다고 착각했던가 봐요. 내가 형부를 '갖고 싶다'고 생각하는 줄 전혀 모르는 사람처럼 자기가 없는 동안 집 안 살림을 나한테 부탁했지 뭐예요.

아니, 어쩌면 알고 있었는지도 몰라요……. 최초의 도둑질을 알아챌 정도로 눈치가 빠른 언니가 내 감정을 못 읽었을 리가 없어요. 오히려 다 알면서 형부가 자신을 배신할 리 없다고 굳게 믿은 언니는 내 반응을 즐기고 있었는지도 몰라요. 그런 거라면 자업자득인 셈이죠.

난 날마다 형부한테 가고 싶었지만, 시간상으로나 거리상으로 주말 외에는 갈 수 없었어요. 행복했답니다……. 토요일 점심시간 전에 도착해서 점심밥을 만들어 형부와 단둘이 식사를 하고, 가끔씩 비디오로 영화도 같이 보고, 게임도 하고……. 하지만 저녁때가 되어 "이만 가 볼게요." 하며 현관을 나서도 형부는 날 붙잡지 않았어요. 딱 한 번만 빼고.

작년 7월에 있었던 이 지역 현 경찰서의 정보 유출 사건. 전국 방송에서도 크게 다루고 그랬나요? 소년범죄를 저지른 미성년자의 본명, 주소, 경력 등이 기록된 극비 파일이 지역 안전네트 메일과 함께 등록된 사람 전원에게 송신된 사건이요.

그거, 형부가 한 거예요. 실은 어느 컴퓨터 오타쿠가 장난으로 보낸 신종 컴퓨터 바이러스 때문에 그렇게 됐다는데, 어쨌든 관리 책임자인 형부가 꽤 무거운 징계를 받게 되었죠. 그런 와중에도 언니는 취소 수수료가 아깝다며 홋카이도의 리조트 호텔로 가 버리고, 내가 형부와 같이 있게 된 거예요.

오랫동안 원해 왔던 손이 단 하룻밤만 내 것이 되었죠. 그때가 8월 14일에서 280일을 거슬러 올라간 날의 2주일 후예요. 그러나 그날 하루로 끝난 게 아니었어요. 내 뱃속에 새로운 생명이 탄생했으니까.

봐요, 당장 나오고 싶어서 안달이잖아요. ……잠깐만요.

임신 사실을 알았을 땐 뭔가 대단한 것을 얻은 기분이었어요. 언니가 낳지 못하는 형부의 아이를 난 낳을 수 있다. 아기가 태어나면 어쩌면 형부는 언니와 이혼하고 나와 결혼할지도 모른다. 막연히 이런 기대를 갖게 되면서 정말로 실현될 것만 같기도 했어요.

가장 놀라운 건 부모님의 태도였어요. 처음에 어머니는 불륜도 모자라 임신까지 하다니 한심하다, 이웃이나 친척들 얼굴을 어떻게 보고 사냐, 하며 심란한 소리를 해 댔지만, "드디어 대를 잇게 됐다고 생각하면 되잖아." 하는 아버지의 말에 뭔가 힘을 얻은 듯, 신사神社에 복대를 들고 같이 기도하러 가는가 하면, 혼자서 괜찮다는데도 굳이 병원 검진에 따라오게 됐어요. 뱃속의 아이가 아들이라는 사실을 알고부터는 더욱 심해져서 시골집에 가면 식탁 위에는 언제나 내가 좋아하는 음식이 즐비하고, 텔레비전이든 비디오든 내가 원하는 대로 주도권을 갖게 되었죠. 언니가 같이 있어도 그랬어요.

언니는 직장 생활을 하면서 담배를 피우기 시작했는데 내 앞에서 담배를 꺼내는 언니를 어머니가 나무라는 모습을 볼 땐 감격스럽기까지 했죠. 대단하지 않아요? 살인 사건 때도 이런 대접을 못 받았는데, 임신이란 게 과연 굉장한 축복이라는 생각이 들었어요.

하지만 지루하기도 했어요. 입덧이 너무 심해서 회사를 퇴직했는데 안정기로 들어서자 거짓말처럼 몸 상태가 좋아져서 차라리 휴직을 할 걸 그랬다며 후회하기도 했죠.

그래, 이렇게 여유 있을 때 뭔가 해 보자. 가능하면 형부를 기쁘게 해 줄 수 있는 일을. 형부는 다음 인사이동 때 시골 벽지로 쫓겨날 수도 있다고 했던 언니의 말이 떠오르더군요. 그럼 그 시골 마을 파출소에 근무하면 좋겠다, 하는 한가한 생각도 들었지만 형부 본인에게는 고통스런 일이겠지요. 형부를 위해서 내가 할 수 있는 일, 경찰관인 형부를 위해서…….

뭔가 공로를 세우면 형부는 현 경찰서에 그대로 남을 수도 있을 거야. 예를 들면 살인 사건의 범인을 잡는다거나……. 에미리 살인 사건은 공소시효가 얼마 안 남았을 텐데.

여기까지 생각이 미쳤지만 그렇게 간단한 일이라면 벌써 경찰이 범인을 잡았겠죠. 그렇다면 새로운 정보만이라도 제공할 만한 게 없을까 하고 방향을 수정할 때였습니다. 천사의 목소리가 들린 거예요.

임신 중에는 복권이 잘 맞는다는 말을 들어 본 적이 있나요? 그 말이 그냥 미신만은 아니라고 생각해요. 몸속에서 새로운 생명을 키우다 보면 뭔가 현실을 뛰어넘는 신성한 능력이 생길 수도 있잖아요. ……아니, 지금 생각해 보니 단지 신경이 좀 예민해져 있었던 것뿐이라는 생각도 드네요.

지난 4월이었어요. 천사의 목소리가 라디오에서 들려왔죠. 임신을 하면 때때로 눈이 굉장히 피로할 때가 있잖아요. 그래서 그날은 라디오를 켜 놓고 있었어요. 작년 여름에 어느 대안학교에 다니는 학생이 학교 건물에 일부러 불을 질렀다는 뉴스, 기억하나요?

그곳이 다시 문을 열게 되었다며 학교 직원이라는 남자가 나와서 인터뷰를 했어요. 대안학교의 필요성, 증가하는 소년범죄 등에 관한 말을 멍하니 듣는데, 왠지 내 심장 고동이 급격히 빨라지고 있다는 걸 느꼈어요.

왜 이러지? 왜 이렇게 심장이 뛰는 거지? ……그래, 그때 그 남자 목소리랑 비슷해. 하지만 남자 목소리란 게 정말로 특이하지 않는 이상 대부분 비슷하게 들리지 않나.

실제로 그 사람은 알아듣기 쉽게 또박또박 말하는 게 특징이랄까, 평범한 축에 들었죠. 중·고등학교 때도 이런 목소리를 가진 선생님이 학교에 두세 분씩은 있지 않았나? 범인을 찾고 싶은 마음이 앞서다 보니 나도 모르게 그렇게 들렸던 게 아닐까

하며 나 자신이 우스워지기도 했어요.

하지만 그 뉴스에선 한 가지 더 마음에 걸리는 게 있었어요. 대안학교. 시골에도 아키코처럼 집 안에만 틀어박혀 사는 아이들이 더러 있었지만, 그런 학교에 다니는 아이는 아무도 없었어요. 그럼에도 그 말이 낯설지 않았던 것은 에미리에게 도둑으로 몰렸던 날, 대안학교를 만들고 싶다며 별장을 보러 온 사람이 있었다는 얘기를 들은 기억이 있기 때문이죠.

그 별장은 결국 팔리지 않은 모양으로, 5년 전에 철거됐어요. 그날은 내가 집에 먼저 와 버린 탓에 공인중개사 아저씨를 만나지 못했지만, 그 이후에 연말만 되면 그 땅을 사라고 우리 집에 찾아오곤 해서 아저씨하고는 알고 지내는 사이가 됐죠. 그래서 거리도 가까운데 산책이라도 할 겸 별 기대 없이, 차라리 형부와 아기와 같이 살 신혼집이라도 알아보는 기분으로 역 앞에 있는 공인중개소까지 가 보게 됐어요.

아저씨는 내 부른 배를 보고, 신혼집 알아보게? 하며 기대를 나타냈지만, 15년 전에 대안학교를 만들고 싶다며 찾아왔던 사람에 대해 듣고 싶다고 하자 꽤 실망하는 눈치더군요.

시골에 짓는 대안학교라도 대부분 도시에 사는 애들이 사정이 있어서 입학하는 거라, 교통편이 나쁘면 안 된다고 하더군.

그런 걸 운영하는 것도 보통 일이 아닌가 봐. 학생이 불이나 지르고 말이야. 텔레비전을 보다가 그때 그 사람이 나와서 깜짝 놀랐다니깐.

아저씨는 이렇게 말했어요. 범인과 목소리가 비슷한 사람이 사건이 나기 두 달 전에 별장에 왔었다? 이런 시나리오는 어떨까 싶어 공인중개소에 들러 본 건데, 실제로 그랬다는 얘기를 들으니까 오히려 믿기지가 않았어요. 그렇다면, 이제 어떡하지? 이 얘길 형부한테 하면 되는 건가? 머릿속이 복잡해졌죠.

하지만 이것만으로는 부족하다는 생각이 들었어요. 그래서 어쨌다는 거야? 이런 결과가 나올 게 뻔했죠. 사건이 일어나기 두 달 전에 그 마을에 왔던 사람의 목소리가 범인과 비슷한 것 같다고 해 봤자, 목소리만으로는 아무런 증거가 되지 않을 것 같았어요. 게다가 프랑스 인형 도난 사건도 있었고요.

좀 더 결정적인 증거가 필요해. 지문이라든가⋯⋯. 그때 에미리가 뭐라고 했더라. 별장을 보러 온 사람이 보물 상자를 발견했다고 하지 않았나. 그 사람은 내 책갈피는 만지지 않았을까. 배구공에선 지문이 검출되지 않았었나. 에미리를 데려가고 나서도 패스를 계속했기 때문에 기대하기는 어렵지만, 그래도 혹시 검출되었다면, 그래서 그 지문과 책갈피의 지문이 일치한다면 이건 정말 대단한 일이 아닌가. 책갈피는 에미리의 유품 같은 생각이 들어서 결코 좋은 추억은 아니지만 그래도 버리지 않고 보관하고 있는데.

형부한테 말해야 해…….

그런데 그때 일이 벌어졌어요. 언니가 자살을 기도한 거예요. 내가 시골집에 가 있을 때 언니도 같이 와 있었는데, 욕실에서 손목을 그었어요. 가벼운 상처로 미수에 그쳤죠. 아마 연극이었을 거예요. 어머니는 자기가 딸을 약한 몸으로 낳아 아이마저 유산하게 만들었다며 자책했지만, 그렇지 않아요. 언니는 내 뱃속 아기의 아빠가 형부라는 걸 알고 있었을 거예요.

형부는 "내 탓이야."라고 하며 언니 옆에 꼭 붙어 있더군요. 일 때문이라는 건지, 아기 때문이라는 건지는 모르겠지만, 아무튼 형부에게 사건 얘기를 할 상황은 아니게 되었죠. 나 역시 굳이 얘기할 필요가 있겠나 싶었어요. 아기를 낳았다고 해서 형부가 내 사람이 돼 줄 것 같지도 않았고, 또 '갖고 싶다'는 욕망이 전처럼 그렇게 강렬하지도 않았거든요. 뱃속에 든 생명을 혼자 낳아서 잘 키워야겠다는 생각이 들더군요. 적어도 이 아이는 날 필요로 한다. '열 달 열흘'이란 기간은 엄마라는 모성을 배우는 시간이라고 생각해요.

하지만 그것을 용납하지 않은 건, 아주머니 당신입니다.

아, 아파. 잠깐 쉬었다 해요……. 만지지 마! 당신 같은 사람이 내 배 만지는 거 싫어!

그 사건에 대해선 생각하고 싶지도 않았는데 아주머니한테서 우편물이 왔죠. 사에가 아주머니에게 보낸 편지의 복사본 말이에요. 곧이어 마키의 고백이 실린 블로그의 인쇄본과 편지가 묶여서 또 왔죠. 편지라고 해 봤자 달랑 한 줄이었지만.

난 이미 너희들을 용서했다.

이거 웃기는 소리 아닌가요? 도대체 우리가 아주머니에게, 또 에미리에게 무슨 짓을 했다는 건가요? 아주머니는 사에의 편지를 읽고 결국 자신이 그 아이를 궁지에 몰아넣었다는 사실을 깨달았겠죠. 10년도 더 전에 기분 내키는 대로 내던진 말을, 아이들 중 한 명은 생각보다 훨씬 심각하게 받아들이고 있었다는 사실에 당황한 아주머니는 다급히 편지의 복사본을 다른 세 아이한테 보낸 게 아닌가요? 그랬는데, 이번엔 다른 아이가 사람을 죽이고 말았죠.

이제 그만 없었던 일로 했으면 좋겠다는 생각에서 보냈는데, 자신의 마음이 전달되지 않았다는 걸 깨닫고 이번에는 메모를 첨부했어요. 헌데 또 다른 아이가 사람을 죽이고 말았어요. 그 아이는 편지를 읽지도 않았다고 하죠. 결국 마지막 한 사람이라도 구해 보자는 심정으로 이렇게 직접 날 찾아온 거잖아요.

아주머니의 태도는 지극히 이중적이에요. 일이 이 지경으로 된 건 내 탓이라며 자책하면서도, 한편으로는 어딘가 자기 기분에 빠져 있어요. 그러니까 용서라는 말이 그렇게 서슴없이 나오는 거 아니겠어요?

가령, 사에의 결혼식에 가서 '그때 내가 심한 말을 했구나. 미안하다.' 하는 말을 한마디만 해 줬더라도 사에가 아주머니와 한 약속에 그렇게까지 매달렸을까요? 가령, 사에의 편지를 보내면서 '그때의 약속은 잊어 주기 바란다'는 메모 한 줄만 더 넣었어도, 마키가 그렇게까지 자신을 몰고 갔을까요? 아키코는 아주머니의 영향을 얼마나 받는지 잘 모르겠지만 최소한 나는, 특히 이번 일은 아주머니와는 무관하답니다.

그런데 참, 사실은 훨씬 전부터 와 있었던 거 아닌가요?

마키의 증언 중에 대안학교 교사의 이름이 나와서 깜짝 놀랐어요. 마키에게 연락을 해 보고 싶은 생각이 들더군요. 그럼, 먼저 마키의 동생에게 연락을 취해서……. 이런 계획을 세우고 있는데 아키코의 사건이 터진 거예요. 사에와 마키의 일은 내가 모르는 먼 곳에서 일어났기 때문인지 두 사람이 살인을 했다는 사건의 심각성은 그다지 크게 실감하지 못했는데, 아키코의 경우는 바로 그 마을이잖아요. 난 경찰이 아니에요. 그 사람이 범인일 수도 있다고 지목했다가 설령 그것이 잘못된 것이라 하더라도 크게 책임질 일은 없겠죠. 하지만 난 확실하게 마무리를 지어야 한다고 생각했어요.

난 '중요한 얘기가 있다'며 형부를 아파트로 불렀어요. '중요한 얘기'를 어떻게 해석했는지 내가 문을 열자마자 형부는 '할 수 있는 한 최선을 다해서 도울 테니까, 그 애가 내 애라는 것만은 비밀로 해 달라'고 말하며, 내 발밑에서 무릎을 꿇었어요. 크게 부른 배 때문에 형부의 얼굴을 자세히 볼 순 없었지만 무척 동요하고 있다는 건 알 수 있었어요. 어쩌면 집을 나오기 전에 언니한테 무슨 소리를 들었는지도 모르죠. 내가 사는 아파트는 2층 계단 옆이에요. 지나가는 사람이 있을 수도 있는데 "내 애가 아니야……."라는 식의 변명이나 늘어놓으며 초라하게 머리를 조아리고 있는 이 사람이 아이의 아버지라는 생각을 하니 한없이 한심해지더군요. 내가 왜 이런 인간에게 중요한 사실을 알려 줘야 하나, 이런 생각이 들었어요.

게다가 현 경찰서에 가면 안도 아저씨가 있을지도 모르잖아요. 지금까지 왜 그 생각을 못했는지 후회스럽더군요.

형부한테 말해 봤자 아무 소용없을 테니 그만둘래요. 이렇게 말하고 현관문을 나서서 밖으로 나가려고 할 때였어요. 형부가 뒤에서 목을 덥석 끌어안았어요. 물론 애정 표현은 아니에요. "마유한테만은 제발 얘기하지 마." 그렇게 말한 형부는 아무래도 내가 언니한테 가는 줄로 오해했던가 봐요. 형부에게 뒤에서 목이 졸린 채, 난 계단 쪽으로 떠밀려 갔어요.

형부는 날 죽이려고 해. 아니, 뱃속의 아기를 죽이려고 하는 거야. 자기 아이인데도 사랑하는 언니를 위해서. 언니를 위해서 내 소중한 것을 빼앗다니, 절대로 안 돼!

화도 치밀었고 무엇보다 아이를 지키는 게 급했지만, 형부가 아무리 호리호리한 체격이라지만 남자이고 경찰관이잖아요. 안간힘을 쓰며 버둥거렸지만 형부 팔에서 빠져나오기에는 역부족이었죠. 계단 끝까지 밀려가 한쪽 발을 헛디디면서 이젠 끝이라고 생각한 순간이었어요. 점퍼스커트 주머니 속에 있던 휴대전화가 울렸어요. 유명한 형사 드라마의 테마곡이죠. 그 순간, 깜짝 놀란 형부가 손에서 힘을 풀었어요.

그와 동시에 난 몸을 틀면서 자유롭게 된 팔로 형부의 가슴을 있는 힘껏 밀었어요.

잠깐만, 언니한테 온 문자예요.

형부는 끝내 목숨을 건지지 못한 모양이에요.

그때 울린 전화는 아주머니한테 온 거였죠. 형부가 계단에서 떨어진 후 구급차를 부르려고 휴대전화를 열자, 등록이 안 된 번호가 수신된 걸로 뜨더군요. 의아했지만 일단은 구급차부터 부른 다음, 도착한 구급 대원에게 상황을 설명했죠.

제 잘못이에요. 15년 전 살인 사건의 단서가 될 만한 것이 생각나서 경찰관인 형부와 의논하려고 여기로 오라고 했거든요. 그러다 같이 경찰서에 가기로 했는데, 급하게 서두르다가 제가 계단에서 발을 헛디디는 바람에……. 형부가 날 잡아 주려다가 도리어 자기 발을 잘못 디뎌서 떨어지고 말았어요. 죄송해요. 죄송해요…….

이러면서 울다 보니 진통이 오기 시작했어요. 그래서 좀 이르긴 하지만 형부와 같이 구급차를 타고 여기에 온 거예요. 그러자 곧이어 아주머니한테 전화가 걸려 왔고, 근처에 와 있는데 만날 수 있겠냐고 물어서 이렇게 병원으로 오시라고 한 건데. 혹시 아파트에 먼저 와 있지 않았나요? 그래서 처음부터 끝까지 다 보고 있었던 거예요. 그렇지 않고서야 그 타이밍에 전화가 걸려 오다니, 우연치곤 너무 기가 막힌 것 같아서요.

……역시 그랬군요.

날 구해서 다행인가요? 아니면 결국 마지막 한 사람도 살인을 하고 말았다. 그것도 내 눈앞에서. 이렇게 참담한 기분인가요? 참담하다고요? 그렇다면 왜 좀 더 빨리 나타나지 않은 거죠? 아파트에 찾아 갔더니 웬 남자가 와 있어서 무슨 일인가 궁금한 마음에 가만히 지켜보고 있었던 거 아닌가요?

결국 아주머니가 우리에 대해 미안하게 생각하는 마음은 위선일 뿐이에요. 속으로는 에미리가 죽은 건 우리 탓이라며 여전히 원망하고 있는지도 모르죠.

하지만 내 생각에는 사실은 우리가 억울하게 휘말려든 것 같다는 거예요. 범인은 다섯 사람 중에서 에미리를 고른 것이 아니라 처음부터 에미리를 노렸던 게 아닐까. 그리고 거기에는 보물 상자의 반지가 관계있는 것이 아닐까. 반지의 주인인 아주머니와 관계있는 것이 아닐까.

어쩌면 대안학교의 난죠란 사람을 아주머니는 알고 있는 게 아닐까.

근거는……, 출산 예정일 문제로 부부 싸움을 한 친구가 말해 준, 에미리의 진짜 아버지는 다른 사람이라는 소문. 바로 얼마 전에 사장이 바뀌었죠? 그때 여러 가지 말이 있었던 모양이에요. 소문이란 게 다른 사람을 모략하기 위해서 꾸며진 것일 수도 있지만, 난 무조건 부정만은 못하겠어요. 임신한 사람의 직감으로만 이러는 건 아니에요.

가령 에미리의 길고 가늘게 찢어진 눈은 아주머니나 아저씨 누구도 안 닮았어요. 유전적인 건 설득력이 없을까요? 또 아주머니가 우리를 집으로 불렀을 때 이런 말도 했죠. 에미리의 부모인 나한테만은 그럴 권리가 있다. '나'한테만은…….

증거가 될지 어떨지 모르겠지만 책갈피는 아주머니에게 드릴게요. 뱃속의 아기를 살려 준 보답이랄까……. 나만은 아무런 영향을 받지 않았다고 생각했는데, 나 역시 아주머니의 말에 계속 얽매여 있었던 것 같네요.

이것으로, 네 사람 다 아주머니하고의 약속을 지킨 셈이 되나요? 자, 그럼 아주머니는 이제부터 어떻게 할 작정인가요? 돈도, 권력도 있잖아요. 내가 형부를 밀었다고 경찰에 가서 진술해도 괜찮아요. 그것도 아주머니한테 맡길게요. 하지만 입을 다물고 있다고 해서 고마워하지도 않을 거예요.

이제 슬슬 산부인과 병동으로 가 봐야겠어요. 긴 하루, 기나긴 15년이었지만 지금 심정은 오직 하나, 내 소중한 아기의 생일이 8월 14일이 아니어서 다행이라는 것.

그것뿐입니다.

속
죄

너희들이 나로 인해 죄를 지었다면 난 어떻게 속죄를 해야 할까.

생활이 좀 불편해질 수도 있겠다는 우려를 훨씬 뛰어넘는, 정말 아무것도 없는 그 마을에 도착한 날부터 난 도쿄로 돌아갈 생각만 했지. 물리적인 불편함도 물론 싫었지만 무엇보다 폐쇄적인 마을 사람들이 싫었어. 마치 외국인을 대하듯 했으니까.

슈퍼에서 물건 하나 사는 것부터 그랬어. 밖에 나가면 머리끝부터 발끝까지 쭉 훑어보면서 "오늘도 저렇게 차려입고 어디 결혼식에라도 가나." 하며 비아냥거리듯 수군댔지. 슈퍼에서는 "××는 없나요?" 하고 물을 때마다 "하여간 도시물 먹었다는 인간은⋯⋯." 하면서 혀를 찼어. 뭐 특별한 걸 찾은 것도 아니야.

소 정강이살, 카망베르 치즈, 데미글라스 소스 통조림, 생크림……. 겨우 이런 걸로 교만한 부잣집 사모님 취급을 받은 거야.

그래도 난 가까이 다가가려고 노력했어. 남편 때문에. 남편이 그런 위치에만 있지 않았어도 그 마을 사람들과 어울린다는 건 꿈도 꾸지 않았겠지만, 새로운 공장의 책임자라면 얘기가 달라지지. 아다치 제작소가 하루 빨리 마을 사람들과 융화될 수 있도록 나도 노력해야 한다고 믿었거든.

마을 대청소라는 게 있었지? 거기에도 딱 한 번 나간 적이 있었어. "알림장에는 자유 참가라고 적혀 있었지만 마을 행사에는 우리도 적극적으로 참여합시다." 하며 같은 사원 아파트 주부들을 대거 동참시키면서. 그런데 집합 장소인 주민회관에 도착했을 때 마을 사람들이 보인 태도가 어땠는지 아니?

"도시 사모님들은 여기 안 나와도 되는데……. 그렇게 예쁘게 차려입고 여기서 뭘 하시겠다는 거지?"

하수구 청소라도 하겠다는 각오로 더러워져도 무방할 셔츠와 청바지를 입고 나갔는데. 그렇다고 해서 마을 사람들이 옛날 전쟁 때처럼 몸뻬 바지를 입고 있었던 것도 아니야. 트레이닝복을 입은 사람이 대부분으로, 젊은 사람 중에는 나 같은 차림도 몇 명이나 있었어. 아마 내가 트레이닝복을 입고 있었어도 똑같은 소리를 했을 거야. 결국 청소도 '백조 같은 손이 더러워지면 안 된다'고 하면서 마을 사람들이 길가나 강가의 풀을 베는 동안에 외지인인 우리는 주민회관의 유리창 닦는 일을 하게 되었지.

마을 사람들의 태도에 불만을 품은 건 나만은 아니었어. 사원 아파트에 사는 주부들도 복도에 삼삼오오 모여서 불평을 늘어놓곤 했지. 그러면서 점차 관계가 돈독해지더니 예전 공장에 있을 땐 그다지 친하게 지내지 않았던 사람들이 정기적으로 다과회를 명목으로 모이면서 친목을 다져 갔어.

하지만 그런 모임에 내가 초대받은 적은 거의 없었어.

도쿄에 살 때 내가 자주 찾았던 제과점에서 신상품이 나올 때마다 친정어머니는 챙겨서 보내 주시곤 했는데, 그걸 빌미로 사원 아파트에 사는 주부들을 집으로 부르기도 했지만 분위기가 영 썰렁했고, 이후에 그 사람들이 날 부르지도 않았거든. 나도 같이 섞여서 마을 흉도 보고 아이의 학원이나 공부에 대한 고민도 나누고 싶었거든. 그래서 서운한 마음도 들었지만 가만히 생각해 보면 그건 당연한 일이었어. 그 사람들은 회사에 대한 불평도 나누었을 테니깐.

왜 하필 이런 데다 공장을 지었는지 몰라. 우리는 새 집을 지은 지 얼마 되지도 않았는데. 아이도 간만에 괜찮은 학원을 소개받은 상태였는데. 이런 말들은 굳이 귀를 기울이지 않아도 들을 수 있었지.

폐쇄적인 마을 안에 또 하나의 폐쇄적인 마을이 있어서 난 어느 쪽에도 들어가지 못한 상태였다고 해야 할까.

도쿄에 살 때는 그렇지 않아. 어렸을 때부터 친하게 지낸 친구들에 둘러싸여서 시간 가는 줄 모르고 이야기꽃을 피우곤 했지. 부티크, 레스토랑, 연극, 콘서트……. 계란 특가 세일 따윈 절대로 화제에 오르지 않았어. 그렇게 궁상 떠는 사람은 아무도 없었지. 다들 자신을 가꾸기에 여념이 없는……. 그래, 가장 화려한 시절을 함께 보낸 그 친구들 덕분에 난 언제나 생기 발랄하게 지낼 수 있었던 거야.

사건 이후 지금까지 너희들이 살아온 이야기를 여러 경로로 들었는데, 사실 난 심정적으로 가슴은 아프지만 어느 누구도 공감은커녕 상상조차 안 되는 게 많았단다.

왜 이 아이들은 멋도 안 부리지? 왜 친구들과 놀러 다니지도 않지? 왜 인생을 즐기지 않는 거지? 만약에 내가 너희였다면 어떻게 살았을까.

내게도 소꿉친구가 있었어. 사립학교를 다녀서인지 방과 후나 휴일에 초등학교 교정에서 논 기억은 없지만 집 근처 공원에서 같이 어울린 적은 있지. 그때 낯선 남자가 다가와서 한 아이를 데려가 죽였다고 해서, 이후에 잡히지 않는 범인 때문에 몇 년 씩이나 두려움에 떨며 살까? 살해된 친구 엄마한테 모진 소리를 들었기로서니 언제까지나 그것에 얽매여 있을까?

분명 너희들처럼 그렇게 집착하지는 않았을 거야.

나도 친했던 친구를 잃은 기억이 있어. 한때는 내 탓일 수도 있다며 스스로를 심하게 자책하기도 했지. 하지만 언제까지 이렇게 끙끙 앓고만 있을 수 없다. 그보다 앞으로의 인생을 생각하자.

이런 식으로 마음을 바꿔 먹었지. 지금 너희들보다 조금 어린 스물두 살 때의 일이야.

아키에와 친해진 건 대학교 2학년 봄이었어. 정원의 절반이 초등학교부터 에스컬레이터로 진학한 학생들로 채워진 화려한 여자대학 영문과로, 물론 나도 그 중의 하나였지만, 아키에는 정식으로 대학 입시를 치른 그룹의 학생이었어. 일본의 사립대학은 정원의 일부를 부속 중·고교 출신 가운데 뽑는 제도가 있어서 이를 에스컬레이터식 진학이라 부른다 ─ 옮긴이 언젠가 아키에가 말해 준 그녀의 고향은 관광 명소도,

유명한 산업이 있지도 않은, 처음 들어보는 이름이었어.

난 시험 보기 전에만 잠깐씩 출석해 요령 있게 학점을 관리하면서 나머지 시간은 놀러 다니기에 여념이 없었지만, 그녀는 하루도 빠지지 않고 출석해서 강의실 맨 앞에 앉아 노트 필기에 열중하는 학생이었어. 그런 아키에에게 내가 먼저 말을 붙인 건 시험공부를 위해 그녀의 노트가 필요했기 때문이야. 거의 얼굴도 본 적 없는 사람의 부탁인데도 그녀는 싫은 기색 하나 없이 빌려 줬어.

꼼꼼히 정리된 그녀의 노트를 보고 또 얼마나 놀랐는지. 괜히 무거운 교과서를 들고 다닐 게 아니라 내년부터는 그녀의 노트로 대용했으면 좋겠다는 생각이 들 정도였어. 처음엔 교내 카페테리아에서 케이크나 사 줄까 했는데, 잘 정리된 노트를 보니 그거로는 안 되겠더라고. 그래서 마침 그때 갖고 있던 콘서트 티켓 두 장 중에서 한 장을 그녀에게 주기로 했어.

원래는 남자 친구들 중 한 명이 준 건데, 그 친구와 같이 가기로 특별히 약속을 한 것도 아니어서 마침 잘됐다고 생각한 거지.

얌전해 보이는 그녀가 쟈니즈|일본 아이돌 그룹의 대표적인 기획사 - 옮긴이| 같은 스타일을 좋아할까 했는데, 의외로 아이돌 그룹 팬이었나

봐. "정말? 나야 너무 좋지. 내가 가도 되겠어? 노트 하나 빌려 준 건데, 고마워."라며 좋아서 어쩔 줄 모르다가 결국 케이크 값도 그녀가 냈지.

그런데 아키에는 카페테리아에서 케이크를 먹어 보는 것도 처음이었는지 무척 감동스러워하는 거야. 이렇게 맛있는 케이크는 처음이라면서.

난 그녀에게 흥미를 느꼈어.

콘서트 당일, 그녀는 평소에 비해 좀 꾸미고 나오긴 했지만 구두와 가방은 늘 보던 낡아 빠진 것 그대로였어. 난 원래 아이돌 그룹에는 별 관심이 없었던 터라, 무대 위에서 노래하고 춤추는 아이돌 보다 옆에서 흥에 겨워 펄쩍펄쩍 뛰는 그녀의 발만 자꾸 눈에 들어오는 거야. 이렇게 다 해진 구두를 어떻게 신고 다닐 수가 있지? 난 신고 나갈 게 이런 구두밖에 없으면 아예 외출을 안 하고 말 거야. 이런 옷에는 어떤 구두가 어울릴까. 지난번에 본 그린 색 쇼트부츠라면 괜찮겠다.

그래, 같이 쇼핑하러 가자고 해야겠다. 아키에가 같이 다니는 애들은 다 지방 출신들이라, 괜찮은 숍이 어디에 있는지도 모를 거야. 이참에 맛있는 케이크 가게도 소개해 줘야지. 카페테리아에서 파는 케이크가 맛있다고 할 정도니 분명히 좋아할 거야.

내가 다니는 가게는 어디를 데려가도 다 좋아할 거야.

내가 쇼핑을 제안하자 그녀는 좋아서 따라왔어. "이 구두는 어때?" 하고 내가 묻자, "와, 예쁘다!" 하고 눈을 반짝반짝 빛내며 구경했고, "여동생 생일에 예쁜 팬시 문구를 보내주고 싶어." 그렇게 말하기에 그런 가게로 데리고 가자, "센스 좋은 아사코가 좀 골라 줘." 하며 부탁을 했어. 그리고 맛있는 케이크를 먹으면서는 "이런 거 태어나서 처음 먹어 봐." 하며 감격한 그녀였지.

같이 노는 남자 친구들도 소개했어. 다 같이 드라이브도 하고 술도 마셨지. 아키에는 술도 약한 데다 처음엔 그런 자리를 거북해하는 것 같았는데, 모두들 핸섬하고 말도 재미있게 잘하는 친구들이어서 점차 분위기가 좋아졌지. "아사코 친구들은 하나같이 다들 멋있어."라고 하기에 "너도 그 중의 한 명이야."라고 했더니 그녀는 환하게 웃었어.

난 굉장히 즐거웠어.

그때까지 난 남이 주는 걸 당연하다는 듯이 받기만 했을 뿐, 내가 타인을 즐겁게 해 줘야겠다는 생각은 해 본 적이 없었거든. 남자 친구들이 선물을 줄 때마다 특별히 잘해 주는 것도 없는데 왜 나한테 이런 걸 주나 하며 의아해했었는데, 생각해 보면 그들도 즐기고 있었던 거야.

아키에가 기쁜 얼굴로 "고마워."라고 할 때마다 난 아주 만족스러운 기분이 되었어. 아아, 난 받기보다 뭔가 해 주는 걸 더 좋아하는 타입이구나, 하고 생각했어.


스물다섯이 된 너희와 다른 상황에서 만났더라면, 가령 에미리가 살아 있어서 너희를 친구라고 데리고 와서 소개했다면 난 한 사람 한 사람을 붙잡고 내 나름의 조언도 해 주고 선물도 했을 거야.

사에는 피부가 희고 얼굴 윤곽이 뚜렷하니까 머리를 짧게 자르는 편이 인상도 강해 보이고 좋을 것 같아. 귀를 내놓고 큰 이어링을 해 보면 어떨까. 얼마 전에 맘에 들어서 사 놓은 게 있는데, 그거 줄 테니까 다음번 데이트 때 하고 나가면 좋겠다.

마키는 키가 크다고 그렇게 굽 낮은 구두만 신으면 안 돼. 교사라고 해서 항상 수수한 옷차림만 할 필요는 없다고 봐. 그래, 스카프도 괜찮겠다. 목이 길어서 잘 어울릴 거야.

아키코는 일단 외출을 좀 더 자주 하렴. 예쁜 거 좋아하잖아. 보여 주고 싶은 가게가 얼마나 많은지 몰라. 하루 갖고는 안 될걸. 그래, 꼼꼼이 강의하는 친구가 있는데, 같이 가 보자.

유카는 손이 이렇게 예쁜데 그냥 두기는 아깝다. 네일 숍에 가 본 적 있니? 실은 나한테 반지가 하나 있는데, 그거 네가 낄래?

이런 얘기를 하고 있으면 옆에서 에미리가,

"엄마, 그만 좀 해요. 친구들만 오면 항상 이렇다니깐. 정말 못 말려. 음료수, 과자, 다 필요 없으니까 방에서 나가 주세요."

이러며 날 방에서 막 내몰고…….

참, 사건이 나기 전에 너희들이 우리 집에 놀러 온 적이 있었지. 한 번이었지만 다 생각이 나. 케이크를 자르는 포크질이 서투른 걸 보면서 에미리가 이런 아이들하고 어울려 놀아도 될까 하는 걱정이 들기도 했어. 하지만 그날 밤에 마키 어머니가 전화를 하셔서, "초대해 줘서 고마워요. 맛있는 케이크를 먹었다고 아주 좋아하더라고요." 하며 인사하고, 다른 세 아이의 엄마들도 슈퍼에서 만났을 때, "우리 애가 아주 즐거웠던 모양이에요."라는 식의 인사를 건네서 의외로 가정교육을 잘 받은 아이들이구나 하고 생각을 고쳐먹게 되었지.

하지만 너희들, 사실은 전혀 즐겁지 않았잖아. 아키에도 그랬단다.

아키에는 내가 가자고 하는 곳이면 어디든 따라왔고, 나름대로 정성껏 꾸미긴 했지만 구두는 항상 그대로였어. "내가 보여준 부츠, 안 살 거야?"라고 묻자, "예쁘긴 한데 너무 비싸. 그래서 아르바이트비 받으면 그런 스타일로 더 싼 걸 찾아보려고."라고 하더군. 난 그녀가 레스토랑에서 아르바이트를 하고 있는지도 그때까지 전혀 모르고 있었어.

"시골에 계신 부모님이 학비를 대 주시니까 용돈 정도는 내가 벌어야지."

그녀는 이렇게 말했어. 난 그때까지 학비에 대해서 관심을 가져 본 적도 없고, 솔직히 얼마나 하는지도 모르고 있었거든. 내 주위 친구들은 다들 그랬어. 아르바이트를 하는 친구도 없었고. 그래서 그런 건 가난하고 불쌍한 애들이나 하는 건 줄 알았지.

아키에가 불쌍하다는 생각이 들었어. 그래서 그녀에게 구두를 선물했지. 꼭 생일이나 크리스마스 같은 이벤트가 아니어도 친구라면 그냥 상대를 기쁘게 해 주고 싶잖아. 난 리본을 두르고 '우정의 표시로'라고 쓴 카드를 넣어 그녀가 사는 집으로 부쳤어.

학교에서 그녀를 만날 생각을 하니 가슴이 설레기까지 했어.

그걸 신고 나올까? 어떤 옷으로 코디할까? 내게 무슨 말을 할
까? 하지만 그녀는 내가 보낸 구두를 신고 오지 않았어. 아직
도착하지 않았나? 아니면 중요한 날에만 신으려고 아끼는 건
가? 그런 생각을 하고 있는데, 그녀가 구두를 상자째 그대로 내
게 돌려주는 거야. 이유 없이 이렇게 비싼 물건은 받을 수 없다
면서. 난 이해가 안 됐어. 분명히 기뻐할 줄 알았는데. 미안해할
것 없다고 말하니까 미안해서 이러는 게 아니라더군.

그러자 내 마음을 몰라주는 그녀에게 점점 화가 치밀어 올라
서 이렇게 쏘아붙였어.

"구두만 안 받는 것도 웃기잖아. 난 너한테 밥도 사 주고 친구
도 소개시켜 줬어. 구두를 안 받을 거면 이번엔 네가 나한테 밥
도 사 주고 친구도 소개시켜 줘. 아무거나 사 주면 안 돼. 또 친
구도 남자여야 해. 난 다섯 명 소개했으니까 너도 다섯 명 소개
해."

정말로 아키에한테 밥을 얻어먹고 싶어서, 또 남자 친구를 소
개받고 싶어서 그런 건 아니었어. 그녀한테 어려운 요구를 해서
결국 구두를 받게 하고 싶었던 거지.

하지만 그녀는 다음 주에 날 주점으로 데리고 갔어. 작고 허
름한 곳이었는데, 안쪽 테이블에 정말로 다섯 남자가 앉아 있

는 거야. 그 안에 그가 있었지.

그는 아키에와 같은 레스토랑 주방에서 아르바이트를 하는 두 살 연상의 대학생으로, 다른 네 사람은 같은 교육학부 동기들이었어.

"아키에가 끝내주는 여자 친구랑 같이 밥을 먹는다고 해서 똘마니들을 데리고 나와 봤습니다."

이런 농담을 했지만, 다들 진지하고 좀 딱딱한 사람들이었어. 보기보다는 주점 음식도 맛있었고. 처음엔 내게 고향을 물어보는 등, 여러 관심을 보였지만 30분도 지나지 않아 난 점점 지루해지기 시작했어. 그들의 대화에 낄 수 없었기 때문이었어.

교육학부생인 그들은 국가의 교육 문제에 대해 열심히 토론을 했어. '유토리 교육'ゆとり教育. 선택과 자율을 강조하는 일본의 교육 방침 – 옮긴이 같은 말은 상상도 못하던 시절 얘기야. 그들은 대학 입시에 떨어져 우울증에 걸리거나 자살 기도를 한 친구들을 예로 들어가며 제도교육에서 낙오한 사람도 다시 일어설 수 있는 자리가 필요하다는 내용의 얘기를 했어.

아키에는 자신의 의견을 피력하지는 않았지만 그들의 대화에 열심히 귀를 기울였어. 지루한 사람은 나뿐이었던 거야. 사실, 내 주변에 대학 입시로 고생한 친구는 아무도 없었거든. 초등학교에 입학할 때 형식적인 시험과 면접만 치르고 나면 그다음은 대학까지 에스컬레이터식으로 올라가는 거야. 눈에 띄게 뛰어난 아이도 없었지만 낙오자도 없었지.

그들의 대화가 무르익어 감에 따라 난 슬슬 화가 나기 시작했어. 다른 남자 친구들은 항상 내가 지루해하지 않도록 재미있게 해 주는데 어쩜 이렇게 무신경할 수가 있을까. 모두 지방 출신이라더니, 시골 사람은 이렇게 칙칙한 얘기밖에 할 줄 모르나.

그때 내게 말을 걸어온 이가 그 사람이었어.

"우리는 지방 공립학교의 사정밖에 모르는데, 사립 여학교는 커리큘럼이 어때요? 특별히 기억나는 수업이나 선생님 있어요?"

나도 충분히 대답할 수 있는 질문이었지. 내가 중학교 때 과학 선생님은 산책하는 걸 굉장히 좋아하는 분이셨다. 그래서 날씨만 좋으면 곧잘 밖에서 수업을 했다는 얘기를 해 줬어. 계절에 따라 변하는 풀과 꽃들, 곤충의 이름, 나뭇잎은 왜 빨갛게 물이 들까, 무지개는 언제 보일까, 학교 벽은 하얀색이지만 하얗지 않다……. 놀라운 것은 이런 내 얘기를 그 사람만이 아니라 그 자리에 있던 모두가 흥미진진하게 들었다는 거야.

시골 출신들에게는 풀이나 벌레에 관한 얘기가 전혀 새로울 게 없을 텐데, 뭐가 그렇게 흥미로운 거지? 하며 오히려 내가

놀라고 말았지. 이어서 그들은 각자의 어린 시절에 대해 흥분해
서 떠들기 시작했어. 숨바꼭질, 무궁화 꽃이 피었습니다, 논에
서 가재 잡기, 들판에 비밀기지 만들기……

내게는 하나같이 생소한 놀이였지만 에미리도 너희와 이런 걸
하며 놀았겠지.

난 에미리를 최고로 키우고 싶었어. 그것이 나의 의무라고 여
겼지. 그래서 말도 다 떼기 전부터 글자, 숫자 공부에, 영어 학
원도 보내고, 피아노, 발레도 가르쳤어. 극성 엄마라고 할지 모
르지만 에미리는 머리도 좋고 배우는 게 빨라서 무엇을 해도 잘
해냈어. 경쟁이 치열한 초등학교도 무난하게 합격했지.

이 아이는 장차 무엇이 될까. 내가 무슨 꿈을 꾸든 에미리라
면 다 해낼 수 있을 것 같았지.

그랬는데 시골로 전근이라니. 친정 부모님은 에미리와 난 도
쿄에 남는 게 좋겠다고 하고 남편도 반대는 하지 않았지만 내가
같이 가겠다고 했어. 신공장의 실적에 따라 앞으로의 위치가 결
정되는 굉장히 중요한 시기에 있는 남편을 잘 내조하고 싶기도
했고, 무엇보다 에미리가 아빠와 같이 가고 싶다고 한 거야. 에
미리는 아빠를 무척 좋아했거든.

신공장의 부임 기간은 3년에서 5년이라니까 공기가 깨끗한 시골에서 그 정도 살아 보는 것도 재미있겠네. 이런 마음이었지 결코 싫은데 억지로 온 건 아닌데, 결과는 맨 처음에 썼다시피 그다지 좋지 않았어.

역시 괜히 왔어. 날마다 후회했지만 에미리를 보면 오길 잘했다는 생각도 들었어.

내가 시골에 대한 인식이 너무 부족했던 탓도 있을 거야. 난 에미리가 다닐 만한 학원 정도는 기본적으로 갖추어져 있을 줄 알았지. 하지만 있는 거라곤 피아노 학원 달랑 하나. 그것도 이름도 들어본 적 없는 음대를 나온, 콩쿠르 입상 경력도 없는 사람이 운영하는 학원으로, 차라리 내가 가르치는 편이 더 낫겠다는 생각이 들 만큼 수준이 형편없었어. 학습 쪽은 5, 6학년부터 들어갈 수 있는 소규모의 영어와 수학 학원이 있긴 했지만, 거기 강사도 이름 없는 대학 출신인 건 마찬가지였지.

이런 환경에서 어느 정도 수준 있는 대학에 들어가려면 머리도 좋아야겠지만, 그 이상으로 엄청난 노력을 하지 않으면 안 되겠구나 하는 생각이 들었어. 정말 우울증에 걸릴 수도 있겠구나. 실패하면 자살하고 싶을 수도 있겠구나. 사원 아파트 주부들 중에는 일찌감치 위기감을 느끼고 기차로 편도 두 시간 가까이 걸리는 시내 학원에 아이를 보내는 경우도 있었어. 그러면서 수강료보다 교통비가 더 많이 든다고 투덜거렸지.

10년도 더 전에 주점에서 들었던 얘기가 그제야 이해가 되는 것 같았어. 그래서 에미리한테는 스트레스를 주지 않기로 했지. 어차피 시골에 온 이상, 여기서 누릴 수 있는 걸 다 누리면 된다고. 그리고 에미리는 아주 행복해 보였어.

학교에서 돌아오면 책가방만 내려놓고 곧바로 나가서 해가 저물 때까지 놀다가 집에 돌아와서는 또 너희들과 같이 놀았던 얘기만 했지. 가재를 봤다. 교정에서 숨바꼭질을 했다. 산에 갔었는데 뭘 했는지는 비밀이다…….

너희들에 대한 얘기도 했어. 사에는 얌전하지만 야무지고, 마키는 가장 열심히 하는 아이이고, 아키코는 운동을 잘하고, 유카는 공작이 특기라고. 굉장하지 않니? 에미리는 너희들을 유심히 관찰하고 있었던 거야.

시골 생활에 완전히 적응해서 친구들 성향까지 다 파악하고 있다니, 나랑은 정반대구나. 나 혼자만의 아이라고 여기며 살아왔는데 역시 그 사람의 피도 흐르고 있구나, 이런 생각을 했지.


주점에 간 다음 날, 아키에는 내가 선물한 구두를 받았어.

"괜한 고집을 부린 꼴이 됐네. 이건 우리 우정에 대한 기념으로 받을게."라고 말하면서.

뭐야, 자기도 갖고 싶었으면서. 난 이렇게 생각했어. 그 후에도 가끔씩 둘이서 돌아다니기는 했지만, 전처럼 무조건 그녀를 기쁘게 해 줘야겠다는 마음은 들지 않았어. 그러자 신기하게도 내 남자 친구들이 아키에한테 호감을 보이는 게 신경에 거슬리기 시작했어. 그들에게도 아키에는 지금까지 보지 못했던 신선한 타입이었는지 그녀는 인기가 아주 좋았거든. 나한테 열을 올리고 있는 줄 알았는데, 알고 보니 내게는 비밀로 하고 둘이서만 따로 만나자며 아키에를 불러 낸 남자도 있을 정도였어.

그 반면에 난 아키에가 소개해 준 남자들의 인기를 독차지하게 됐어. 처음에 그들은 날 가까이하기 어려운 콧대 높은 여자로 생각했었나 봐. 하지만 막상 대화를 해 보니 솔직하고 밝은 성격이라고 느꼈는지 이 멤버로 다시 모이자는 말이 나와서 결국 매주 한 번꼴로 만나게 되었지. 그들 중 누군가의 고향집으로 해수욕을 하러 놀러 간 적이 있는데, 그때도 "심심하지 않아요?" "목마르지 않아요?" 하면서 나만 열심히 챙겨 줬어.

시간이 지나면서 예전의 남자 친구들보다 그들과 함께 있는 시간이 더 즐겁게 느껴졌어. 나한테 친절한 이유도 있었지만,

틈만 나면 교육 문제로 논쟁을 벌이는 그들을 보면서 그 생명력 있는 모습이 매력적으로 다가왔던 거야. 그 중에서도 가장 매력을 느낀 건 처음에 내게 말을 걸어 준 그 사람이었어.

그는 초반에는 날 가장 잘 챙겨 주는 사람이었지만, 모두가 내게 호의적인 태도를 보이자 그때부터는 오히려 거리를 두기 시작했어. 하지만 어느새 난 그가 하는 말에 가장 열심히 고개를 끄덕이며 그 사람만 바라보게 되었지. 교육학부 학생들이 교육 문제로 깊이 고민하는 걸 보며 모두 교사를 희망하는 줄 알았는데, 교사 지망은 그 사람 혼자로, 다른 사람들은 공무원이 돼서 교육 개혁에 앞장서겠다는 거였어. 현장 경험도 없이 무슨 교육 개혁이냐며 그는 늘 혼자서 반론을 했기 때문에 더더욱 그가 믿음직스러워 보였는지도 몰라.

그를 좋아한다는 확신은 있었지만 뭘 어떡해야 좋을지 알 수가 없었어. 난 속에 있는 걸 담아두지 않고 곧바로 표시하는 편이었지만, 남자에게 내 마음을 고백해 본 적은 없었거든. 언제나 남자 쪽에서 먼저 내게 다가왔고, 사실 그 사람만큼 좋아한 남자가 그때까지 없었던 거야.

그렇더라도 그 사람도 날 좋아한다는 확신이 있었으면 내 쪽에서 먼저 고백했을지도 몰라. 하지만 그런 자신도 없었어. 그래서 난 아키에한테 도움을 청하기로 했어. 아키에는 그와 같은 레스토랑에서 근무하니까, 일하다가 자연스럽게 날 어떻게 생각하는지 의중을 떠볼 수 있으리라고 생각한 거지.

그런데 "그건 좀……." 하며 아키에는 간접적으로 내 부탁을 거절했어.

이 정도 부탁도 못 들어주나 싶어 서운한 마음이 들었지만, 입장을 바꿔 놓고 생각해 보니까, 행여 그 사람이 시큰둥한 반응이라도 보이면 말을 꺼낸 사람이 중간에서 더 난처해질 수도 있겠더라고. 입장이 바뀌었다면……. 그때 아주 좋은 생각이 났어. 내가 먼저 아키에에게 내 남자 친구 중 하나와 연결해 준 다음, 그에 대한 보답으로 그녀의 도움을 청하면 어떨까. 아키에는 셈이 정확한 성격이니까, 설마 자기 혼자 행복해지고 친구의 연애에 대해선 나 몰라라 할 리가 없다고 믿었지.

난 남자 친구들 중 한 사람을 불러냈어. 그가 아키에한테 눈독을 들이고 있다는 건 전부터 알고 있었기 때문에 곧장 본론으로 들어갔지.

너, 아키에 좋아하지? 난 상관 말고 둘이서 한번 사귀어 봐. 아키에도 너한테 전혀 관심이 없지는 않을 거야. 그 친구가 좋아하는 아이돌하고 네가 많이 닮았거든. 아키에가 처음에는 주저할 수도 있지만, 그건 네가 싫은 게 아니라 수줍어서 그러는 거야. 걔가 원래 좋은 사람일수록 빼는 경향이 있거든. 그럴 땐 강하게 밀고 나가면 돼. 아키에는 술이 약하잖아. 내 핑계를 대고 불러내서 둘이서 진탕 마신 다음, 일단 밀어붙여 봐. 그렇게만 하면 그다음부터 일사천리야.

내 작전은 멋지게 성공해서 결국 난 그와 연인 사이가 됐어. 아니, 나 혼자만 그렇게 착각했던 거지. 항상 그렇다니깐.

난 너희들이 에미리의 친구가 돼 줘서 무척 기뻤어. 그리고 그걸 계기로 너희들 어머니나 마을 사람들과도 친하게 지낼 수 있으리라 기대했는데, 실상 너희들은 에미리를 전혀 친구로 받아들이지 않았던 거야.

에미리가 죽고 나서 난 이 사실을 뼈아프게 절감했단다.


그 마을에 도착한 날, 멀리서 〈그린 슬리브스〉가 들려오기에 무슨 일인가 했지. 마을에 무슨 행사라도 있나? 구슬픈 멜로디가 꼭 내 마음을 말해 주는 것 같기도 했어. 마을을 안내해 주던 공장 여직원은 이 음악은 시간을 알려 주는 멜로디로, 정오에는 〈에델바이스〉, 저녁 6시에는 〈그린 슬리브스〉가 주민회관 스피커에서 흘러나온다고 설명해 줬어. 그 밖에 경보가 발령된다거나 비상사태가 생겼을 때도 주민 방송이 나오니까 잘 들어두라고. 마을 주민 전원에 대한 연락 수단이 스피커 단 한 대로도 충분할 만큼 작은 곳이라니, 비참한 기분까지 들었어.

그래도 시간을 알리는 멜로디는 의외로 편리했어. 손목시계를 차고 있어도 한창 놀이에 빠져 있다 보면 시계 보는 것도 잊기 십상인데, 음악은 자연스레 귀에 들어오니까. 그래서 에미리에게도 놀러 나가기 전에는 "음악이 나오면 집에 오는 거야." 하고 말하는 게 입버릇처럼 되었지.

그날도 저녁을 차리고 있자니 〈그린 슬리브스〉 음악이 나왔어. 오봉 연휴 중에도 공장 일부는 가동을 했기 때문에 남편은 출근을 하고 없고 집에는 나 혼자 있었어. 그때 초인종이 울렸지.

에미리인 줄 알고 문을 열었더니 아키코가 서 있었어.

에미리가 죽었어요.

짓궂은 장난인 줄 알았어. 그렇잖아도 두어 달 전부터 에미리는 "죽으면 어떻게 돼요?" "괴로운 일이 있을 땐 죽었다 다시 태어나면 될까요?" 그런 질문을 종종 했던 터라, 난 에미리가 자기가 죽은 것처럼 친구들과 짜고는 문 뒤에 숨어서 내가 어떤 반응을 보이는지 살피고 있는 줄 알았던 거야. "죽는다는 소리는 농담으로라도 하면 못써!" 분명 그렇게 일렀는데, 난 살짝 화가 났지.

그러나 에미리는 숨어 있지 않았어. 설마, 사고? 어디서? 초등학교 풀장?

에미리는 수영을 할 줄 아는데 왜? 왜 하필 에미리냐고!

눈앞이 하얘졌어. 그 순간 문득 아키에의 얼굴이 떠오르고…… 난 정신없이 뛰쳐나갔어. 에미리를 데려가지 마!

풀장에 도착해 보니, 울음인지 비명인지 분간하기 어려운 아이의 목소리가 들려왔어. 사에였지. 탈의실 앞에서 머리를 감싼 채 웅크리고 있는 사에에게 "에미리는?" 하고 묻자, 고개도 들지 않고 뒤를 가리켰어.

탈의실? 풀에 빠진 게 아니고? 어두컴컴한 실내로 눈길을 돌리자 에미리가 거기 쓰러져 있었어. 대나무 발 위에 머리를 문쪽으로 하고 반듯이 누워 있었어. 물에 젖지도 않았고, 다친 데도 없는 것 같았어. 그리고 얼굴에는 고양이 캐릭터가 그려진 귀여운 손수건이 덮여 있었지. 역시 장난이었어. 다리에서 힘이 풀리는 것 같았지.

화를 낼 기력도 없어서 손수건을 벗기자 에미리는 눈을 뜨고 있었어. "언제까지 이러고 있을 거야?!" 하며 손가락으로 콧등을 누르자 왠지 차갑게 느껴졌어. 그대로 손바닥을 코와 입으로 가져가 보니 숨을 쉬는 기색이 없었어. 에미리의 몸을 일으켜 세워서 귀에 대고 아무리 이름을 불러도 눈썹 하나 까딱하지 않았지. 어깨를 흔들어도, 소리를 질러도, 에미리는 끝내 일어나지 않았어.

믿기지가 않았어. 장례식이 끝나도 에미리가 죽었다는 사실을 인정하고 싶지 않았어. 이건 다른 사람 일이야. 차라리 내가 죽었다고 믿고 싶었지.

아침인지 밤인지 모르게 흘러가는 긴 시간을 견디면서 수도 없이 "에미리는 어디 있어요?" 하고 남편에게 물었지. "에미리는 이제 없어."라는 조용한 음성을 몇 번째 들었을 때였을까. 한 번도 우는 모습을 보인 적 없는 남편의 얼굴에서 눈물이 뚝뚝 떨어지는 걸 보고서야 비로소 에미리는 이제 여기에 없다는 사실을 실감했어. "왜?" 다음은 이 질문만 계속 떠올랐어. 왜 에미리가 죽어야 하지? 왜 목을 졸려야 해? 왜 살해당해야 하냐고? 에미리를 살해한 범인한테 직접 묻고 싶었어. 한시라도 빨리 범인이 잡히길 고대했지.

금방 잡을 수 있을 줄 알았어. 목격자는 최소한 네 명이니까.

그런데 너희들은 하나같이 '얼굴이 생각나지 않는다'는 말만 하는 거야. 한 사람씩 따귀를 갈겨 주고 싶은 충동까지 들었어. 정말로 생각나지 않는 건 어쩔 수 없겠지. 하지만 너희들은 생각해 내려고 노력하는 모습조차 보이지 않았어. 얼굴만이 아니야. 에미리가 혼자 낯선 남자한테 이끌려 가는 걸 멀뚱히 쳐다보기만 하고, 한 시간이 넘도록 그대로 내버려 뒀으면서도 그 점에 대해서 미안해하는 아이는 아무도 없었어. 친구가 죽었는데 울지도 않았지.

너희들은 슬프지 않았던 거야.

너희들을 보면서 이 아이들은 큰일이 난 줄만 알지, 에미리가 불쌍하다는 생각은 안 하는구나 하는 생각이 들었어. 만약 범인이 에미리가 아닌 다른 아이를 데려간다고 했다면 그래도 혼자서 가게 됐을까. 걱정이 돼서 좀 더 빨리 가 보지 않았을까. 많이 슬퍼하다가 불쌍히 죽은 친구를 위해서라도 범인의 얼굴을 생각해 내려고 갖은 노력을 하지 않았을까.

너희뿐만이 아니야. 너희들 부모도 마찬가지였어. 우리 부부가 사건 당일의 일을 자세히 듣고 싶다며 집으로 찾아갔을 때, "경찰도 아니면서……."라고 중얼거린 사람은 누구 부모였더라. "우리 아이가 상처받을 일은 이제 그만 삼가 주세요."라며 화를 낸 사람은 또 어느 집 부모였지? 예전부터 알고 지내던 부부가 그런 일로 찾아가도 똑같은 반응을 보였을까.

아니, 마을 사람들 모두가 그랬어. 그날, 그 많은 구경꾼들이 초등학교에 몰려 있었는데도, 단서가 될 만한 정보는 거의 들어오지 않았어. 내가 슈퍼에서 카망베르 치즈를 찾은 건 얼굴 한 번 본 적 없는 동네 아주머니까지 다 알면서 살인범에 대한 정보는 들어오지 않다니, 이해할 수 없었지. 만약 이 마을 아이가 죽었다면 평소에 평판이 좋지 않던 사람까지 죄다 신고하지 않았을까.

게다가 그 주민 방송. 사건이 나고 나서 한동안 아침, 저녁으로 등하교 시간이 되면, "학생 여러분은 가능한 한 혼자서 다니지 말고, 가족이나 친구들과 같이 행동합시다." "낯선 사람이 말을 붙여도 따라가지 않도록 합시다."라는 안내 방송이 흘러나왔지. 그때 왜, "사건에 대한 정보가 있으신 분은 어떤 내용이라도 좋으니 경찰에 신고 바랍니다." 그런 말은 해 주지 않았을까.

아무도 에미리의 죽음을 슬퍼하지 않는구나. 아무도 자식을 잃은 내 고통을 알아주지 않는구나.

범인에 대한 정보가 워낙 없으니까 너희들이 에미리를 죽인 게 아닌가 하고 의심한 적도 있어. 넷이서 작당을 해서 에미리를 죽인 다음 서로 입을 맞춰서 존재하지도 않는 범인을 만들어 냈다. 그래 놓고 들통이 나면 안 되니까 얼굴은 생각나지 않는다고 하는 거다. 이 사실을 모든 마을 사람들이 알고 은폐하고 있다. 나만 모른다. 외톨이인 나만……

너희들은 내 꿈에 나타나서 매일 밤 한 사람씩 교대로 에미리를 목 졸라 죽였어. 소름끼치는 웃음소리를 내면서 말이야. 그러고는 그대로 나를 돌아보며, "얼굴은 생각나지 않아요."라는 말을 합창하듯이 반복했어.

정신을 차리고 보면 난 칼을 들고 맨발로 밖에 나가 있었지.

한밤중에 갑자기 뛰쳐나가는 날 쫓아온 남편이 "왜 이러는 거야?" 하고 묻기에 "에미리의 원수를 갚을 거야." 하고 대답했지. "범인은 아직 못 잡았잖아."라는 말에, "범인은 그 아이들이야!"라고 부르짖었어. "그 아이들일 리가 없잖아. 그게 그러니까……." 남편이 말끝을 흐린 건 에미리가 성폭행을 당한 사실을 입에 담고 싶지 않아서였겠지.

그래도 그 아이들이야!

부르짖다가, 부르짖다가……. 그다음은 나도 모르겠어. 기절을 했는지, 사원 아파트 사람들이 사지를 붙잡고 안정제라도 먹였는지는.

안정제 없이 지낼 수 없게 된 내게 남편은 "친정집에 가서 좀 쉬다 오는 게 어떨까?" 하고 제안했지만 내가 싫다고 했어. 이런 마을에 오지 않았으면 에미리는 죽지 않았을 거라며, 이 마을이 에미리를 죽인 거라며 마을 자체를 증오하고 있었음에도 내가 이곳을 떠나려 하지 않았던 건, 마을을 떠나면 모두들 사건을 잊고 말 테니까. 그렇게 되면 범인은 영원히 못 잡을 테니까.

시간이 지나고 정서적으로 안정을 찾으면서 너희들에 대한 원망은 조금씩 사그라졌어. 난 너희가 겨우 열 살밖에 안 된 아이들이었다는 사실을 상기했어. 그런 아이들에게 아무리 생각해 내라고 협박한들 아무 소용없는 게 아닐까. 이 아이들도 아직은 놀란 상태다. 마음이 진정되면 뭔가 생각나는 게 있을지도 모른다. 에미리의 일을 슬퍼할지도 모른다. 한 사람 정도는 에미리의 기일에 향을 꽂으러 올지도 모른다.

하지만 3년이 지나도 너희들은 똑같은 말만 되풀이할 뿐이었지. 역시 에미리를 죽인 건 너희들이라고 생각했어. 그래서 그런 말을 한 거야.

너희는 살인자야. 범인을 찾아내든가, 내가 납득할 수 있는 속죄를 해. 그러지 않으면 복수하겠어.

중학교 1학년밖에 안 된 여자 아이들한테 이런 말을 퍼부은 난 최악의 어른인지도 몰라. 하지만 이 정도는 말해야 너희들이 에미리를 잊지 않을 것 같았어. 목격자는 너희들밖에 없으니까.

그러면서 한편으로는, 너희에게 무슨 말을 해도 내가 마을을 떠난 다음 날이면 모두 사건 따위는 깨끗이 잊고 살아갈 것 같았어.

그래서 나 역시, 에미리는 한 순간도 잊지 못하겠지만 그 시골 마을은 깨끗이 잊기로 했지.

도쿄에는 가족과 친구들이 있어서 모두 날 위로해 줬어. 기분을 전환할 수 있는 장소도 많았지. 하지만 내게 가장 큰 위로가 돼 준 사람은 타카히로였던 것 같아. ……사에 말고는 다들 기억하지 못할까?

타카히로는 그 마을에 사는 동안 유일하게 날 위로해 준 아이였어.

같은 아다치 제작소에 근무하는 남편의 사촌 부부도 우리와 거의 같은 시기에 그 마을로 이사 와서 살았는데, 친척이라 해도 그 집은 맞벌이에다 부부 사이도 썩 좋지 못해서 거의 교류가 없는 편이었지. 타카히로도 머리가 좋다는 얘기는 들었지만,

늘 차가운 표정에다 아파트 복도에서 마주쳐도 인사조차 하지
않는 아이였어.

그 아이가 사건이 일어나고 얼마 지나지 않아 우리 집에 혼자
찾아왔었어.

"큰일을 겪으셨는데 명절 연휴 동안 도쿄에 가 있는 바람에
아무런 힘도 못 돼 드렸네요. 학교 애들한테 단서가 될 만한 정
보가 없나 물어보려고 하는데, 뭐든 좋으니까 사건 당일의 상황
을 좀 얘기해 주시겠어요?"라면서.

하지만 그 전에, 하며 에미리의 영전 앞에 향을 피우고 손을
합장했지. 우리 집에 와서 그렇게 한 아이는 타카히로뿐이었을
거야. 고마웠지. 프랑스 인형 도난 사건과의 관련성에 대해서도
물었는데, 우리 집은 프랑스 인형과는 전혀 무관하고 사실 마
을 사람들의 근거 없는 소문일 뿐, 같은 범인의 소행이라고 볼
수 있는 증거는 전혀 없노라고 대답했지.

이후에도 타카히로는 종종 우리 집에 왔어. 특별한 정보를 들
고 온 적은 없지만, 사건에 관심을 갖고 날 염려해 주는 것만으
로도 고마웠지.

도쿄로 돌아간 것도 비슷한 시기였는데, 그리고 나서도 가끔
씩 우리 집에 들렀어. "학교에 갈 때 이 앞으로 지나다니거든요.

밥이나 얻어먹고 갈까 해서요. 죄송합니다."

타카히로는 송구스런 표정을 지으며 이렇게 말했지만, 난 그 아이가 우리 집에 오는 게 큰 즐거움이었어. 학교에서의 평범한 생활을 듣는 것만으로 기분이 좋아지는 것 같았거든.

에미리가 초등학교에 입학하기 전인데, 같은 학원에서 친해진 아이의 엄마와 아들, 딸 중에 어느 쪽이 더 좋은지에 관해 얘기를 나눈 적이 있어. 난 당연히 딸이라고 했지. 예쁜 옷도 입힐 수 있고, 친구처럼 수다도 떨 수 있고, 같이 쇼핑도 할 수 있으니까. 그 엄마는 "나도 그랬어요."라고 말하더니 곧이어 "하지만 지금은 좀 달라요."라고 했어.

그녀는 자식이 둘인데, 큰 아이가 딸이고 작은 아이가 에미리와 동갑짜리 아들이었어. 그녀는 이렇게 말했어.

아이를 갖기 전에는 딸이 좋다고 생각했어요. 나중에 커서도 친구처럼 지낼 수 있으니까. 그래서 처음에 딸이 태어났을 땐 얼마나 좋았는지 몰라요. 그런데 아들을 낳아 보니 알겠더라고요. 딸은 말 그대로 친구예요. 그래서 키우는 재미는 있지만 때로는 경쟁 관계이기도 하죠. 아빠랑 둘이서만 속닥거리는 걸 보면 질투가 나기도 해요. 하지만 아들은 연인이에요. 내가 낳은 자식이지만 이성이죠. 그래서 경쟁하지 않아요. 무조건 주고 싶죠. 반대로 나한테 말이라도 한마디 다정하게 해 주면 그걸로 기운이 펄펄 나기도 하고요. 딸이 남자 친구 얘기를 하면 아무렇지도 않겠지만 아들이 여자 친구 얘기를 하면 뭐랄까 기분이 묘할 것 같아요.

이 말을 듣고 나도 에미리가 아들이었으면 어땠을까 상상해 보았지. 처음 태어났을 땐 날 쏙 빼닮았더니 점점 커 가며 제 아빠 얼굴이 나오는 걸 보고 가슴이 철렁 내려앉기도 했는데, 에미리가 아들이었으면 그 순간 나도 모르게 아이를 꽉 끌어안았을지도 모르지. 그리고 어쩌면 그 아이를 최고로 키우기 위해 더 많은 욕심을 부렸을지도 몰라.

하지만 이제 와서 그게 무슨 소용일까. 아들이든 딸이든, 살아만 있어 주면 되지.

얘기가 다른 곳으로 흘렀는데, 그래서 난 타카히로를 아들처럼 여기게 되었어. 사귀는 여자는 있느냐고 물었더니 "같이 노는 애들은 많아요." 하고 웃음으로 얼버무렸을 땐 정말로 기분이 살짝 묘해지기까지 했지.

타카히로는 그 마을에서 살 때 친해진 친구네 집에도 가끔씩 놀러 다녀서, 미미하게나마 너희들에 관한 소식도 전해 줬어. 특별한 일 없이 다들 평범하게 지내는 것 같다고 하기에, 처음엔 그럴 줄 알았어, 하며 노여움이 들기도 했지만, 차차 그러면 됐다는 쪽으로 생각이 바뀌었어.

증오할 사람은 범인이지, 너희에겐 너희의 인생이 있으니까.

게다가 만일 에미리가 너희들과 같은 입장이었다면 난 분명히 그 아이에게 "사건은 싹 잊어버리렴." 하고 말했을 거야. 이걸 깨닫기까지 몇 년이 걸렸는지. 너희들이 아무 탈 없이 살아서 다행이라고 진심으로 감사했어.

이후에 타카히로도 그 마을을 찾지 않게 되면서 너희들에 관한 소식을 들을 일도, 생각할 일도 없어졌어. 그렇게 잊어 간다고 믿었는데…….

타카히로가 집에 찾아와서 진지하게 교제하고 싶은 상대가 있는데 우리 부부가 연결을 해 줬으면 좋겠다는 부탁을 한 건 올봄이었어. 타카히로가 결혼을 한다는 말에 서운한 기분이 들기도 했지만, 그렇게 중요한 일을 우리 부부에게 의논하러 와 준 것이 우선 기뻤지. 남편도 타카히로는 마음에 들어 했기 때문에, 상대 아가씨가 거래하는 회사에 근무한다는 얘기를 듣고는 자기가 직접 그 회사 상사에게 부탁해 보겠다며 적극적으로 나섰지.

하지만 상대 아가씨의 이름을 들었을 땐 역시 놀라지 않을 수 없었어. 그 아이들 중 한 명이라니.

타카히로는 우선, "죄송합니다." 하고 사죄하고는 그 마을을 드나들 때부터 사에에게 관심이 있었는데, 지난 연말에 우연히 직장 사람들과 같이 있는 모습을 보고 운명적인 예감이 들었다고 말했어. 그리고 마지막으로 한 번 더 "숙부님과 숙모님께는 괴로운 기억이실 텐데, 정말 죄송합니다."라고 했지.

괴롭지는 않았어. 타카히로가 결혼한다는 말을 꺼냈을 땐 그런 나이가 됐구나 하는 정도였는데, 상대가 사에라는 얘기를 듣고는 에미리와 동갑인 아이가 벌써 결혼할 나이가 되었다는 게 놀라웠을 뿐이지. 세월이 그렇게 흘렀구나.

에미리가 살아 있었으면……. 그 아이도 사랑하는 사람과 맺어졌을 텐데. 그때까지 잘 키웠어야 했는데.

난 타카히로에게 미안해하지 말라고 했어. 사람을 좋아하는 일에 제삼자의 허가 따위는 필요 없다고.

그렇게 두 사람은 교제를 시작했고, 일은 일사천리로 진행되어 결혼에 이르렀지. 상대가 그때의 아이인 만큼 우리는 결혼식에 초대받지 못할 수도 있다고 거의 단념을 하고 있었는데, 타카히로는 우리 부부를 가장 먼저 초대해 줬어. 그녀도 꼭 참석해 주길 바란다면서.

그때의 아이는 그 시골 마을의 아이라고는 상상도 못할 만큼 아름답게 변해 있었어. 흰 드레스를 입고 직장 동료들에 둘러싸여 축하 인사를 받으며 행복한 미소를 짓고 있었지.

그런데 우리를 보자마자 웃음이 싹 사라지더군. 겁먹은 눈으로 날 쳐다봤지. 당연한 반응이라고 생각했어. 인생에서 가장 중요한 날에 불길한 사건을 떠올리게 하는 사람이 앞에 나타난 거니까. 난 그녀에게 말했어.

"지나간 일은 다 잊고 행복하게 살아라."

그녀는 눈물을 흘리며 "고맙습니다."라고 했어. 나도 한결 마음이 편해지는 것 같았어. 좀 더 일찍 했으면 좋았을 말을, 모두에게는 아니지만 그때의 아이에게 하게 되어서 정말 다행이라고 생각했지.

그런데 사에는 타카히로를 살해하고 말았어.

엄청난 죄의 연쇄가 시작된 거야.


맨 처음 남편에게 이 말을 들었을 땐 뭔가 착오가 있는 거라고 생각했어. 그렇게 행복한 결혼식을 치른 지 한 달도 안 된 꽃다운 신부가, 사에가 타카히로를 살해하다니. 사고가 아니었을까. 강도가 들었는데 사에를 지키다가 타카히로가 죽었다. 그걸 그녀는 '내가 죽였다'고 말하는 게 아닐까.

먼 타국에서 벌어진 일이라 타카히로의 시신도 확인할 수 없는 상태였기 때문에, 사에가 '남편을 죽였다'며 경찰에 자수했다는 소식을 간접적으로 전해들은 것만으로는 타카히로가 죽었다는 사실조차 믿기 어려웠어.

아들처럼 여겼던 타카히로가……. 에미리가 죽은 뒤, 유일하게 날 위로해 주었던 타카히로가…….

만일 시신을 직접 확인했더라면 내 소중한 아들을 죽인 사에를 죽도록 미워했을지도 몰라. 하지만 그 전에 편지가 도착했지.

기나긴 편지를 읽어 내려가며 내가 그동안 엄청난 오해를 하고 있었다는 걸 깨달았어. 그녀가 에미리의 사건 때문에 그토록 힘들어했다니. 사건 직후 한동안은 공포에 떨 수도 있었겠지. 범인이 잡히지 않아서 더 그랬을 거야. 하지만 살아가면서 서서히 잊혀지는 게 아닐까. 그녀가 몸에 이상이 생길 만큼 공포에 떨었던 건 사건을 잊지 못했기 때문이야. 물론 정체를 알 수 없는 시선은 때때로 느꼈겠지.

타카히로가 사에를 감시하기 위해서 그 마을을 다녔다니. 게다가 프랑스 인형을 훔친 사람이 바로 그 아이였다니. 믿고 싶지 않았지만, 사에가 거짓말을 하는 것 같진 않았어. 하지만 타카히로를 단순한 정신이상자로만 보는 것도 옳지 않다고 봐. 난 그 아이의 심정을 이해할 수 있을 것 같아.

타카히로 역시 그 마을에서 외로웠던 거야. 시골 아이들과 친해지기 이전에, 그 아이의 가정환경이 좋지 않았기 때문에 인간관계를 맺는 방법을 제대로 배우지 못했을 거야. 그런 아이가 인형을 사랑하게 되고, 그 인형과 닮은 여자 아이를 줄곧 지켜보았다고 해서 그게 비난받아야 할 일일까. 결혼하고 싶은 동기야 어쨌든, 타카히로는 사에를 평생 사랑하고 아껴 줄 생각이었을 거야.

사에도 그런 그를 이해하고 받아들이려고 했지. 그래서 몸도 이제 여자가 되어도 좋다고 판단했던 게 아닐까. 그런데 그 순간, 비극이 일어나고 말았어. ―그건 내 탓일까.

그날 내가 너희들에게 퍼부은 말을 사에는 '약속'이라고 했지. 그로 인해 그녀는 사건을 잊지 못한 채 몸과 마음 모두 과거의 기억에 매이게 되었어. 그래도 사에는 결혼을 통해 그 사건도, 나와의 '약속'도 전부 잊고자 했는데, 난 그만 결혼식에 참석해 가장 행복한 순간의 그녀 앞에 등장하고 만 거야.

지나간 일은 그만 잊으라고 말했지만, 그녀 쪽에서 보면 오히려 잊어 가고 있던 것조차 다시 떠올리는 계기가 되었는지도 모르지.

타카히로가 죽은 건 내 탓일까. 사에를 과거에 꽁꽁 묶어 둔 건 나였을까.

난 이걸 알고 싶었어. 아니, 부정하고 싶었겠지. 내 탓이 아니라고 스스로 확신하고 싶었던 거야. 만일 다른 세 사람이 사건을 깨끗이 잊고서 평범하게 살고 있다면, 사에만 특별한 경우가 되는 거니까.

한편으로는 사에의 일을 너희들에게 알려야 한다는 생각도 있었어. 그녀의 편지를 보면, 너희들도 사건 이후에 사에가 어떻게 살았는지 모를 것 같았거든. 본인의 허락도 없이 편지를 복사해서 보내면 안 되는 줄은 알지만, 사건에 함께 휘말렸던 너희들이라면 사에도 수락하리라고 믿었어.

아니, 그냥 단순하게 나 혼자서 그녀의 죄를 감당하기가 힘들어서였는지도 몰라. 결국 난 사에의 편지를 너희들에게 보냈지. 아무런 메모를 넣지 않은 건 뭐라고 써야 할지 몰랐기 때문이야.

너희들은 괜찮지? 이렇게는 도저히 쓸 수 없었어.

이상한 생각하면 안 된다. 이렇게는 더더욱…….

하지만 이제 와서 생각해 보면, 그래도 무슨 말이라도 써서 보내는 게 옳지 않았나 싶어. 아무 얘기도 없이 편지만 보내서 오히려 마키까지 압박하고 말았으니.

마키 사건은 텔레비전 뉴스를 보고 알았어. 처음엔 마키가 연루돼 있는 줄은 꿈에도 몰랐지. 먼 바닷가 마을에서 일어난 일이고, 초등학교에 침입해 난동을 부린 사건이긴 하지만, 피해는 중상을 입은 학생 한 명뿐이어서 그다지 큰 뉴스로 다뤄지지 않았거든. 하지만 초등학교 풀장에서 일어난 사건이란 소리를 들으니까 관심이 생겼어.

텔레비전에선 조용히 넘어간 사건인데 인터넷이나 주간지에선 의외로 크게 다루고 있었지. 교내에 침입해 난동을 부리는 사람과 정면으로 맞선 교사와 도망친 교사가 있는데, 전자는 젊은 여교사고, 후자는 건장한 남자 교사라는 것이 대중의 흥미를 유발하기엔 최고의 소재였던 것 같아.

문제의 두 교사는 본명과 얼굴 사진이 그대로 공개되었는데, 그 중 한 사람이 마키인 걸 알고는 얼마나 놀랐는지 몰라. 하지만 기쁘기도 했어.

아아, 이 아이는 평범하게, 아니, 열심히 자신의 삶을 살고 있구나. 사건에 대한 공포에 사로잡혀 있었다면 교사가 되어 아이들을 지키는 일도 불가능했을 텐데. 역시 사에가 너무 여렸던 거야. 내 탓이 아니야.

그러나 마음을 놓은 것도 잠시, 마키에 관한 뉴스를 검색하던 어느 날, 이상한 글이 눈에 들어왔어.

마키는 '살인자'라는……

텔레비전 뉴스에선 침입자 본인이 실수로 다리를 찌르고 풀에 빠진 것이 원인이 되어 사망했다고 했는데, 인터넷에는 마키가 풀에서 나오려는 사람을 연거푸 발로 차는 바람에 죽음에 이르렀다고 나와 있는 거야.

인터넷상에 떠도는 정보를 그대로 믿어서는 안 되겠지만, 온전히 무시할 수만도 없던 난 일단 마키가 근무하는 초등학교로 전화를 걸어서 알아보기로 했어. 장난 전화가 많이 걸려오는지 먼저 이쪽의 이름과 소속부터 물어봐서 좀 당황스러웠지. 하지만 사실을 알고 싶은 마음에 내 이름을 대고 남편의 회사와 직책을 말한 다음, 마키의 친구 엄마라고 밝히니 곧 연결해 주겠다는 거야.

막상 전화를 걸어 놓고 통화가 된다고 생각하니 당혹스러웠어. 어떡하지? 묻고 싶은 말은 산더미처럼 많지만 뭣부터 물어야 하는지…….

이런 생각을 하는데 수화기 너머로 마키의 목소리가 들렸어.

[모레, 학부모 임시총회가 있습니다. 여쭙고 싶은 말이 있으니, 꼭 참석해 주세요.]

그리고 나서 전화는 금방 끊겼지만, 침착한 마키의 목소리를 들으니 안심이 됐어. 교내 침입자를 발로 차서 죽인 사람이 이렇게 침착할 리도 없고, 또 전화를 받는다는 건 경찰에 체포되지 않았다는 말이니까, 인터넷에 올라 있는 글은 허위인가 보다 생각했지.

신칸센을 타고 그 먼 곳까지 찾아간 것은 사에에 대해 의논하고 싶었기 때문이야. 힘든 시간을 보내고 있긴 하지만, 야무지게 자신의 삶을 가꾸는 마키라면 의논 상대가 될 것도 같았거든.

그러나 마키가 단상 위에서 한 이야기는 날 더욱 '죄의식'이라는 깊은 계곡으로 빠트리고 말았어.

처음엔 무척 놀랐어. 마키가 사건 직후에 범인의 얼굴을 기억했다고 말했거든. 그럼 왜 잠자코 있었지? 다른 아이들보다 먼저 집에 돌아갔다고 해서 널 비난할 어른은 아무도 없는데. 그보다 범인의 얼굴을 분명히 설명했더라면 얼마나 좋았을까. 그랬으면 난 네게 한없이 감사했을 텐데. 사건이 있고 3년 후, 너뿐만이 아니라 다른 아이들에게도 그런 폭언을 퍼붓지 않고 넘어갈 수 있었을지도 모르는데……. 하지만 마키의 얘기를 계속 듣다 보니 그녀를 원망할 수만은 없었어.

그녀 역시 공포와는 다른 형태로 그 사건에, 그리고 내가 퍼부은 말에 얽매여 있었으니까.

내가 그런 말만 하지 않았어도, 그리고 사에의 편지를 보내지만 않았어도 마키는 교사로서 학생을 지키기만 했지 학교에 침입해 난동을 부렸다고 해서 그렇게까지 응징을 하지는 않았을 텐데…….

체육관 뒷좌석에 앉아 있던 난 그 자리를 한시라도 빨리 뜨고 싶은 심정이었지만, 죄의 연쇄라는 충격 앞에서 일어설 힘조차 없었어. 그때 내 귀에 청천벽력 같은 이름이 들어온 거야.

풀에 빠진 남자를 걷어찬 순간 떠오른 15년 전의 범인 얼굴과 비슷한 인물. 그 중에 그의 이름이 튀어나오다니. 이어서 마키는 더 닮은 사람이 있다면서 말끝을 흐렸어.

그녀는 이렇게 말하고 싶었던 게 아니었을까.

범인은 에미리와 많이 닮았어요.

마키의 착각이라고 믿고 싶었어.

남자를 걷어찬 순간 에미리의 얼굴이 떠올랐는데, 마키는 그것이 범인의 얼굴이라고 착각했는지도 모른다.

이어서 그녀는 에미리와 분위기가 비슷한 유명인의 얼굴을 생각해 냈다. 이렇게 생각하는 편이 사리에 맞는 것 같았어. 아니, 나 자신에게 그렇게 강요한 건지도 모르지.

하지만 난 범인에 대해 생각하기 전에 먼저 해결해야 할 일이 있었어. 그건 바로 죄의 연쇄를 멈추는 것.

단상에서 마키가 얘기한 내용을 요약하고 이번엔 내 메모도 첨부하기로 했어. 그런데 그날 밤 인터넷에 들어가 보니, 마키가 얘기한 내용이 그다지 평판이 좋지 않은 주간지 사이트에 그대로 실려 있는 거야. 내 이름은 A라고 해서 '의혹의 배후 인물?'이란 별명이 붙어 있더군.

지인에게 부탁해 삭제를 의뢰했지만, 그 전에 그 페이지를 두 부 인쇄해서 봉투에 넣었어.

난 이미 너희들을 용서했다.

이런 메모를 첨부해서. 그러니까 쓸데없는 짓은 하지 말아 줘. 범인 대신 다른 남자를 죽이는 게 속죄는 아니잖아. ―이런 바람이 전달되길 간절히 바라면서.

그랬는데, 이번엔 아키코가 사람을 죽이고 말았어. 그것도 그 마을에서 자기 친오빠를……

이젠 편지를 쓸 상황이 아니었어.

난 그 마을로 향했지.

아키코가 오빠를 살해한 건 어린 여자 아이를 지키기 위해서 였어.

사실 내가 아키코에게 사과해야 할 일은 사건이 나고 3년 후가 아니라, 사건 직후의 일인지도 몰라. 에미리가 죽었다는 말을 들은 난 아키코를 밀어 넘어뜨리고 나갔는지도 몰라. 실제로 그랬는지 어땠는지 기억하지 못할 만큼 당시의 내 머릿속이 하얀 상태였지. 하지만 이것만은 알아줬으면 좋겠어. 아키코가 미워서 민 게 아니란 걸. 더구나 아키코가 그런 취급을 받아도 된다는 생각은 전혀 없었다는 걸.

다만, 그녀를 압박한 건 역시 나인지도 몰라.

아키코는 편지를 두 통 모두 읽지 않았어. 그녀는 내 편지가 그때 한 약속을 지키라는 재촉일 거라고 믿었지. 그래서 조카의 모습이 에미리의 모습과 겹쳐 보였는지도 몰라.

그럼 난 어떻게 했어야 옳았을까.

아키코가 입원해 있던 병원에서 유카의 고향집으로 연락을 했다가, 마침 유카가 사는 집이 역에서 세 정거장밖에 떨어져 있지 않다는 얘기를 들은 난, 그녀를 직접 만나러 가기로 했어. 십수 년 만에 내 목소리를 들은 유카의 어머니는 처음엔 누구인지 모르더니 이름을 말하자 기억이 나는 듯했어.

[공소시효가 끝나기 전에 범인을 잡고 싶은 마음은 충분히 알겠어요. 하지만 우리 애가 이제 곧 아기를 낳아요. 중요한 시기니까 그냥 모르는 척 내버려두시면 안 될까요?]

당황한 듯 이렇게 말했지.

사에 일도 있었고, 마키나 아키코도 그 사건의 영향인지 남자에 대한 불신을 갖고 있는 것 같았기 때문에 유카가 임신했다는 말엔 적잖이 놀랐지.

그럼 유카는 괜찮겠구나, 하고 생각했어. 여자가 임신을 하면 강해진다는 건 나 자신이 가장 잘 알고 있으니까. 혼자서는 견딜 수 없는 고통도 뱃속에 지켜야 하는 생명이 있으면 견딜 수 있다. 자신보다 뱃속의 아기가 더 소중하다는 모성이 있으면 성급한 행동은 하지 않을 것이다.

하지만 그대로 발길을 돌릴 수는 없었지.

꼭 한 번 보여 주고 싶은 사진이 있었거든. 사진 한 장만 보여 주면 된다고 하자, 유카의 어머니는 마지못해 유카가 사는 집의 위치와 휴대전화 번호를 가르쳐 줬어.

난 집을 나서면서 이미 사진을 지니고 있었어. 마키의 착각이길 바라면서도 그녀의 입에서 나온 이름이 내가 과거에 돌이킬 수 없는 과오를 저지른 사람이었기에 난 확인해야만 했거든.

물론 아키코에게도 보여 줄 생각이었어. 어쩌면 아키코도 마키처럼 얼굴을 기억하면서 생각나지 않는다고 말했을지도 모르는 일이니까. 하지만 그녀는 얼굴뿐만 아니라 다른 특징도 잘 모른다고 했어. 그렇다면 보여 봤자 아무 소용없겠구나 싶어 혼자서 살짝 안도의 한숨을 내쉬기까지 했지. 그런데 그녀의 입에서도 같은 이름이 튀어나왔어.

사건 당일 그 마을을 찾았던 사촌 오빠와 그의 애인이 역에서 그와 비슷한 사람을 보았다는 거야. 그는 사촌 오빠 애인의 초등학교 때 선생님이었다면서.

혼자 있는 게 무서웠어. 유카를 찾아간 건, 범인은 그가 아니라는 진술을 듣고 싶어서가 아니라, 내 과오를 누군가에게 털어놓고 싶어서였는지도 몰라. 하지만 유카는 내 말을 들어 줄 수 있는 상황이 아니었기 때문에 그녀에게 못한 말을 여기에 쓰려고 해.

난 그와 본격적으로 가까워지면서 아키에하고의 사이가 소원해졌어. 싸우거나 마음이 안 맞는 일이 있어서가 아니라, 4학년이 되면서 스터디그룹도 달라지고, 무엇보다 내가 전처럼 학교에 자주 가지 않게 됐거든.

그때 난 초등학교 교사가 된 지 2년째로 접어든 그의 집에 살다시피 하면서, 그가 직장에 가 있는 동안 청소와 요리를 하는 등, 처음 해 보는 살림에 푹 빠져 있었어. 이대로 결혼해서 같이 살았으면 좋겠다며 은근슬쩍 그를 떠보기도 했지.

그랬더니 그는 "네가 졸업하면 가족들한테 정식으로 인사드리자."라고 했어. 말만으로도 충분히 기뻤지만, 입으로만 하는 약속은 믿을 수 없다며 앙탈을 부려 보자, 그는 얼마 안 되는 보너스로 내게 반지를 사 줬어. 내 탄생석인 루비가 박힌 약혼반지. 얼마나 기뻤는지, 그를 기다리는 내내 왼손 약지에 낀 반지를 쳐다보다가는 빼서 윤이 나게 닦고는 했지.

그러던 어느 날, 손에서 미끄러진 반지가 책상 아래로 굴러간 거야. 그걸 주우려고 몸을 숙였는데, 서랍 안쪽에 처음 보는 노트가 비죽 나와 있는 게 보였어. 꽁꽁 숨기려다가 오히려 밖으로 비어져 나와 버린 비밀 노트. 그런 느낌이었지.

단순한 노트일 수도 있지만, 난 그걸 꺼내서 펼쳐 보기로 했어. 그에 관해선 모든 걸 알고 싶었거든. 하지만 곧 후회했지. 그건 그의 일기였던 거야. 보통 일기였다면 양심의 가책은 좀 받더라도 재미있게 읽었을 거야. 만일 내 얘기가 쓰여 있었다면 행복한 기분에 젖을 수도 있었겠지.

하지만 거기에 쓰여 있는 건 한 여자에 대한 지독한 미련이었어.

우리의 약속은 영원하지 않은 거니?

왜 갑자기 마음이 변한 거야? 왜 아무 말도 해 주지 않는 거야?

버림받았다는 걸 알면서도 난 밤마다 너를 생각한다.

일기장 속의 '너'가 내가 아니란 건 금방 알 수 있었어. 난 여기에 있으니까. 일기의 날짜는 나와 사귀기 시작했을 무렵으로, 난 더 큰 배신감에 치가 떨렸어. 그대로 그곳을 나와 집으로 가서 방에 틀어박혀 있자니, 점점 더 몸 상태가 나빠져서 급기야는 앓아눕고 말았지.

식욕도 없고 계속되는 미열에, 흔들리는 보트 위에서 멀미를 하는 느낌. 그가 나 아닌 다른 여자를 사랑했다는 것만으로 이런 충격을 받다니. 내가 이 정도로 약한 여자였던가. 너무 분해서 읽다가 중간에 뛰쳐나오고 말았는데, 차라리 끝까지 읽는 편이 나았을까. 그랬으면 상대가 누군지 이름 정도는 알았을지도 모르는데. 어떤 여자인지 알아봐서 만약에 내가 더 근사하다면, 그와 이미 결혼 약속도 했으니 그걸로 된 게 아닐까.

그래, 아키에라면 알지도 몰라. 레스토랑에서 아르바이트를 하던 시절에 그를 만나러 오는 여자가 있었는지 물어보자.

난 곧바로 아키에에게 전화를 했어. 내가 연결해 준 남자 친구하고는 벌써 오래전에 헤어졌다는 말을 들은 터라, 지금의 내 기분도 십분 이해해 줄 것 같았지.

아키에는 그녀 혼자 사는 아파트에 있었어. 딱 한 번 가 본 적이 있는, 어두침침하고 소박하면서도 적적한 집이었지. 그녀는 이력서를 쓰고 있던 중이라고 했어.

[아사코는 취업 준비 안 해? 맞다, 그럴 필요가 없지. 부잣집 딸은 연줄이 좋아 아무 데나 들어갈 수 있지. 부럽다. 그런데 무슨 용건이야?]

오랜만에 듣는 친구의 목소리는 날 비아냥거리는 듯 차갑고 가시가 있었어. 분명히 취업이 마음대로 안 돼서 신경이 곤두서 있는 거겠지만, 그래도 내게 하는 말치곤 너무 심하단 생각에 화가 났어. 그래서 이렇게 말해 버렸지.

"나, 그 사람하고 결혼하거든. 졸업하면 정식으로 우리 집에 인사하러 오기로 했어. 벌써 약혼반지도 받았는걸. 무리하지 않아도 된다고 했는데, 나한테 꼭 해 주고 싶다는 거야. 그리고 있잖아. 너한테만 하는 말인데, 나, 아무래도 임신한 것 같아. 그래서 어쩌면 졸업도 못하고 결혼부터 할지 몰라. 내가 이렇게 행복한 건 그 사람을 만나게 해 준 아키에, 다 네 덕분이야."

몸 상태가 안 좋긴 했지만, 그래도 그때 왜 임신했다는 말까지 튀어나왔는지는 나 자신도 잘 모르겠어. 아마 스스로를 위로하고 싶었겠지. 아키에는 가만히 듣고 있었어. 난 더욱 내 기분에 취해서 그의 집에 드나들며 살림하는 일이며 그와 같이 본 영화 얘기를 지껄였어. 그러자 아키에가 이렇게 말했지.

[괜찮으면 지금 우리 집으로 올래? 전화 말고 직접 만나서 듣고 싶어. 예쁜 약혼반지도 구경하고 싶고.]

시계를 보자, 9시를 넘어서고 있었어. 그 시간에 외출하는 게 귀찮기는 했지만 연애담을 늘어놓다 보니 왠지 기운도 나고, 가서 반지나 자랑하고 와야겠다는 생각이 들었어. 난 금방 가겠다고 하고 전화를 끊었어.

아키에가 사는 집까지는 보통 집에서 30분 정도 걸리는데, 그날은 주말이라 길이 막혀서 한 시간 가까이 걸려 도착했어. 아파트 현관문을 노크했지만 아무 대답이 없었어. 노크 소리를

못 들었나 싶어 손잡이를 돌려보자 문은 잠겨 있지 않더라고. 그래서 그대로 문을 열고 안으로 들어갔어. 아키에가 사는 아파트는 좁은 현관 너머가 곧바로 다다미 여섯 장|다다미 한 장 크기는 90cm×180cm이다 - 옮긴이| 넓이의 방이었기 때문에, 그녀의 모습은 금방 눈에 들어왔어.

그녀는 피로 물든 침대 위에 쓰러져 있었어. 손목을 그었던 거야. 그 순간에 구급차 같은 건 생각도 나지 않았어. 너무 무서워서 아키에의 집 전화로 그에게 전화를 했지.

"지금 빨리 와요."

이렇게 말하자, 그는 오늘은 동료와 한잔해서 몸이 피곤하니 내일 만나자고 했어.

"지금 빨리 오라고요. 아키에 집으로 빨리요. 아키에가 자살했단 말이에요."

이번엔 내 말이 채 끝나기도 전에 전화가 끊겼지. 그가 곧 올 거야. 이렇게 자신에게 이르며 멍하니 아키에의 옆에 앉아 있던 난, 문득 책상 위에 봉하지 않은 편지가 있는 걸 발견했어.

나한테 쓴 건가 싶었지. 왜냐하면 날 여기에 부른 건 아키에니까. 봉투를 열자 편지지가 한 장 나왔어.

히로아키 씨, 당신을 영원히 사랑합니다.

뭐라고? 아키에가 그 사람을 사랑했다고? 그럼 그 사람도 아키에를…… 사랑했다? 아키에는 이 사실을 내게 우회적으로 알리기 위해 자살을 했다? 정말로 죽을 생각이었을까? 혹시 길이 안 막혀 내가 일찍 도착했더라면, 자살 미수로 끝나지 않았을까……. 어떡해. 그가 곧 올 텐데.

난 편지를 가방에 넣고 방을 뛰쳐나갔어. 그때 마침 복도를 지나가던 이웃 사람이 구급차를 불러 줬지만, 아키에는 생명을 구하지 못했어. 그리고 그는 그곳에 오지 않았단다.

택시가 안 잡혔는지, 아니면 한시라도 빨리 달려오고 싶어서 그랬는지, 그는 같은 아파트에 사는 동료의 차를 빌려 직접 운전을 해서 아키에의 집으로 향했어. 그러다 도중에 접촉 사고가 나고 만 거야.

범퍼가 살짝 스치는 정도의 미비한 사고로 인명 피해도 없었지만, 그는 술을 마신 상태였어. 세상 물정 모르던 난 그때 처음 알았지.

교사는 음주 운전 사실이 발각되면 징계면직, 즉 직장을 잃는다는 사실을.

갑자기 닥친 일들로 모든 것이 두려워진 난, 그에게서 도망쳤어.

유카의 아파트로 가면서 내 머릿속은 그에 대한 생각으로 가득했어. 그가 에미리를 죽인 걸까. 하지만 왜 10년이나 지나서 그 마을에서. 아키에의 유서도 내가 가지고 있는데. 당시 아키에의 죽음을 두고 사람들은 지원하는 회사마다 연거푸 고배를 마신 것이 원인일 거라고 얘기했어. 취업우울증이라고. 여기서 오해는 하지 말았으면 좋겠어. 그녀는 성실하고 우수한 인재였어. 지금이라면 분명히 좋은 회사에 합격해서 최고의 커리어우먼이 되었을 거야. 하지만 당시의 사회는 아키에 같은 여성을 수용하려고 하지 않았지. 관리직은 고사하고 단순 사무직조차도 지방 출신에 아무런 연줄도 없었던 그녀는 필기시험이나 면접을 보기 전에 서류전형에서 이미 탈락했으니까.

아키에는 내가 아는 어느 누구보다도 총명한 여자였어. 그런 그녀를 그가 사랑하는 건 어쩌면 당연한 일이야. 그럼 그렇다고, 둘 중 누군가가 내게 말해 줬더라면 좋았을 것을. 그랬으면 난 아무 짓도 하지 않았을 텐데. 난 다른 여자를 쳐다보는 남자 따위한테 흥미가 없었으니까.

그는 어떻게 내가 한 짓을 알았을까. 두 사람 사이를 갈라놓고, 사랑하는 여자를 자살로 내몬 후, 도망친 여자. 그리고 보니 아키에의 고향과 똑같은 이름의 마을이 그곳 근처에 있었던 것도 같은데…….

역에서 내려 이런 생각에 빠져서 걷다 보니 어느새 유카가 사는 아파트였어. 안경 너머, 지그시 응시하는 눈빛을 하고 있던 그 아이라면 범인의 얼굴을 기억할지도 모른다. 하지만 그때까지도 미련을 버리지 못하고, 그의 사진을 본 유카가 "이 사람이 아니에요."란 말 한마디를 해 주기를 은근히 기대하며 계단을 올라가려는데, 남녀가 옥신각신하는 소리가 들려왔어. 하필이면 이런 때, 하며 나무 그늘 뒤로 몸을 숨기자, 계단 위에 있는 두 사람의 모습이 보였어.

유카와 남자. 유카가 밀려 떨어질 것만 같았지.

난 다급히 휴대전화를 꺼내어 등록돼 있는 유카의 번호를 눌렀어. 그러자 나도 아는 형사 드라마 음악이 큰 소리로 흘러나오고, 곧이어 남자가 계단에서 떨어졌어. 어쩌다 떨어졌는지는 어두워서 잘 안 보였어. 내가 유카 앞에 나서지 않은 것은 유카가 침착하게 구급차를 불렀기 때문이야. 당황하거나 울부짖기라도 했으면 바로 나섰을 텐데, 침착한 유카를 보니 지금 그녀 앞에 나타나면 오히려 안 될 것 같았지.

유카가 그 남자와 같이 구급차에 실려 가는 걸 보고 나서 난 택시를 잡았어.

택시 안에서 마음이 좀 진정되자, 결국 마지막 한 사람까지 일을 저질렀다는 걸 깨달았지. 그때 당황해서 숨지만 않았더라면, 전화를 걸 것이 아니라 직접 나서서 "그만둬."라고 제지했더라면 하는 후회도 들었지만, 뒤늦은 자책은 아무 소용이 없다는 걸 이미 난 질리도록 경험했지.

나도 조금씩 마음의 각오를 하던 중이 아니었을까. 아니면 너희들의 연쇄가 결국엔 내게로 돌아오리란 것을 서서히 예감하고 있었는지도 모르지.

유카의 얘기를 마지막까지 침착하게 들을 수 있었던 건 그 때문일 거야.

에미리가 빈집에서 놀았는지 난 전혀 몰랐어. 다만 반지가 없어진 적은 있었지.

그에게 받은 반지와 아키에의 유서를 난 도저히 버릴 수 없었어. 소중하게 상자에 넣어 옷장 깊숙이 보관했었는데, 이삿짐 정리를 하다가 에미리가 우연히 그 상자를 보고 만 거야. 반지함을 열어 본 에미리가 "와, 예쁘다." 하면서 눈을 반짝였지. "왜 이 반지만 여기에 넣어 둔 거예요?"라고 묻기에 당황스러워진 난 엉겁결에 "이 반지는 에미리 거거든." 하고 얼버무렸어.

에미리는 "그럼, 지금 주세요."라고 했지만, "나중에 때가 되면……." 하며 난 물리쳤어. 에미리는 살짝 불만스런 표정을 지었지만, 한편으론 비밀스런 약속이 생긴 게 싫지는 않은 것 같았어. 그런 걸 좋아하는 아이였으니까.

나중에 때가 되면. 그건, 진짜 아빠에 대해서 말해 줘야 할 때.

그에게서 도망친 난, 예전 친구들과 다시 어울리게 되었지. 그곳이 내가 있어야 할 장소라고 생각했거든. 자살한 여자를 잊지 못하는 실업자를 감당할 자신이 없었어. 둘이서 궁색한 생활을 해 나갈 자신도 없었지. 그런 때 친구의 소개로 만난 사람이 지금의 남편, 아다치였어.

그의 할아버지는 아다치 제작소의 창립자로, 그도 5년 전부터 그 회사에 근무하고 있었어. 차가운 눈매에 조금 무서워 보이는 인상을 한 그와 처음 만난 날, "사귀는 여자는 없나요?" 하고 물었더니 "있으면 여기 나오지도 않았죠." 하고 대답하더군. 그래서 "그럼, 잘 부탁합니다." 하고 머리를 숙이자, 그는 호탕하게 웃으며 "저야말로 잘 부탁드립니다." 하며 손을 내밀어서 같이 악수를 하고 그때부터 교제를 시작하게 됐어.

세 번째 데이트 때였을 거야. 드라이브를 하다가 갑자기 속이 안 좋아진 난, 급히 길가에 차를 세우고 내리다가 그 자리에서 빈혈로 쓰러지고 말았어. 정신을 차려 보니 근처 개인 병원이었는데, 침대 옆에 그 사람이 앉아 있었어. 황급히 자리에서 일어나려는 내게 그는 천천히 다시 누우라고 했어.

뱃속의 아기에게 좋지 않다고 하면서.

또 다시 기절할 것 같았지. 육체적인 관계가 없었던 연인에게 임신 사실을 통보받았으니까. 이제 끝이구나. 무책임하게 도망친 벌이라고 생각했어. 모든 걸 잊고 나 혼자만 행복해지는 것을 신은 허락하지 않는구나. 이 사람하고의 관계보다도 앞으로의 내 인생이 불안했지. 부모님과 주변 사람들이 이 사실을 알면. 난 혼자서는 살아갈 수 없다. 이 사람과의 관계가 끝났다고 생각한 난, 아이의 아버지에 대해서 털어놓았어. 아키에에 대한 언급은 피하면서.

그러자 아다치는 상상도 할 수 없는 말을 했어.

결혼하자. 그 아이는 내 아이라고 하고 낳자.

그가 날 사랑해서가 아니었어. 그 사람은 아이의 아빠가 될 수 없는 몸이었지. 그는 대학 때 볼거리를 앓은 게 원인인 것 같은데, 병원에서 검사를 받은 게 아니기 때문에 확실한 건 아니라고 했어. 하지만 무정자증인 것만은 확실하다고, 자기네 회사 제품은 정확하다고.

그에게는 회사를 상속받으려는 야망이 있었어. 그러나 그는 창업자의 손자이긴 해도 차남의 아들이라서 회사의 승계권 순위에서는 장손에게 밀렸지. 하지만 사촌보다 자신의 경영 능력이 더 뛰어나다고 믿었던 그는 반드시 사장이 되기로 결심을 했다는 거야. 그런데 어느 날, 시험 삼아 회사 기계로 검사를 했다가 자신에게 생식 능력이 없음을 알게 된 거야. 후계자를 만들지 못하는 인물을 주위에서 사장으로 인정하겠는가. 그 후, 회사를 이어받겠다는 야망은 거의 포기 상태였던 것 같아. 친구에게 날 소개받긴 했지만 결혼할 마음도 없었다고 해.

그런 때, 의사에게 나의 임신 사실을 들은 거야.

일종의 거래였던 셈이지. 난 안정된 생활을, 그는 사회적인 신용을.

우린 곧 결혼했어. 처음 만난 날 관계를 가져서 조산치고는 평균 체중으로 태어난 것으로 되어 버린 여자 아이는 에미리란 이름을 얻었지. 그 창업자 할아버지가 지어 준 이름이야. 그분이 유학 시절에 사귄 여자의 이름이래.

그러나 내 마음속에선 에미리는 언제나 나만의 아이였어.

그렇다고 해서 남편이 에미리를 소홀히 대한 건 절대 아니야. 남편은 날 아껴 주었고, 에미리도 친딸처럼 잘해 줬어.

나중에 때가 되면. 하지만 그날은 영원히 오지 않을 것 같았지. 그래서 반지는 아키에의 유서와 함께 상자에 담아 옷장 깊숙이 숨겨 놓고 있었는데.

어느 날, 회사 파티에 하고 갈 진주를 꺼내려고 옷장에서 보석함을 찾다가 그 상자의 뚜껑이 조금 열려 있는 게 눈에 띄었어.

열어 보니 반지와 유서가 모두 사라진 거야. 다음 날, 반지는 되찾았지만 유서는 돌아오지 않았어.

"엄마가 다른 사람을 사랑하는 걸 아빠가 알면 슬퍼할 것 같아서, 집 밖에다 숨겨 놓으려고 한 거예요. 반지는 되돌려 받았는데, 편지는 버렸대요. 잘못했어요. 잘못했어요……."

울면서 이렇게 말하는 에미리가 그저 사랑스러웠지. 그 아이는 그 유서를 내가 쓴 편지라고 오해했지만, 난 그렇게 얌전한 글씨는 써 본 적이 없어.


에미리는 반지와 유서를 빈집에 숨겼어. 그것을 대안학교를 만들려고 장소를 물색하던 그가 발견한 거야. 인생을 새 출발

하면서 아키에와 인연이 있는 곳에서 시작하고 싶었는지도 모르지. 무척 놀랐을 기야. 아무 생각 없이 과자 상자를 열었는데, 눈에 익은 반지와 자기 앞으로 쓴 유서가 들어 있었으니까.

유서의 주인이 아키에라는 걸 금방 알았을 거야.

그 뒤에 이것저것 알아봤을 수도 있지. 자신이 그토록 사랑했던 여자, 그리고 열정을 바치고자 했던 일. 그가 교사란 천직을 잃은 것도 내 탓일까? 이 모두를 빼앗고 도망친 여자가 어디서 뭘 하고 있는지, 그 여자에게 소중한 것은 무엇인지……

에미리가 죽은 건 나 때문이었던 거야.

너희들은 정말로 휘말린 것뿐인데. 난 돌이킬 수 없는 말을 했지. 너희들은 그것을 마음속 깊이 새기고서 날 범인에게로 데려가 줬어.

이번엔 내가 너희에게 속죄해야 할 차례야.

난 유카와 헤어지고 나서 그를 만나러 갔어.

주간지에 크게 기사화된 적이 있는 대안학교를 찾아가는 동안 '속죄'에 대해 생각했어. 난 너희를 위해서 무엇을 해야 할까.

유능한 변호사를 고용해 너희 모두를 무죄로 만들면 될까. 경제적인 도움을 주면 될까. 위자료를 지불하면 될까.

하지만 이런 일을 해도 너희들은 날 경멸할 뿐이겠지.

내가 해야 할 일은 내 지난 과거의 죄를 고백하고, 사건의 범인인 난죠 히로아키에게 진실을 알리는 것이라고 생각했어.

에미리는 당신의 아이예요.

이렇게 또박또박 말하고 돌아섰지.

그날 밤, 그가 어떻게 되었는지는 텔레비전이나 신문을 통해 너희들도 알고 있을 거야. 그 점에 대해 내가 어떤 생각인지는 굳이 여기에 쓰지 않아도 너희들이라면 이해하리라 믿는다.

이것으로 너희들은 날 용서해 줄까?

기나긴 속박에서 벗어났을까?

아다치 아사코

종장

해가 저물기 시작한 여름 하늘.

자물쇠가 채워진 뒷문을 그냥 지나쳐 철조망을 오르는 두 사람.

한 사람의 손에는 낡은 배구공, 다른 사람의 손에는 작은 꽃다발.

교정으로 향한다.

"안전대책을 강화했느니 떠들어도 이렇게 간단히 들어오잖아. ……아, 넌 뼈아픈 경험이 있지? 그게 또 트라우마가 되는 건 아니겠지?"

"괜찮아. 너야말로 오늘은 제대로 보이니?"

"응. 하지만 한 번에 100개를 성공시킬 자신은 없는데."

"계속 도전하면 되는 거야. 그날처럼……."

발밑에 가방을 놓고 마주서는 두 사람.

둘 사이를 흰 공이 오간다.

1, 2, 3…… 51, 52, 53…… 91, 92…….

"93……. 앗, 미안!"

손에서 튕겨 나간 공이 굴러 간다.


구르는 공, 쫓아가는 다섯 아이들.

작업복 차림의 남자, 난죠 히로아키가 공을 줍는다.

"아저씨가 풀장 탈의실에 있는 환기구를 점검하러 나왔는데, 깜박 잊고 사다리를 안 가져왔구나. 나사만 돌리면 되는데, 누가 아저씨 목말 타고 좀 도와주지 않을래?"

가장 키가 작은 아이가 공을 받는다.

"목말을 타는 거면 몸이 제일 작은 내가 좋을 것 같은데."

가장 키가 큰 아이가 한발 앞으로 나선다.

"그러다 환기구에 손이 안 닿을 수도 있잖아. 키가 제일 큰 내가 갈까?"

안경을 쓴 아이가 뒤에서 끼어든다.

"너희 둘 다 나사 돌릴 수 있어? 나, 그거 잘해."

가장 몸집이 큰 아이가 의기양양해서 말한다.

"나사가 빡빡해서 안 풀리면 어쩔 건데? 힘센 내가 가야 할 것 같은데."

다섯 아이들을 차례로 훑어보는 난죠.

"너무 작아도, 또 너무 커도 안 되는데⋯⋯. 그리고 넌 안경을 떨어뜨리면 곤란하니까 안 되고, 넌 좀 무거울 것 같고⋯⋯."

가장 영리해 보이는 아이, 에미리의 손을 잡는다.

"네가 딱 좋겠다."

불안한 눈으로 네 사람을 돌아보는 에미리.

키가 큰 아이가 손바닥을 치며 목소리를 높인다.

"그럼 다 같이 가자!"

찬성하는 세 아이들.

당혹스런 난죠. 그러나 미소를 지으며,

"모두들 고맙구나. 그런데 탈의실이 좁아서 여러 사람이 들어가면 아저씨 일하는 데 방해가 될 거야. 그리고 혹시 다치기라도 하면 큰일이니까 그냥 여기서 기다렸으면 좋겠는데. 금방 끝나니까, 이따가 아저씨가 아이스크림 사 줄게."

좋아하는 네 아이들.

에미리의 손을 잡고 사라지는 난죠.

서로가 핏줄임을 모르는 부녀—.

공을 주워 다시 패스를 시작하는 두 사람.

"⋯⋯100!"

크게 심호흡을 한다.

가방을 들고 체육관 입구 계단으로 가서 나란히 앉는다.

"그 사건은 우리 인생에서 어떤 의미였을까?"

"그 후의 15년도."

"아주머니의 편지, 그 정도 길이면 차라리 수기라고 해야 하나? 그걸 읽고 지금까지의 내 인생은 무엇이었나 하는 생각이 들었어."

"피해자는 나일수도 있었다는 생각에 아주머니의 말이 더욱 고통스러웠는데, 알고 보니 우리는 그저 휘말린 것뿐이었어."

"과거에 그런 잘못을 저질렀으면 한 번쯤은 자기 탓일 수도 있다고 생각해 보지 않을까?"

"그렇게 생각 안 하는 게 아주머니의 인생 아니야? 그런 걸 생각하는 사람이면 애초에 그런 잘못도 하지 않았겠지."

"맞아. 그래도 무조건 비난만은 못하겠어. 가장 힘든 사람은 아주머니였을 테니까. 또 지금 내가 이나마 자유롭게 다닐 수 있는 것도 아주머니 덕분이고."

"상해죄로 집행유예 받았지?"

"응. 사인은 과다출혈로, 본인이 찔렀으니까. 난 칼에는 손도 안 댔고, 머리를 찬 행위가 직접적인 사인은 아니니까 상해죄에 해당된다는 거야. 날 위해서 서명운동을 하고 탄원서를 낸 학부모도 있었고. 변호사는 무죄를 받을 때까지 계속 싸우자고 했지만, 집행유예를 받은 걸로 만족하려고. 학교도 그만뒀으니까."

"이제 어떻게 할 거야?"

"아직 모르겠어. 지금부터 천천히 생각해 보려고. 그 사건이 없었다면 어떻게 살았을지, 뭐 이런 생각도 해 보고. 두 사람이 마음에 걸려."

"두 사람은 좀 더 시간이 걸릴 것 같지?"

"정당방위와 심신미약이라……. 어렵겠지? 하지만 자수한 데다가 살의가 있었던 것도 아니니까. 또 유명한 변호사가 붙었으니까 잘 해결되지 않을까 하는 바람은 있는데, 정말 어떻게 될지는……."

"둘 다 변호사의 말도 잘 들으니까 그렇게 나쁜 결과는 나오지 않을 거야. 그나저나 난 네가 아주머니가 소개해 준 변호사를 그대로 받은 게 의외였어.”

“나라면 거절할 것 같았어?”

“나라면 거절했을 거야.”

“……뭐랄까, 진정한 선의에서 베푸는 건 그대로 받기로 했어. 나 자신의 무력함을 인정하고, 괜한 자존심은 버리기로 했지. 난 네가 그냥 사고로 처리한 것이 의외였어. 아주머니한테 복수하기 위해서라도 자기가 밀었다고 할 줄 알았지.”

“혼자 몸이 아니니까. 싱글맘도 모자라 범죄자라니, 애가 너무 불쌍하잖아.”

“너도 변하는구나.”

“변하는 정도가 아니라, 그런 일을 당한 아주머니의 심정도 어느 정도는 헤아릴 수 있을 것 같아. 나도 그런 일을 겪으면 같이 놀던 아이에게 그렇게 말할지도 몰라.”

“엄마는 무서운 거야. 아니, 강한 거겠지. 요즘 고향집에서 살지? 몇 년 후면 그 아이도 이 학교에 다니겠네.”

“아냐. 몰랐어? 여기는 내년 3월에 폐교해. 저출산 시대잖아. 앞으로는 옆 마을에 있는 초등학교로 스쿨버스를 타고 다니게 된대. 학교 건물도 워낙 낡아서 아예 철거할 건가 봐.

“그래서 나한테 연락한 거구나.”

"미안해. 넷이서 같이 오기로 했는데."

"아니야. 없어지기 전에 와서 다행이야. ……우리 둘이서 끝내
자."

"그래. 깨끗이 끝내고……. 이러다 이 마을도 합병이다 뭐다
해서 없어지는 게 아닌지 몰라."

"공기가 깨끗한 마을인데."

"공기가 깨끗하다는 건 남겠지."

마주보며 미소 짓는 두 사람.

〈그린 슬리브스〉의 멜로디가 조용히 울려 퍼진다―.

"그만 가자."

일어서는 두 사람.

작은 꽃다발을 쳐다본다.

"그때 먹은 케이크 같아."

"진짜 그렇네. 꽃집 주인한테 열 살 된 여자 아이가 좋아할
만한 걸로 만들어 달라고 했거든."

―공소시효가 끝나기 전에 범인을 찾아내. 그렇게 못하겠으
면 내가 납득할 수 있게 속죄를 하라고.

풀장을 향해 걸어가는 두 사람.

"에미리를 기리며 손을 합장한다. 그땐 왜 이 생각을 못했을

까? 우리가 가장 먼저 해야 할 일이었는데."

"그것을 알기까지 15년이 걸린 게 아닐까."

교정에 길게 드리운 두 사람의 그림자.

저녁놀이 작은 마을을 감싼다.

## 역자 후기

1990년대 일본 영화 중에 〈열두 명의 마음 약한 일본인〉이란 작품이 있습니다. 〈웰컴 미스터 맥도널드〉, 〈매직 아워〉 등으로 우리에게도 친숙한 미타니 코키 감독이 각본을 쓴 영화인데요. 살인 사건을 심의하기 위해 모인 열두 명의 배심원들이 피고의 유·무죄를 가리기 위해 벌이는 토론이 주된 내용이지요. 그들은 각자 그럴싸한 논리로 자신의 의견을 주장하지만, 실은 그 이면에 과거의 경험이나 상처, 개인사 등이 반영되어 있다는 것을 시간이 흐르면서 관객인 우리는 서서히 깨닫게 됩니다. 결국 가장 객관적인 판단이 요구되는 상황에서도 자신의 개인적인 경험이나 배경에서 결코 자유로울 수 없는 우리의 모습을 역설적으로 보여 주는 영화였는데, 『속죄』를 읽으며 오래 전에 보았던 그 영화가 다시 생각났습니다.

소설 속의 네 소녀는 초등학교 시절에 한 마을에서 같이 놀던 친구가 살해되는 끔찍한 사건을 겪습니다. 그 충격적인 경험은 그녀들의 개인적인 가정환경이나 경험, 성격 등과 맞물리면서 일종의 트라우마(정신적 외상)가 되어, 이후의 인생을 지배하고 일 그러뜨리게 되죠.

원래 여린 성격에다 체구도 작아서 자신은 또래보다 어리다는 생각을 갖고 있는 사에, 야무지고 똑똑하다는 주변의 기대를 받으며 자신도 늘 그렇게 처신해야 한다는 중압감에 시달리는 마키, 곰 같다는 놀림을 받으며 외모 콤플렉스를 갖게 된 아키코, 지병이 있는 언니 그늘에서 부모의 사랑과 관심을 갈구하는 유카. 겉으로 보기엔 시골 마을 어디서나 흔히 만날 수 있는 소녀들이지만, 그들의 내면엔 저마다 다른 색깔의 삶과 아픔이 새겨져 있습니다. 이 소녀들이 과거의 기억을 떨쳐 내지 못하고 그것에 얽매인 채로 성장하면서 서서히 파국으로 치달아 가는 모습은 독자인 우리에게 답답함을 주기도 합니다. 소설 속 아사코의 고백에도 그런 부분이 있죠.

낯선 남자가 다가와서 한 아이를 데려가 죽였다고 해서, 이후에 잡히지 않는 범인 때문에 몇 년씩이나 두려움에 떨며 살까?

살해된 친구 엄마한테 모진 소리를 들었다고 해서 언제까지나 그것에 얽매여 있을까?

그러나 달리 생각해 보면 이건 지극히 위험한 발상인 것 같습니다. 앞서도 언급했듯이 우리는 저마다 다른 성장 배경과 역사, 내면세계를 지니고 있기 때문에, 그다지 심각해 보이지 않는 경험이라도 사람에 따라서는 트라우마가 되어 그 사람의 평생을 좌우할 수도 있는 것이죠. 그렇다고 해서 그 사람을 단순히 나약한 심성의 소유자로 치부해 버릴 수만은 없습니다. 언제든 나도 그 주인공이 될 수 있으니까요.

이렇게 써 놓고 보니, 우리 인간은 참으로 나약한 존재라는 생각이 듭니다. 작은 계기 하나로도 평화롭던 일상이 무참히 무너질 수 있는, 깨지기 쉬운 유리 같은 존재가 아닌가 하는 절망감이 밀려옵니다.

그렇다면 우리에게 희망은 없는 걸까요? 우리는 어디에서 힘을 얻을 수 있을까요? 전 소설 속 유카의 고백에서 그 실마리를 찾고 싶습니다.

'이후 우리 네 사람은 같이 어울리지 않게 되었고, 사건에 관해서도 서로 얘기를 나눠 본 적이 한 번도 없어요. 하지만 넷이서 좀 더 대화를 했더라면 이렇게 이상하게 꼬이지는 않았으리

라는 생각이 드네요.'

내 안의 아픔과 어려움을 혼자서 감내하며 키워 나갈 게 아니라, 용기를 내어 나 이렇게 아프다고 누군가에게 먼저 말해 보는 것, 그래서 타인과 같이 나누고 공유하는 것이 하나의 치유책이 되지 않을까. 설령 그것이 세상 어느 누구에게도 가 닿지 않고 나 혼자만의 푸념에 그칠지라도, 내 안의 고통이 내 입으로 말해지는 동안 어느새 그것이 먹물처럼 엷어져 가는, 공중의 먼지처럼 아스라이 흩어져 가는 신기한 경험, 이런 것들이 우리를 구할 수 있지 않을까. 그리고 이런 체험을 통해 나 역시 타인의 말에 좀 더 겸허히 귀 기울이고, 그의 한숨에 같이 고개를 끄덕이고, 그의 실수와 나약함에 좀 더 너그러워질 수 있지 않을까. 『속죄』의 마지막 장을 덮으며 해 본 생각입니다.

김미령

# 속죄

2010년 1월 20일 초판 발행
2017년 4월 20일 13쇄 발행
2021년 3월 25일 신판 1쇄 발행

**저자** 미나토 가나에
**역자** 김미령

**발행인** 정동훈
**편집 국장** 최유성
**편집** 김혜정 안희주
**디자인** 형태와내용사이

**발행처** ㈜학산문화사
**등록** 1995년 7월 1일
**등록번호** 제3-632호
**주소** 서울특별시 동작구 상도로 282 학산빌딩
**편집부** 02-828-8836
**마케팅** 02-828-8962~5

**ISBN** 979-11-348-8123-8 03830
**값** 12,800원

북홀릭은 ㈜학산문화사에서 발행하는 일반 소설 브랜드입니다.